Claudia Bardelang

DRITTMITTEL

Franke und der Hochschulmord

Roman

Claudia Bardelang wurde in der Schweiz geboren und wuchs in Emmendingen auf.

Seit 1990 lebt sie in Freiburg. Sie hat eine vierzehnjährige Tochter und studiert seit zwei Jahren Lehramt, mit Schwerpunkt Hauptschule, an der Pädagogischen Hochschule Freiburg.

Die Lithographin und Malerin hat die letzten zehn Jahre in einigen Galerien im In- und Ausland ausgestellt und hat nun mit ihrem ersten Kriminalroman künstlerisches Neuland betreten.

Mit Kriminaloberkommissar Winfried Franke und der Studentin Caroline Benning hat sie zwei erfrischend authentische Protagonisten erschaffen, die eine amüsante Ergänzung der deutschen Krimilandschaft darstellen.

Freiburger Verlag

Gedruckt auf chlorfrei gebleichtem Papier
mit umweltfreundlichem Strom der EWS Schönau
* Printed in Germany *

Für meine Eltern.

Freitag, 13:45 Uhr

Die Zeit war stehen geblieben.

Vor den Fensterscheiben beschien die Sonne den kahlen Kirschbaum, eine Amsel saß, mit dem Schwanz wippend und melodiös singend, auf einem der Äste, eine Blaumeise schwang, kopfüber an einer Hagebutte pickend, heftig hin und her. Eine späte Biene brummte träge an die Scheibe.

In dem überheizten Raum gluckerte die Heizung leise vor sich hin, die Uhr an der Wand tickte endlose Sekunden und die heftigen Worte eines Streits schwangen noch in der Luft. Keuchen war zu hören.

Die überhebliche Arroganz in seinen Augen war Überraschung gewichen. Dann blankem Entsetzen.

In diesem Augenblick setzte die Zeit wieder ein.

Ein bestialischer, unmenschlicher, nie erlebter Schmerz durchfuhr seinen Körper und verursachte gleichzeitig eine gleißende Explosion hinter seinen Augen.

Mit einem animalischen Laut, der sich aus seiner wie zugeschnürten Kehle entrang, ging er in die Knie. Vergeblich krallten sich seine verkrampften Hände in den Bauch, um das fließende Blut zu stoppen.

Krampfartige, tierische Laute stießen zwischen den eisenhart schmerzverkrampften Kiefern hervor und Übelkeit stieg in ihm empor, als er vornüber auf den Kopf kippte und dann zur Seite fiel. Die entsetzlichen Schmerzen zerrissen seinen Körper und das Blut rauschte in seinen Ohren, während sein Leben unaufhaltsam auf den Boden rann.

Die Tür schlug zu, seine Blase entleerte sich und seine Augen brachen.

Die Heizung gluckerte leise, die Uhr tickte und draußen auf dem kahlen Kirschbaum sang eine Amsel.

Montag, 9:15 Uhr

Es war ein grauer Montagmorgen, Ende Oktober. Der Tag hatte

nicht gut angefangen. Der Wecker hatte auch das zweite Mal zu früh gepiept, ich stolperte beim Aufstehen über meine Hausschuhe, stieß mein Wasserglas um, das immer neben meinem Bett steht und schlug mir die Zehen an den Rollen meines Couchtisches an.

Meine Pyjamatasche verfing sich wieder einmal am Griff der Badezimmertür und der erste Blick in den Spiegel offenbarte Gruseliges. Grundgütiger! Musste ich immer Pickel kriegen, wenn ich mal ein Bier zu viel trinke?

Leidlich restauriert, setzte ich mich zum zweiten Mal an diesem Morgen zum Frühstück. Mit meiner blendend gelaunten Tochter hatte ich schon um sieben den ersten Kaffee getrunken.

Die Montagmorgen sind immer eine besondere Herausforderung. Wahrscheinlich geht es allen Eltern vierzehnjähriger Töchter so, aber mir treibt es regelmäßig den Blutdruck in die Höhe.

Die Gnädigste mühsam aus dem Bett komplimentieren, sie zum Schultaschepacken drängen, zum Frühstücken nötigen und dann noch erwähnen, dass bei dem Mistwetter festes Schuhwerk angebrachter wäre als die erwählten Stoffballerinas. Selbstmörderisch!

Merkwürdigerweise entwickeln diese pubertierenden Wesen aber dann ungeahnte Energien, wenn es darum geht sich aufzustylen.

Als mein Töchterlein nach ungefähr dreiundzwanzig Hinweisen auf die vorgerückte Zeit aus dem Bad kam, stockte mein besorgtes Mutterherz vor Schreck.

»Na, wie seh´ ich aus?«

Die langen Haare lässig zurückwerfend, mit den Wimpern heftig klimpernd und in eine betörende Duftwolke gehüllt, verschwand sie so schnell durch die Tür, dass ich nicht mehr reagieren konnte.

Also gut! Einmal, zweimal tief durchatmen!

Ergeben seufzend trank ich meinen zweiten Cappuccino, knabberte ein paar Nussstängeli und blätterte lustlos in der Zeitung, als mein Blick plötzlich hängen blieb.

»Professor an der Pädagogischen Hochschule ermordet«, las ich da.

PH? Da studiere ich doch!

Elektrisiert las ich weiter.

»Prof. Dr. Albrecht Killian, Leiter des Instituts für Empirische Pädagogik, wurde am Freitagnachmittag von einer Mitarbeiterin tot aufgefunden.«

Dieser alte Schleimer, dachte ich boshaft, das wundert mich nicht.

Laut Zeitungsbericht starb er vermutlich am vergangenen Freitagmittag zwischen ein und zwei Uhr.

Die Polizei appellierte an alle, die das Opfer am fraglichen Tag gesehen haben könnten, sich unter einer speziellen Telefonnummer zu melden.

Meine Güte. Ein eisiger Schrecken durchzuckte mich.

Ich habe ihn gesehen, na ja, eher gehört, bei einem ziemlich lauten Wortwechsel in seinem Büro. Letzten Freitag, gegen zehn, als ich nach dem Tutorat den Raum verlassen hatte und an seinem Büro vorbeigegangen war.

Das Büro lag im selben Flur schräg gegenüber. Ich dachte mir noch, dass endlich mal jemand dem alten Ekel die Meinung sagt und bin schmunzelnd weitergegangen.

Mann, Mann, Mann, der wurde tatsächlich umgebracht!

Vielleicht gerade in diesem Augenblick, als ich vorüberging? Mein Cappuccino schmeckte mir plötzlich nicht mehr.

Siedendheiß fiel mir ein, dass ich jemanden aus dem Gebäude stürzen sah, als ich an besagtem Freitag neben meinem Fahrrad stand und mir das Hosenbein hochkrempelte.

Ich hatte mir nichts weiter dabei gedacht. Irgendjemand, der zu spät in seine Vorlesung kommt.

Dachte ich. Obwohl.

Freitagmorgens ist der Campus meistens wie leergefegt. Ich komme mir immer vor wie die Superstreberin, wenn ich gegen acht dort eintrudele und dann als Tutorin vor einer ziemlich übersichtlichen Anzahl von Studentinnen sitze.

Deshalb ist mir dieses hektische Gerenne überhaupt aufgefallen.

Außerdem kenn´ ich den Typ. Deniz war mein Vorgänger als Tutor für Literaturwissenschaften.

Ob er vielleicht …?

Jetzt, Ende Oktober, hat er seine Staatsexamensprüfung. Und man hört ja immer, dass Empirische Pädagogik so schwer sei.

Ich war völlig durch den Wind. Was sollte ich jetzt tun? Die Polizei anrufen und erzählen, was ich gesehen habe?

Aber haute ich Deniz dann nicht unnötig in die Pfanne? Er ist ja so knuffig. Ich konnte mir nicht vorstellen, dass er zu einem Mord fähig wäre.

Aber weiß man's?

Als leidenschaftlicher Fan von Miss Marple, Maigret, Brunetti, Rebus, Wallander und Montalbano hatte ich natürlich Einblick in die Vorgehensweise der fähigsten europäischen Kriminalisten und wusste, dass der Schein oft trügen konnte.

Eigentlich hätte ich ins Seminar los müssen. Das war wichtig. Aber uninteressant.

Außerdem musste ich unbedingt bei der Polizei anrufen. Das verlangte mein Gewissen.

Der arme Deniz, ich konnte ihn doch nicht bei der Polizei verpfeifen. Vielleicht hatte er ja mit der Sache gar nichts zu tun?

Der fällt ja vor Schreck durch die Prüfung, wenn die Polizei bei ihm vor der Tür steht. Wenn er sie überhaupt machen darf und nicht zu der Zeit in Untersuchungshaft sitzt.

Meine Fantasie ging wieder mit mir durch.

Ich verfiel in eine Reihe von Übersprungshandlungen, zu denen ich in Stressmomenten neige.

Ich holte das Bügeleisen heraus und bügelte meine Jeans, dann spülte ich das bisschen Geschirr weg, füllte die Katzenschüsselchen auf, was eigentlich die Aufgabe meiner Tochter gewesen wäre und machte ihr Bett.

Währenddessen dachte ich fieberhaft nach.

Das Seminar muss ich knicken. Vielleicht schnell eine Entschuldigungsmail, dann gibt's keine Probleme. Die Krankes-Kind-Nummer zieht immer.

Dann die Polizei anrufen.

Was sage ich denen?

Vielleicht muss ich ja gar nicht sagen, dass ich den Typ kenne, der aus dem Kollegiengebäude III gerannt kam.

Dann kann ich mich ja selbst mal umhören.

So wie Lorenzo La Marca, der eloquente Biologe aus Palermo, der neben seinem turbulenten Alltag mal eben ein paar Mordfälle aufklärt.

Der gefällt mir. Leider besteht zwischen uns keinerlei Ähnlichkeit.

Er ist gut aussehend, smart, gebildet, ein Womanizer, wie er im Buche steht, immer gut angezogen und natürlich hochintelligent.

Ich bin eine späte Studentin, allein erziehend mit einer renitenten Teenagertochter und immer knapp bei Kasse.

Wie auch immer.

Ich riss mich aus meinen Tagträumen und schrieb eine knappe E-Mail an Frau Kienzler und vorsichtshalber eine an meine Dozentin Frau Dr. Endres, bei der ich Tutorin war.

Dann wählte ich die in der Zeitung angegebene Telefonnummer.

»Franke, ja bitte?«, schwäbelte es mir aus dem Hörer entgegen.

»Ja, äh, guten Morgen, äh, mein Name ist Caroline Benning, ... ich rufe an wegen des Mordes an der PH …«

Ich war nervös. Warum eigentlich? Ich habe doch gar nichts getan.

»Ja, ... ich bin Studentin an der PH, ... und ich habe am Freitag etwas gesehen, ... nein, eher gehört, wissen Sie, ... ich …«

»Frau Benning, darf ich Sie unterbrechen? Könnten Sie vielleicht auf die Dienststelle kommen?«

»Wann?«

»Wenn Sie gleich Zeit hätten …?«

Ich zögerte kurz.

»Ja, na ja, ich müsste eigentlich gleich zum Seminar.«

Der sollte bloß nicht denken, ich sei eine von den faulen Studenten, die erst gegen zehn aus den Federn kriechen.

»Also, es wäre schon wichtig. Wenn Sie es irgendwie einrichten könnten?«

»Na, ja, wenn es wichtig ist … wo muss ich denn hinkommen?«

Freitag, 17:00 Uhr

Frau Dr. in spe Habermann, die wissenschaftliche Mitarbeiterin des Opfers, hatte ihren Chef an jenem Freitagnachmittag gefunden.

Ursprünglich gelernte Altenpflegerin, hatte sie ihr Abitur auf dem zweiten Bildungsweg gemacht und ihr Studium der Erziehungswissenschaften und Psychologie an der Uni Freiburg mit großem Ehrgeiz durchgezogen.

Sie war eine unscheinbare und verhuschte Frau von Mitte dreißig, klein, kräftig und vollkommen uneitel, was ihren schlechten, praktischen Kurzhaarschnitt, ihre ewig roten, zu kurzen Cordhosen, ihre selbst gestrickten Pullover und ihre braunen Bequemschuhe erklärte.

Professor Killian kannte sie noch vor seiner Zeit an der PH, als er noch als Privatdozent am Institut für Erziehungswissenschaften der Uni Freiburg lehrte.

Als er an die PH berufen wurde, war sie mitgegangen, um ihre Dissertation mit ihm als Doktorvater zu beenden.

Nicht, dass sie ihn besonders gemocht hätte, nein, aber jemand anderen hatte sie gemocht. Einen Doktoranden am Institut, den sie seit Jahren vergeblich anhimmelte. Ihre Therapeutin hatte ihr geraten loszulassen, sich auf ihren langjährigen Lebensgefährten zu besinnen und sich neuen Herausforderungen zu stellen und so war sie mit Killian mitgegangen.

An jenem besagten Freitag hatte sie ausnahmsweise zu Hause gearbeitet, weil sie den Heizungsmonteur erwartete.

Sie war erst am späten Nachmittag an die PH gefahren, um sich noch ein paar Unterlagen aus Killians Büro zu holen.

Um diese Zeit war es in den Gängen still gewesen. Spätestens ab vier Uhr nachmittags wird es freitags leer in den Gebäuden und nur noch einige unermüdliche PH-Mitarbeiter sind hin und wieder anzutreffen.

Sie lief über den erst kürzlich neu verlegten Linoleumboden des Kollegiengebäudes IV, der unter ihren Kreppsohlen leise quietschte und bog links in den Flur ein.

Wie immer, bevor sie den Schlüssel ins Schloss steckte, klopfte sie an. Als keine Antwort kam, öffnete sie die Tür. Sie war nicht abgeschlossen.

Sofort bemerkte Frau Habermann, dass etwas nicht stimmte.

Der Raum war total überheizt und es roch komisch.

In dem Moment, als das Licht anging, realisierte sie, woher sie diesen Geruch kannte.

Blut!

Professor Killian lag am Boden, in einer riesigen Blutlache, wie ein Embryo gekrümmt, die Hände im Todeskampf vor dem Bauch verkrampft.

Eva Habermann sah sofort, dass er tot war.

Und auch, dass er schon länger tot war.

Sie musste sich gar nicht zu seinen gebrochenen Augen hinunterbeugen, um zu sehen, dass die Totenstarre wahrscheinlich schon einsetzte.

Das Blut in der Lache war gestockt.

Das Büro war sehr klein. Rechts und links hinter den sich gegenüberliegenden Schreibtischen standen Bücherregale, die überquollen von Büchern, Ordnern und Papieren.

Das Opfer lag links, unmittelbar vor seinem Schreibtisch.

Er musste sich von seinem Platz erhoben haben und seinem Mörder entgegengekommen sein.

Zitternd wie Espenlaub stieg Eva Habermann über die Beine des Toten, um an das Telefon auf dem rechten Schreibtisch heranzukommen.

Als die Polizei sie später befragte, wusste sie nicht mehr, was sie die zehn Minuten gemacht hatte, bis die Polizei und der Krankenwagen mit Blaulicht in den Hof gefahren kamen.

Der diensthabende Beamte am Notruftelefon hatte sie gefragt, ob sie sicher sei, dass der Tote wirklich tot sei!

Das musste man sich vorstellen! Sie hatte entrüstet versichert, dass sie sich auskenne. Dass sie gelernte Altenpflegerin sei und dass sie durchaus in der Lage sei, eine bereits steife Leiche von einem bewusstlosen Schwerverletzten zu unterscheiden!

Sie war erschöpft auf den Stuhl zurückgesunken.

Erst als sie das Martinshorn nahen hörte, kam wieder Leben in sie.

Während sie der Polizei den Gang entlang entgegenging, überschlugen sich ihre Gedanken.

Was passierte jetzt? Würden die Polizisten sie verhören?

Würden sie sie verdächtigen?

Sie musste der Polizei ja nicht auf die Nase binden, dass Professor Killian erst vergangenen Monat ihre Doktorarbeit höhnisch und vernichtend kritisiert hatte.

Eva Habermann brach bei diesem Gedanken der Schweiß aus, als sie vier Polizisten und zwei Sanitäter die Treppe heraufeilen sah.

Komisch, dachte sie noch, warum rennen die so? Der ist doch schon tot. Äußerlich gefasst, ging sie den Männern entgegen und stellte sich vor.

Freitag, 17:20 Uhr

Ein Streifenwagen, ein Fahrzeug des Kriminaldauerdienstes und ein Krankenwagen fuhren in den Hof der PH, direkt vor das Kollegiengebäude IV.

Vier Beamte und zwei Sanitäter eilten die Treppe hoch ins zweite Obergeschoss, wo ihnen eine Frau entgegenkam.

»Guten Abend, Kripo Freiburg, haben Sie uns angerufen?«, fragte einer der Beamten.

»Ja. Mein Name ist Eva Habermann. Ich bringe Sie in Professor Killians Büro.«

Die beiden Sanitäter registrierten mit Erleichterung, dass die Frau offensichtlich keine Hilfe benötigte. Den Tod des Mordopfers musste ein Arzt feststellen, das würde ein kurzer Einsatz werden.

Am Tatort angekommen, sahen die Beamten sofort, dass die Frau recht gehabt hatte.

Das Opfer war schon einige Stunden tot. Wie lange, musste der obduzierende Pathologe feststellen. Ein Beamter sichtete den Tatort, einer informierte den Erkennungsdienst, die Staatsanwaltschaft und den Notarzt.

Die beiden anderen befragten Eva Habermann.

»Wann haben Sie das Opfer gefunden?«

»Ich denke, es war siebzehn Uhr. Ich hatte einen Handwerker zu Hause, der um halb fünf fertig war, und ich benötige ungefähr eine halbe Stunde an die PH.«

»Wann haben Sie das Opfer zuletzt gesehen?«

»Warten Sie … Gestern, ungefähr um zwölf.«

»Wo?«

»Hier, in seinem Büro.«

»War jemand bei ihm? Wem gehört dieser Schreibtisch?«

»Er war alleine. Der Schreibtisch gehörte Professor Helmich. Der ist vor drei Monaten nach Berlin berufen worden.«

»Haben Sie einen Schlüssel zu dem Büro?«

»Ja, schon lange.«

»War die Tür abgeschlossen?«

»Nein.«

»In welchem Verhältnis standen Sie zu dem Opfer?«

Der Beamte notierte alles sorgfältig.

»Ich bin … ich meine, ich *war* seine Doktorandin.«

»Kannten Sie das Opfer schon lange?«

»Ja, ich kannte ihn schon von meinem Studium her. An der Uni. Das sind jetzt ungefähr sieben, acht Jahre.«

»Können Sie sich vorstellen, dass der Professor Feinde hatte?«

Der Beamte musterte Eva Habermann mit aufmerksamem Blick und diese wurde prompt rot.

»… ja, äh nein, ich meine, ich kenne keinen, der ihm Böses hätte wünschen können.«

»Sind Sie sicher? Denken Sie bitte gründlich nach! Das könnte für die Ermittlungen sehr wichtig sein! Auch scheinbar unbedeutende Kleinigkeiten könnten für uns ungemein wichtig sein!«

Der Beamte sah sofort, dass ihm die Zeugin etwas verheimlichte.

Dazu wäre keine jahrelange Polizeiausbildung erforderlich gewesen.

Eva Habermann stand da, wie das sprichwörtliche Häufchen Elend, das Gesicht mit flammender Röte übergossen, aber standhaft beteuernd, dass der Professor bei jedermann sehr beliebt gewesen sei und dass sie sich nicht vorstellen könne, wer ihm so etwas hätte antun können.

»Haben Sie, als Sie hier ankamen, irgendjemand gesehen? Mitarbeiter? Studenten?«

Der Beamte lenkte das Gespräch wieder auf harmloseres Terrain.

Eva Habermann schüttelte den Kopf.

»Nein, niemanden.«

In der Zwischenzeit war der Arzt eingetroffen, hatte einen nicht natürlichen Tod bestätigt und die beiden Sanitäter entlassen.

In diesem Moment traf der Erkennungsdienst ein und die beiden Beamten erkundigten sich nach einem ruhigen Ort, wo sie die Befragung fortsetzen könnten.

Eva Habermann führte sie in einen leeren Seminarraum schräg gegenüber. Sie setzten sich.

»Wissen Sie, ob das Opfer Angehörige hat?«

»Nein … so viel ich weiß nicht.«

»Wer hatte mit dem Opfer täglich Umgang? Wer gehörte zu seinem Arbeitsumfeld? Wer waren seine Mitarbeiter?«

»Na ja. Da muss ich kurz überlegen…Professor Killian war der einzige Professor. Wir sind ein kleines Institut.«

Sie zählt mit den Fingern leise ab:

»… mit mir zusammen drei Doktoranden, Dr. Neubert, der stellvertretende Direktor, die Sekretärin und einige abgeordnete Lehrer und akademische Oberräte. Genaueres kann ich Ihnen leider gar nicht sagen. Vielleicht könnten Sie auf der Homepage der PH nachsehen?«, schlug sie vor.

Die Beamten ließen sich von ihr die Homepageadresse der PH geben.

»Würden Sie uns bitte noch Ihren Namen, Ihre Adresse und Ihre Telefonnummer geben? Wir rufen Sie an, falls wir noch weitere Angaben von Ihnen benötigen. Für heute sind wir fertig. Vielen Dank für Ihre Hilfe.«

Der Beamte notierte ihre Angaben und schickte sie nach Hause. Währenddessen hatte der Erkennungsdienst mit der Spurensicherung am Tatort begonnen.

Die Leiche war vom städtischen Bestattungsdienst abgeholt

und zur Obduktion in die Rechtsmedizin gebracht worden.

Die Polizisten vom Kriminaldauerdienst ließen ihre Kollegen vom Erkennungsdienst am Tatort zurück und fuhren zurück zur Dienststelle.

Montag, 9:45 Uhr

Eine Viertelstunde später war ich auf dem Weg zur Polizeidienststelle in der Heinrich-von-Stephan-Straße.

Ich meldete mich bei der Pforte an und ein junger Polizist brachte mich ins erste Obergeschoss, Zimmer 134, an das er für mich klopfte, bevor er sich freundlich verabschiedete.

»Ja biddä?«

Herr Franke schüttelte mir die Hand und bat mich, Platz zu nehmen.

Alter Schwede, sah der gut aus!

Er war um die Mitte vierzig, mindestens einsfünfundachtzig groß, sehr durchtrainiert, halblange, graumelierte Haare, Pferdeschwanz und stylisher Ziegenbart.

Mein Beuteschema!

Er schaute mich aus braunen Augen prüfend an und ich fühlte mich schlagartig alt, hässlich und überhaupt.

»Sie hatten vorhin angerufen? Erzählen Sie doch mal.«

»Äh, ja … es ist nämlich so … ich war am Freitag an der PH. Ich bin nämlich Tutorin. Deutsch. Literaturwissenschaften. Das Einführungsseminar. Und der Raum, in dem ich bin, ist schräg gegenüber von Prof. Killians Büro. Und … als ich gegangen bin, habe ich etwas gehört. Einen lauten Streit.«

»Wissen Sie, um welche Uhrzeit das war?«, unterbrach mich Herr Franke.

»… ja, so gegen zehn … ungefähr.«

In Gegenwart von gut aussehenden Männern mutierte ich immer zu einem stotternden Häufchen Komplexen, obwohl ich sonst gar nicht auf den Mund gefallen bin und auch nicht schlecht aussehe. Weiß der Himmel warum.

Herr Franke nickte aufmerksam und machte sich Notizen.

»Der Streit, was denken Sie, war das ein Mann oder eine Frau?«

»Ein Mann. Eindeutig.«

»Und die Stimme von Herrn Prof. Killian haben Sie genau erkannt?«

»Ja … ich habe mal eine Vorlesung von ihm besucht. Er hat, … Entschuldigung, er hatte eine ziemlich hohe Stimme für einen Mann. Und wenn er sich aufregte, ist sie übergeschnappt. Seine Stimme. Er war es ganz sicher. Und der andere war eindeutig ein Mann.«

»Haben Sie irgendetwas verstanden? Haben Sie gehört, um was es ging? Oder ist Ihnen etwas an der anderen Stimme aufgefallen? War sie hoch oder tief? War ein Dialekt erkennbar?«

»So wie bei Ihnen«, dachte ich, sagte aber laut:

»Nein, ich habe nichts verstanden und aufgefallen ist mir auch nichts. Ich dachte noch, dass ihm endlich einmal jemand die Meinung sagt und bin dann weitergegangen.«

Herr Franke sah mich scharf an.

»Was meinen Sie damit, endlich einmal die Meinung sagen?«

»Äh, na ja …«

Ich wurde rot.

»Prof. Killian war nicht sonderlich beliebt…«

»Was heißt nicht sonderlich beliebt? Bei den Studenten?«

»Ja, na ja, man soll ja über Tote nichts Schlechtes sagen ...«

Mir war es plötzlich unangenehm, über jemanden zu reden, den ich nicht leiden konnte. Es ist etwas anderes, wenn man mit einer Kommilitonin lästert. Das ist irgendwie intern.

Und jetzt. Jetzt wurde es mit einem Mal so offiziell.

Ich wollte doch dem Kommissar nicht sagen, dass der Killian ein mieser, alter Schleimer war, der die Studentinnen mit lüsternen Blicken auszog und gerne den einen oder anderen Studentinnenhintern betätschelte.

Bei mir hatte er sich nicht getraut, wahrscheinlich, weil ich einsachtzig groß bin und somit auf seiner Augenhöhe war.

Das hatte ihn aber nicht gehindert, gierig an mir rauf und runter zu gucken.

Uah, ich durfte gar nicht daran denken!

Laut sagte ich: »Wissen Sie, er war ziemlich streng. Geradezu gnadenlos. So einer, der die Studenten fertig macht, wenn sie eine in seinen Augen blöde Frage stellten. Außerdem stand er in dem Ruf, gerne Prüfungskandidaten durchfallen zu lassen. Keiner wollte von ihm geprüft werden. Und außerdem hat er die Studentinnen betatscht«, endete ich schnell.

Herr Franke beugte sich interessiert über den Tisch.

Mann, sah der gut aus!

»Kennen Sie jemanden, mit dem er ganz speziell Probleme hatte? Vielleicht ein durchgefallener Prüfungskandidat oder eine Kandidatin?«

Ich musste an Deniz denken und schüttelte den Kopf. Es kam mir so unwirklich vor.

Ein Mord in meiner unmittelbaren Umgebung!

Wahrscheinlich saßen jetzt die Mädels im Seminar und spekulierten über den Mörder.

Oder die Mörderin.

Mir fiel ein, dass ich gar nicht gefragt hatte, wie er eigentlich getötet wurde.

»Wie wurde er eigentlich getötet?«, fragte ich.

Vor meinem inneren Auge lief eine Folge von CSI Miami ab. In Büros werden Mordopfer gerne mit Brieföffnern erstochen. Oder mit Scheren. Oder sie werden mit schweren Trophäen erschlagen, die immer irgendwo herumstehen.

»Er wurde erstochen«, sagte Herr Franke und machte sich noch eine Notiz.

»Mit was?« fragte ich fachmännisch und interessiert.

Herr Franke blickte auf und sagte:

»Das darf ich Ihnen nicht sagen. Das würde die Ermittlungen behindern.«

Wie im Film, dachte ich entzückt, rief mich aber gleich wieder zur Ordnung. Hier war wirklich jemand getötet worden. Das war weder ein Krimi noch eine US-Hochglanzserie.

Jemand, den ich kannte. Nur flüchtig zwar, aber immerhin.

»Wären Sie so freundlich, mich anzurufen, falls Ihnen noch etwas einfällt?«

Herr Franke gab mir seine Karte. Den würde ich auch gerne anrufen, falls mir nichts mehr einfällt, dachte ich.

Er notierte meinen Namen und meine Telefonnummer und schüttelte mir zum Abschied noch einmal die Hand. Schöne Hände, kräftiger Händedruck.

Freitag, 10:47 Uhr

Das Wetter war schön an diesem Freitagvormittag.

Der Jogger lief gleichmäßig und kraftvoll die Waldseestraße hinunter.

Es war kalt für diese Jahreszeit und sein Atem produzierte stoßweise kleine Dampfwölkchen.

Er war schon zehn Minuten gelaufen und merkte, wie sich seine Nerven etwas beruhigten. Laufen half immer. Deniz Özgün war ein sehr ruhiger, zurückhaltender, höflicher und zielstrebiger junger Mann. Groß, schlaksig, mit großen, dunklen Augen, die immer etwas verwundert in die Welt schauten. Dass es so etwas wie Mädchen gab, hatte er bisher nicht bemerkt und dass die eine oder andere ihm hin und wieder Avancen machte, noch weniger.

Heute Morgen hatte er einen äußerst unangenehmen Zusammenstoß mit Professor Killian gehabt.

Ende Oktober hatte er seine Staatsexamensprüfung und bereitete sich schon seit drei Monaten vor. Er kam ganz gut voran und fühlte sich inzwischen recht gut vorbereitet, nur Pädagogik machte ihm noch Sorgen.

Es war einfach viel zu viel Stoff!

Geprüft wurde nur eine Viertelstunde, also wenig Zeit, um etwas auszubügeln, wenn man mit der Frage Probleme hatte.

Deniz war mit Killian bisher ganz gut ausgekommen und er war heute Morgen in sein Büro gegangen, um ihn zu fragen, ob er ihm eine ungefähre Richtung nennen könnte, in die die Prüfungsfragen gehen würden.

Killian hatte total unangenehm reagiert.

Er fiel ihm vehement ins Wort und machte seinem angestauten Unmut über die Faulheit, Bequemlichkeit und Dummheit der Studenten Luft. Deniz traf seine Häme völlig unvorbereitet.

Er wollte sich schon schleunigst verabschieden, als Killian von seinen Tiraden über die Studenten zu Schmähungen über Ausländer überging.

Deniz traute seinen Ohren nicht.

Killian lästerte sich zunehmend in Rage, über die lästigen Ausländer überall, die hierher kommen, dem Staat auf der Tasche liegen, den Einheimischen die Arbeit wegnehmen und dann, als Krönung des Ganzen, noch umsonst hier studieren würden!

Deniz platzte der Kragen.

Wutschnaubend drehte er sich um, die Fingerknöchel weiß von seinem Klammergriff um die Türklinke, und schrie zurück.

Dass sein Vater Mitte der sechziger Jahre als Gastarbeiter hierher gerufen worden war, dass er seitdem ununterbrochen gearbeitet, Steuern gezahlt und fünf Kinder großgezogen hatte, von denen alle das Abitur gemacht hatten, alle, außer ihm, mit dem Studium fertig waren und bereits arbeiteten.

Aber Killian fiel ihm ins Wort.

»Gehen Sie!« geiferte er. »Ich will gar nichts hören!«

»Sie mieser, rassistischer Schleimer!«, schrie Deniz wütend und schmiss die Tür zu, dass die Wände wackelten.

Vollkommen aufgebracht rannte er aus dem Gebäude.

Aus den Augenwinkeln sah er noch Caroline, seine Tutornachfolgerin, bei den Fahrradständern stehen, aber er hatte keine Lust zu reden und lief nach Hause, das nur einen Steinwurf weit entfernt lag.

Auf dem Nachhauseweg wurde ihm mit eisigem Schrecken klar, was er sich soeben eingebrockt hatte.

Killian würde sein Prüfer in empirischer Pädagogik sein.

Und der würde ihn mit Sicherheit in die Pfanne hauen. Das war klar. Was sollte er tun? Durchgefallen in Pädagogik, kein Staatsexamen. Kein Examen hieß kein Auslandsjahr, das bereits für den Sommer geplant war.

Es war zum Heulen! Zu Hause schleuderte er seinen Rucksack in die Ecke und zog seine Sportsachen an.

Er lief quer über den Campus in Richtung Waldsee, am alten Friedhof vorbei, die Waldseestraße hinunter und unten, kurz vor den Bahngleisen, bog er links in den Wald ein.

Montag, 10:55 Uhr

Mittlerweile war es fast elf Uhr und ich stand etwas unschlüssig vor dem Polizeigebäude.

Zur PH würde ich mit dem Fahrrad eine halbe Stunde brauchen.

Dann wäre es halb zwölf. Zu früh für die nächste Vorlesung. Erst um halb zwei würde ich meine Tochter in der Mensa treffen.

Ich hatte keinen Nerv auf Vorlesung und beschloss, mir diese auch zu schenken.

Aufgekratzt schwang ich mich aufs Fahrrad und fuhr ins *Kolbencafé* direkt beim Martinstor. Dort konnte ich immer wunderbar meinen Gedanken nachhängen.

Es war warm, heimelig und altmodisch und es duftete wunderbar nach Kaffee. Ein Radio dudelte irgendwo im Hintergrund, die Leute lasen Zeitung, plauderten oder tranken nur einen schnellen Espresso. Dutzende von bunten verführerischen Törtchen und Kuchen lachten mich an. Wie immer bestellte ich einen Cappuccino und ein Eclair, zum Teufel mit den Kalorien, und stellte mich an einen der kleinen Stehtische.

Meine Gedanken drehten sich im Kreis.

Ich hatte Deniz nicht verraten. Wenn er aber mit der Sache etwas zu tun hatte? Würde ich mich dann der Mitwisserschaft oder gar der Mittäterschaft schuldig machen?

Mindestens aber der Behinderung der Justiz.

Das Eclair war köstlich wie immer.

Vielleicht könnte ich Deniz ja ein bisschen auf den Zahn fühlen.

Ich wusste, wo er wohnt, weil er mir damals den Schlüssel zum Büro unserer Dozentin übergeben hatte. Er hatte sich im Grammatikseminar zwei Bücher von mir ausgeliehen. Das wäre doch ein prima Vorwand, ihn ein bisschen auszuhorchen.

Caroline La Marca! Ich fand die Idee hervorragend.

Bliebe nur noch zu überlegen, wann ich bei ihm klingeln sollte. Einen Anruf verwarf ich wieder, so könnte ich sein Gesicht nicht sehen und ich kannte ihn nicht gut genug, um an seiner Stimme zu merken, ob etwas nicht stimmte.

Am besten wäre, ich würde nach der Mensa mit meiner Tochter bei ihm vorbeischauen. Er wohnt genau auf dem Weg zwischen PH und der Straßenbahnhaltestelle.

Sophia würde zwar maulen »Dann redest du dich wieder fest!«, aber darauf konnte ich jetzt keine Rücksicht nehmen. Nicht dass ich es sonst getan hätte, ich tratsche unheimlich gerne und kenne ziemlich viele Leute, mit denen ich mich ständig festquassle, aber dieser Fall lag ganz anders.

Vielleicht sollte ich sie einweihen?

Sonst interessiert sie sich nicht besonders für die PH und was ich dort tue, aber ein Mord?

Das war ganz schön spannend.

Da ich so hibbelig war, ging ich, nachdem ich mein Eclair gegessen hatte, in die Buchhandlung *Rombach*.

Es waren noch eineinhalb Stunden Zeit, bis ich mich mit Sophia treffen würde und nach Büchern stöbern beruhigte mich immer sehr.

Buchhandlungen sind etwas Wunderbares. Ein dicker Teppich dämpft alle Geräusche, es riecht nach druckfrischem Papier und Kaffeeduft zieht durch den Laden.

Wie immer ging ich gleich in die »Klassikerecke«. Da ich Deutsch im Hauptfach studiere, lese ich unheimlich viel.

Das habe ich eigentlich schon immer getan, jetzt tat ich es zielgerichteter. Mein Ehrgeiz war es, mich bis zum Ende meines Studiums durch alle deutschen Klassiker gelesen zu haben.

Zu Hause stapelten sich die Bücher- und Reclamheftchenberge.

Zum Glück gibt es fast alle Klassiker auch als gelbes Heftchen. Ich würde mich sonst ruinieren. Und würde eine Bibliothek anbauen müssen. Obwohl. Das würde mir gefallen. Sehr sogar.

Nach einer guten Stunde stand ich mit dem ›Schimmelreiter‹, ›Torquato Tasso‹ und dem ›Götz von Berlichingen‹ an der Kasse, als ich Anja sah.

Sie schwänzte also auch.

»Hey, wie geht´s?«

Wir umarmten uns, was bestimmt lustig aussah, weil sie so klein ist. Anja ist eine meiner liebsten Mitstudentinnen. Sie ist, so wie ich, auch keine zwanzig mehr und behauptet sich mit mir und einer Handvoll anderer »Oldies« neben den Horden junger, hübscher Studentinnen.

»Hast du heute morgen schon die Zeitung gelesen?«, fragte ich.

»Der Killian ist umgebracht worden! Stell´ dir vor! Am Freitag!«

Anja wurde ganz blass.

»Was?! Der Killian? Das gibt es doch gar nicht! Wo? Wie? Woher weißt du das?«

Ich erzählte ihr, dass ich es heute Morgen in der Zeitung gelesen hatte und dass ich vorhin bei der Polizei gewesen war, weil ich am Freitag einen Streit in Killians Büro gehört hatte.

Von Deniz erzählte ich ihr vorerst lieber nichts.

»Mensch, das ist ja irre! Bei uns an der PH!«

Anja konnte Killian genauso wenig leiden wie ich. Er hatte ihr einmal Avancen gemacht.

Sie ist klein und zierlich, mit langen, naturblonden Haaren. Sie hatte ihm aber ziemlich unmissverständlich klar gemacht, was sie mit ihm tun würde, sollte er sie je anfassen. So, wie ich sie kenne, hat sie ihm gedroht, den Sack abzureißen.

»Bist du nachher noch an der PH? Ich habe leider noch einen Termin!«

Anja bedauerte es sehr, dass sie nicht sofort mit mir losziehen konnte, um etwas herumzuspionieren. Ebenso abenteuerlustig wie ich, nötigte sie mir das Versprechen ab, sie umgehend zu informieren, falls ich etwas Interessantes erfahren sollte. Ein Versprechen, das ich total vergessen sollte. Jetzt war es aber höchste Zeit! Eilig machte ich mich auf den Weg an die PH.

Freitag, 12:00 Uhr

Die große Glocke des Münsterturms schlug zwölf.

Es war Freitag und der Münstermarkt war bei diesem wunderbaren Wetter gut besucht. Auf der Südseite standen die Händler, die Blumen, Oliven, Südfrüchte und Keramik feilboten, und auf der anderen Seite boten die Bauern der Region ihre saisonalen Produkte an. Kartoffeln, Karotten, Äpfel, Birnen, Kohl, Salat, Lauch, Bauernblumensträuße, Eier, Bauernbrot, Hausmacher-Wurst, Speck und Schnäpse.

In den typischen Marktgeruch aus Erde und Gemüse mischte sich der Duft der gebratenen Münsterwürste und in den umliegenden Cafés saßen noch einige Hartgesottene draußen an den Tischchen.

Kristina Heinrich lief ziellos zwischen den Ständen herum. Von dem geschäftigen Treiben bekam sie überhaupt nichts mit.

Vor einer Stunde war sie bei Professor Killian gewesen, um sich den Schein für ihre Hausarbeit abzuholen. Es war der letzte Schein, den sie für die Prüfung Ende Oktober nachreichen musste, für die sie sich bereits angemeldet hatte. Sie studierte im neunten Semester Lehramt Grund- und Hauptschule und wollte endlich zu einem Ende kommen.

Ihr Vater hatte ihr bei seinem letzten Besuch angedeutet, dass er es begrüßen würde, wenn sie langsam fertig würde. Ihr Vater war Ingenieur bei Mercedes Benz in Stuttgart und verdiente nicht schlecht, aber mittlerweile machte ihr kleiner Bruder Abitur und wollte auch studieren und für zwei Studenten wollten und konnten die Eltern nicht zahlen. Durch die Einführung der Studiengebühren hatte sich die Situation verschärft und Kristina sah sich einem ungeheuren Druck ausgesetzt.

Deshalb war sie total entgeistert, als ihr Professor Killian vorhin mitgeteilt hatte, dass er ihr nur eine Fünf für die Hausarbeit geben könne.

Das bedeutet durchgefallen. Sie hatte gebettelt, gefleht und war schließlich in Tränen ausgebrochen und Killian hatte ihr dann ein unanständiges, aber unmissverständliches Angebot gemacht.

Kristina war entsetzt.

Sie hatte ihm eine geknallt und war dann weggerannt.

Was sollte sie jetzt tun? Sie brauchte diesen Schein dringend. Ohne den Schein keine Prüfung. Ohne Prüfung noch ein Semester länger. Und das bedeutete Riesenärger und schlimmstenfalls kein Geld von zu Hause mehr.

Ihr kamen schon wieder die Tränen. Hätte sie nur den Schein

gemacht, als sie das Seminar dazu besucht hatte.

Aber es war einfach zu schönes Wetter gewesen und sie hatte gerade einen neuen Freund. Andi. Mit dem wollte sie lieber am Baggersee herumliegen, als zu Hause über Büchern am Schreibtisch brüten.

Also hatte sie dieses Semester Professor Killian bekniet, den Schein noch nachträglich machen zu dürfen. Er hatte eingewilligt und sie hatte, blöd wie sie war, eine Hausarbeit im Internet gekauft. Für zwanzig Euro.

Note Eins hatte da gestanden und sie hatte sich darauf verlassen.

Jetzt saß sie in der Tinte. Wenn sie Pech hatte, flog ihr Betrug noch auf und dann würde man sie vielleicht gar nicht zur Prüfung zulassen.

Sollte sie auf Killians Angebot eingehen? Oder ihn verpfeifen?

Das würde ihr aber auch keinen Schein einbringen.

Ihr Magen war ein einziger Knoten.

Eigentlich hatte sie gehofft, ihren guten Freund Emanuele hier zu treffen, der am italienischen Olivenstand jobbte, aber ausgerechnet heute war er nicht da. Emanuele hatte immer gute Ideen und war nicht aus der Ruhe zu bringen.

Sie musste eine Entscheidung treffen. Noch heute. Rasch verließ sie den Münsterplatz in Richtung Bertoldsbrunnen, um mit der Straßenbahn Nummer eins wieder nach Littenweiler zu fahren, wo sie sich eine kleine Wohnung mit einer Kommilitonin teilte.

Montag, 13:30 Uhr

Total nass geschwitzt, schloss ich mein Fahrrad fest und stieg mit letzter Kraft die lange Treppe zur Mensa hinauf.

Es war Punkt halb zwei.

Oben wartete schon mein entzückendes Töchterchen. Wie so häufig blendend gelaunt.

»Wieso kommst du erst jetzt?«, schnauzte sie mich an.

»Ich freue mich auch, dich zu sehen«, flötete ich mit letzter Kraft und schob sie Richtung Eingang.

»Komm´, ich muss dir was super Spannendes erzählen!«

Sie sah mich nur ungnädig von der Seite an.

»Hier an der PH ist jemand umgebracht worden. Jemand, den ich kenne.«

Endlich drehte sie sich zu mir um.

»Echt? Wer denn?«

Typisch Sophia. Keinerlei emotionale Erschütterung.

Purer Pragmatismus. Das hatte sie von ihrem Vater.

»Professor Killian«, antwortete ich, »der eklige Pädagogikprofessor, von dem ich einmal erzählt habe.«

»Ach so!«

Sofort bekam sie wieder den typischen, gelangweilten Teenager-Gesichtsausdruck.

Mit einem roten Tablett in der Hand (Sie nimmt immer ein rotes. Wehe, es ist einmal keines da!) verschwand sie in Richtung Pommes.

Die Rindersteaks sahen klasse aus. Die Pommes auch.

Als wir an der Kasse standen, machte ich einen neuen Versuch.

»Mann, stell´ dir vor. An diesem Freitag habe ich einen Streit in Killians Büro gehört und später habe ich Deniz aus dem Gebäude rennen sehen!«

»Welcher Deniz?«, fragte Sophia desinteressiert.

»Na, Deniz, mein Tutorenvorgänger! Ich habe dir doch schon von ihm erzählt!«

»Kann sein.«

Mein Kind ist nahezu unerschütterlich.

Ich beschloss abzuwarten. Sophia war hungrig völlig ungenießbar. Wir suchten uns also einen Platz und begannen zu essen.

Mein Plan ging auf. Nachdem sie die Hälfte stumm verschlungen hatte, schaute sie mich an.

»Kennst du den echt? Den toten Typ meine ich.«

»Der ,Typ' heißt Professor Killian ...«, tadelte ich sie, »und ja, ich habe letztes Semester seine Vorlesung besucht.«

»Cool ...«, meinte mein Töchterlein, »... und weiter?«

»Mensch! Überleg´ doch mal! Ich kenne vielleicht seinen Mörder! Ich habe der Polizei nichts von ihm erzählt …«

»Polizei?«, unterbrach mich Sophia »Wieso Polizei?«

Ich erzählte ihr kurz, dass ich heute Morgen bei der Polizei gewesen war, um eine Aussage zu machen.

Weil ich doch am Mordtag einen Streit in Killians Büro gehört hätte.

»Ah!«

Ich erzählte ihr, dass ich vorhätte, bei Deniz zu klingeln, um ihm ein bisschen auf den Zahn zu fühlen.

Als sich ihre Miene zu umwölken drohte, warf ich rasch ein, dass er auf dem Weg zur Straßenbahn wohnen würde.

Typisch.

Nicht der Umstand, dass ich einem potenziellen Mörder auf den Zahn fühlen wollte, sondern dass wir eventuell einen Umweg laufen müssten, machte ihr Sorgen. Die lieben Kleinen.

Aber ich konnte mich wirklich nicht beklagen. Meine Tochter ist weitestgehend pflegeleicht. Störrisch zwar, dickschädelig und faul, gleichzeitig aber schlagfertig, superwitzig und mit einem großen Herz für kleine Kinder und Tiere. Und sie besitzt einen geradezu analytischen Verstand. Den wollte ich ausnutzen.

Caroline La Marca! Caroline und Sophia La Marca! Hach, da passierte endlich etwas in diesem langweiligen Freiburg!

Und ich würde zusammen mit meinem schlauen Töchterlein ein bisschen herumschnüffeln.

Und vielleicht diesen Fall aufklären.

Freitag, 12:08 Uhr

Kurz nach zwölf war Deniz wieder zu Hause.

Während des Laufens hatte er sich wieder ein bisschen beruhigt. Er duschte, zog saubere Jeans sowie einen Kapuzenpullover an und rief seine Mutter an. Seine Mutter war neben seinen Schwestern seine wichtigste Vertraute.

»Hallo?«

»Hallo Mama! Ich bin´s!«

»Hallo, mein Junge, wie geht es dir? Was ist los?«

Deniz sprach mit seinen Eltern immer türkisch.

Fatima Özgün war eine bemerkenswerte Person. Sie war eine kluge, kleine und lebhafte Frau. Sie stammte aus einem kleinen Dorf in Ostanatolien, wo sie ihrer Mutter schon als kleines Mädchen zur Hand gehen musste. Als Älteste von neun Geschwistern hatte sie die Grundschule nur bis zur vierten Klasse besucht. Sie konnte nicht oft zur Schule gehen, da der Schulweg bei Regen und im Winter unpassierbar war, und so hatte sie nie richtig lesen und schreiben gelernt.

Mit vierzehn wurde sie an ihren Mann Hassan verheiratet, der erst siebzehn war. Sie hatte Glück. Sie mochte den Ehemann, den ihre Eltern für sie ausgesucht hatten und mit knapp zwanzig, bekam sie ihren ersten Sohn. Mohammed.

Als Mohammed zwei Jahre alt war, wollte ihr Mann nach Deutschland gehen. Sie hatte bereits Sagenhaftes gehört von diesem Land und ging ohne Proteste mit.

In Deutschland angekommen, erkannte sie schnell, dass es hier für Mohammed und ihre künftigen Kinder größere Chancen gab als in ihrem Heimatland und für sie stand fest, dass sie nicht zurückgehen würde. Sie legte ihr Kopftuch ab und errang gegen ihren Mann, der es zuerst gar nicht bemerkt hatte, einen ersten Sieg.

Im Laufe der Jahre erlangte die Familie einen gewissen Wohlstand und vier weitere Kinder wurden geboren.

Frau Özgün dirigierte die Familie mit umsichtiger, aber strenger Hand. Sie bläute ihren Kindern täglich ein, wie wichtig Schulbildung für sie sei. Nur so würden sie einen guten Beruf erlernen können und nur so würden sie in diesem Land akzeptiert werden.

Als ihre älteste Tochter aufs Gymnasium kommen sollte, versuchte Herr Özgün ein letztes Mal, seinen schwindenden Einfluss geltend zu machen und war partout dagegen. Mit der Begründung, dass Frauen zu heiraten und Kinder zu bekommen hätten.

Erst nachdem Frau Özgün daraufhin eine Woche in Streik trat, ergab er sich. Er beugte sich seinem vernachlässigten Magen und dem weisen Ratschluss seiner Frau und willigte ein.

Mittlerweile war er unendlich stolz auf seine Töchter, von denen die ältere Lehrerin war und die jüngere gerade ihren Facharzt machte.

Deniz war mit fünfundzwanzig der Jüngste, der Sensibelste und gleichzeitig der Größte in der Familie.

Frau Özgün merkte, dass mit ihrem Sohn etwas nicht stimmte.

»Junge, was ist los?«

»Oh, Mama, ich habe eine große Dummheit begangen! Ich habe meinen Professor beleidigt, der mein Prüfer sein wird! Ich bin so dumm!«

»Aber Sohn! Wie konnte das nur passieren?« Für seine Mutter war Deniz immer noch der kleine Junge mit den verträumten, langbewimperten braunen Augen und den drei Wirbeln im zerzausten Haar.

»Ach, das ist eine ganz dumme Geschichte.« Deniz war den Tränen nahe.

»Ich bin heute Vormittag zu ihm ins Büro gegangen, um etwas zu den Prüfungsthemen zu fragen und er hat alles komplett falsch verstanden und angefangen, mich zu beschimpfen.«

»Aber Sohn! Was habe ich dir immer gesagt, was du tun sollst, wenn dich jemand beleidigt?«

»Jaaa, Mama, ich weiß, aber ich konnte es plötzlich nicht mehr aushalten und habe ihn einen alten rassistischen Schleimer genannt!«

Deniz wurde bei dem Gedanken daran ganz schlecht.

»Jetzt lässt er mich bestimmt durch die Prüfung fallen!«

»Unsinn!«, erwiderte seine Mutter resolut.

»Du wirst sofort hingehen und dich entschuldigen! Außerdem wirst du dich gleichzeitig um einen anderen Prüfer bemühen! Es kann ja nicht nur diesen einen geben!«

Seine Mutter hatte recht.

An diese Möglichkeit hatte er in seiner Wut und in seinem Selbstmitleid gar nicht gedacht. Er war erleichtert.

»Das mache ich. Mama, du bist die Beste!«

»Ich weiß, mein Sohn«, lächelte Frau Özgün.

»Kommst du morgen zum Essen?«

»Das mache ich. Ich küsse dich, Mama!«

Als Deniz eine halbe Stunde später vor Killians Büro stand, machte keiner auf. Die Sekretärin war auch nur bis zwölf da gewesen, also ging er in die Mensa. Um drei saß er, immer noch ein wenig beunruhigt, über seinen Büchern.

Montag 14:09 Uhr

Sophia und ich saßen in der Straßenbahn Richtung Stadt.

Ich zitterte immer noch, aber Sophia sah gelangweilt aus dem Fenster. Für sie war der Fall erledigt. Ich hatte vorhin, als wir an Deniz′ Haus vorübergegangen waren, geklingelt.

In dem Moment, als ich den Klingelknopf gedrückt hatte, fingen meine Knie an zu zittern und wollten gar nicht mehr aufhören.

Ich war wirklich nicht ganz bei Trost.

Was wollte ich ihm denn sagen?

Ob er meine Bücher noch benötigte?

Schwachsinn!

Natürlich benötigte er sie noch. Die Prüfung war erst in zwei Wochen!

Ihn fragen, ob er am Freitag bei Killian gewesen ist?

Wahnsinn! Vielleicht war er ja ein Mörder!

Ich hatte vor der Tür gestanden und inständig gehofft, dass er nicht zu Hause sei. Er war wirklich nicht zu Hause gewesen, aber ich konnte mich kaum beruhigen. Ich versuchte mich abzulenken und an etwas Angenehmes zu denken. Zum Glück hatte ich heute Vormittag mein Nachmittagsseminar bei Frau Dr. Endres abgesagt und konnte den Nachmittag genießen. In Gedanken saß ich mit dem »Schimmelreiter« schon auf der Couch, eine Tasse Earl Grey und eine Tafel Schokolade neben mir, einen Kater auf dem Schoß.

Eine Viertelstunde später waren wir zu Hause. Uff!

Ich liebe unsere Wohnung! Der Kaffeeduft von heute Morgen hing noch in der Luft und die Sonne schien durch die hohen Fenster. Unsere Wände sind terrakottarot und dunkelrot gestrichen. Wie im Palazzo de la Favorita in Palermo. Sophia und ich waren vor einigen Jahren mehrere Wochen bei Freunden in Palermo. Sofort nach unserer Rückkehr hatte ich die Wände gestrichen und alle Bilder, eigene und andere, durcheinander aufgehängt. Gar nicht so einfach bei so hohen Wänden, aber das Ergebnis war toll.

St. Petersburger Hängung.

Jetzt hatten wir auch unseren Mini-Palazzo.

Sophia verschwand sofort in ihrem Zimmer. Kurze Zeit später hörte ich laute Musik.

Ich machte mir eine Kanne Tee und setzte mich mit dem »Schimmelreiter« auf die Couch.

Normalerweise vergeht keine halbe Stunde und ich döse weg, aber heute war ich wie aufgedreht. Meine Gedanken kreisten ständig um den Streit, dessen Ohrenzeugin ich gewesen war und um Deniz, den ich kurz darauf aus dem Gebäude rennen sah.

Woher wusste ich denn, dass es Deniz war, der sich mit Killian so lautstark gestritten hatte?

Gar nichts wusste ich. Trotzdem.

Die Sache ging mir nicht aus dem Sinn.

Freitag, 13:16 Uhr

»Wo zum Teufel sind die Autoschlüssel?«

Herr Schütz war wütend. Er war im Begriff, die Wohnung zu verlassen und konnte den Autoschlüssel nicht finden.

Mit hochrotem Kopf riss er die Tür zur Küche auf, wo seine Frau an der Spüle stand und sich erschrocken umdrehte.

Marcel Schütz sah zum Fürchten aus.

Er war ein eher kleiner, muskulöser Mann mit braunen Augen und einem quadratischen, schmal gestutzten Kinnbart.

Er trug helle Jeans, weiße Turnschuhe, ein schwarzes Sweatshirt mit Werbeaufdruck seines Fitnessstudios und einen dunkelblauen Blouson. Auf dem kurzen, gegelten Haar trug er eine Baseballkappe.

Sandra Schütz sah ängstlich ihren Mann an.

Wenn er so wütend war wie jetzt, durfte man ihm nicht in die

Quere kommen und ihm gar widersprechen.

»Schatz«, sagte sie mit versöhnlicher Stimme, »du hast ihn vorhin auf den Esstisch gelegt.«

Wütend schmiss Herr Schütz die Küchentür zu und kurz darauf hörte seine Frau die Wohnungstür zuschlagen.

Sie hätte ihn gerne noch gefragt, wo er denn hinwolle, so kurz vor dem Mittagessen. Freitags kam sie immer schon um eins nach Hause und kochte auf zwei das Mittagessen für sich und ihren Mann.

Unter der Woche aß sie in der Mensa und machte abends nur ein kaltes Abendbrot.

Sie arbeitete als Sekretärin am Institut für Empirische Pädagogik der Pädagogischen Hochschule in Freiburg. Sie war froh über diese Stelle, da ihr Mann seit einem halben Jahr arbeitslos war. Sie kamen gerade so über die Runden, sie und ihr Mann.

Kinder hatten sie keine. Leider. Sandra Schütz war schon vierunddreißig und seit zehn Jahren verheiratet und sie hatte die Hoffnung auf ein Kind schon längst aufgegeben. Sie wusste nicht, warum sie keine Kinder hatten. An ihr lag es nicht, sie war kerngesund. Als sie ihren Mann anflehte, sich auch untersuchen zu lassen, hatte er sie das erste Mal geschlagen. Seitdem hatte sie das Thema nicht mehr angeschnitten. Diese Sorgen hatten die junge Frau vorzeitig altern lassen.

Sie sah freudlos aus, verhärmt und blass, was durch ihre unvorteilhaft blondierten kurzen Haare noch verstärkt wurde.

Eine wohlmeinende Freundin hatte schon vor Längerem einmal versucht, sie zu einer Typberatung zu bewegen, aber sie hatte sich als absolut beratungsresistent erwiesen. Sie mochte ihr nicht sagen, dass ihr Mann schon immer Blondinen bevorzugte. Die Freundin hätte sie ja ausgelacht und dann zum Scheidungsanwalt geschleppt.

Sie tat ihrem Mann gerne diesen Gefallen.

Auch trug sie für ihn viel zu enge Jeans, kurze Minioberteile mit Stickereien oder Pailletten und immer hohe Schuhe.

Manchmal beneidete sie die Studentinnen, die so sorglos und lässig an der PH herumliefen. Die waren noch ganz am Anfang ihres Lebens, noch voller Hoffnungen und völlig frei.

Frau Schütz trocknete sich die Hände ab, rührte das Gulasch um und ging dann in die Diele. Sie sah, dass die verschwitzten Sportsachen ihres Mannes auf dem Boden lagen, die Sporttasche hatte er mitgenommen.

Seit ihr Mann arbeitslos war, ging er jeden Tag ins Fitnessstudio.

Sie versuchte gar nicht zu raten, wo er, kurz vor dem Mittagessen, mit der leeren Sporttasche hin wollte.

Seufzend stopfte sie die Wäsche in die Waschmaschine und begann den Tisch zu decken.

Freitag, 13:20 Uhr

Dr. Neubert ging die Treppe vom Kollegiengebäude V hinunter, überquerte die Straße und eilte auf den Parkplatz, der um diese Zeit meist fast leer war. Es war früher Freitagnachmittag und viele der Studenten waren fürs Wochenende schon nach Hause gefahren.

Zum Glück, denn so war er niemandem mehr begegnet, dem sein merkwürdiges Benehmen hätte auffallen können.

Noch immer stand kalter Schweiß auf seiner Stirn, seine Hände zitterten und er war hochgradig erregt.

Gerade eben war etwas vorgefallen, was seine berufliche Laufbahn beenden könnte.

Udo Neubert war ein attraktiver Mann. Anfang vierzig, groß, schlank, etwas angegraut, immer gut gekleidet, geschieden und dem weiblichen Geschlecht sehr zugetan.

Bisher hatte er seine diversen Techtelmechtel mit Kolleginnen und Studentinnen immer souverän gemanagt. Seit etwa einem halben Jahr aber war das anders.

Er war betreuender Dozent für Tagespraktikanten an einer Freiburger Realschule und hatte sich im letzten Semester in eine Schülerin verliebt. Genau wissend, dass er auf eine Katastrophe zusteuerte, hatte er dennoch nicht von ihr lassen können.

Die Schülerin, fünfzehn Jahre jung, erkannte mit sicherem Blick ihre Möglichkeiten und spielte mit ihm fortan Katz und Maus.

Zwischen Himmel und Hölle taumelte er seither in einem Zustand von Unzurechnungsfähigkeit durch sein bisher so wohlgeordnetes Leben. Zwar wusste er in klaren Augenblicken, dass er dieses Verhältnis sofort beenden musste, da ihn das Kopf und Kragen kosten konnte, aber sobald er Jessicas süße, lockende Stimme am Telefon hörte, brannten alle Sicherungen durch.

Gerade vorhin war das passiert, was er die ganzen letzten Monate ängstlich befürchtet hatte.

Sein Verhältnis war nicht länger ein Geheimnis.

Killian, sein Kollege und Chef am Institut für Empirische Pädagogik, hatte ihm hämisch grinsend mitgeteilt, dass er sein Geheimnis kenne und dass er ihn auffliegen lassen würde, falls er von seiner geplanten Anzeige beim Prorektor für Forschungsangelegenheiten nicht absehen würde.

Neubert hatte den alten Mistkerl noch nie leiden können, weil er Kolleginnen und Studentinnen betatschte und die Forschungsarbeiten und Publikationen seiner Mitarbeiter gerne mit seinem Namen schmückte. Als er jedoch Mitte des Jahres von Killians Doktoranden erfahren hatte, dass Killian mit falschen Zahlen beziehungsweise mit gar keinen Zahlen operierte, hatte er ihn zur Rede gestellt und ihm mit einer Anzeige gedroht.

Professor Killian, von Haus aus Pädagoge, hatte in der Vergangenheit mit den »Erbsenzählereien« der Psychologen nie viel am Hut gehabt. Er hatte die Empirie gemieden wie der Teufel das Weihwasser.

Erst als der Pisa-Schock die Nation erschütterte, war er zu einem wahren Prozentzahlenbelletrist mutiert und seine Mitarbeiter staunten nicht wenig, als er als Erster und bisher Einziger am Institut ein Drittmittelprojekt der DFG an Land ziehen konnte. Und jetzt hatte ein von seinem Gewissen geplagter Doktorand gegenüber seinem Vizechef den ganzen Schwindel aufgedeckt.

Neubert kochte vor Wut.

Killian hatte die letzten Jahre, in denen er zum aufgehenden Stern der empirischen Pädagogik aufgestiegen war, nicht nur einfach Zahlen gefälscht, sondern gar keine Daten erhoben! Datenerhebungen waren mühsame Kleinarbeit und der Mistkerl hatte sie einfach am Computer generiert!

Das konnte er ihm unmöglich durchgehen lassen.

Aber bei der Vorstellung, dass sein Verhältnis mit einer Minderjährigen auffliegen könnte, brach ihm der Angstschweiß aus.

Irgendetwas musste geschehen. Sonst war er geliefert. So oder so.

Mit zitternden Händen schloss er sein Auto auf und fuhr viel zu schnell vom Parkplatz.

Montag, 16:30 Uhr

»Haaallooo …!«

Irgendetwas war ganz wichtig, aber ich bekam bei bestem Willen die Augen nicht auf.

»Mensch Caro! Wach´ doch auf!«

Jemand rüttelte an meinem Arm und ich versuchte aus dem Tiefschlaf aufzutauchen.

»Jetzt mach´ schon … ich will mit Krissi noch in die Stadt ein Eis essen ... Kann ich dein Fahrrad haben?«

Das war das richtige Stichwort.

»Fahrrad?!«

Ich riss die Augen auf und blickte noch etwas orientierungslos in die Runde. Sophia stand da, zum Ausgehen bereit und zog an meinem Arm herum.

»Endlich ... du Caro … ich gehe noch ein Eis essen, ja? Mit Krissi. Einverstanden? Und kann ich dein Fahrrad haben?«

Stöhnend rieb ich mein steifes Genick. Ich war doch tatsächlich im Sitzen eingeschlafen!

»Klar. Nein halt! Das Fahrrad habe ich an der PH stehen lassen!«

»Mann! Du bist sooo verpennt!«

»Ja, ja … ist ja gut! … Mit wem gehst du Eis essen?«

»Mit Krissi … das habe ich jetzt schon dreimal gesagt … Gibst du mir zwei Euro?«

»Ja … in meinem Geldbeutel…Um sechs bist du wieder da, O.K.?«

»Ja klar … tschüss!«

Mit einem Knall flog die Wohnungstür zu und mir fiel plötzlich wieder ein, was an diesem Montag anders war als sonst. Genau! Der tote Professor Killian! Und der knusprige Kommissar. Und Deniz, mein Hauptverdächtiger.

Freitag, 14:00 Uhr

Das Wasser lief schon seit einer halben Stunde. Der Spiegel war beschlagen, der Duschvorhang hing schief und die Badematte war klatschnass. Kristina Heinrich kauerte weinend in der Duschwanne und das Wasser platschte auf ihren Kopf.

»Kristina?«, rief ihre Mitbewohnerin und klopfte an die Badezimmertür. Sie war vor einer viertel Stunde nach Hause gekommen und die Dusche lief noch immer.

»Kristina? Alles klar bei dir?!«

»Kristina!!! Bitte mach´ die Tür auf! Ich muss aufs Klo!

Sie polterte energisch an die Tür.

Endlich ging das Wasser aus.

»Kristina?«

Die Tür wurde aufgeschlossen und Kristina stand da wie ein Häufchen Elend, in ein Handtuch gewickelt, die Wimperntusche verlaufen, die Augen rot vom Weinen.

»Kristina! Was ist los?!« Simone war entsetzt.

»Hey, komm´ her!« Sie nahm sie in den Arm.

Kristina begann hemmungslos zu weinen. Ihr Körper wurde von Schluchzern geschüttelt.

Simone war erschrocken. So hatte sie ihre Mitbewohnerin noch nie gesehen.

Sie führte sie in die gemeinsame Küche, setzte sie auf einen Stuhl, holte eine Decke, in die sie ihre zitternde Kommilitonin einhüllte und setzte Teewasser auf. Dann zog sie einen Stuhl heran und setzte sich ganz dicht neben sie. Sie legte den Arm um ihre Schultern und redete beruhigend auf sie ein. Als der Tee fertig war, nötigte sie Kristina, einige Schlucke zu trinken.

Als diese sich nach einer Weile etwas beruhigt hatte, fragte sie eindringlich: »Kristina! Was ist los?«

Kristina schüttelte den Kopf.

»Jetzt sag´ schon!« Sie überlegte fieberhaft, was passiert sein könnte.

»Irgendetwas mit deinen Eltern?«, riet sie.

Kopfschütteln.

»Ein Kerl?«

Kopfschütteln.

»PH?«

Kristina schlug die Hände vors Gesicht und begann wieder zu weinen.

Aha, dachte Simone, daher weht der Wind.

»Hat es etwas mit der Prüfung zu tun?«

Kristina wiegte laut weinend den Oberköper hin und her.

»Kristina! Jetzt reiß dich zusammen! Was ist mit deiner Prüfung? Die ist doch erst Ende Oktober?! Du lernst doch wie verrückt, also, was ist los?«

Sie hatte ihre Mitbewohnerin energisch an den Schultern gefasst und schüttelte sie.

»Kristina!«, beschwor sie diese, »nichts kann so schlimm sein, dass du jetzt so ausflippst! Niemand ist gestorben, niemand hatte einen Unfall. Kein Kerl hat dich verlassen! Du sagst mir jetzt, was passiert ist!«

»Doch!«, kam es kläglich.

»Was, doch? Ist doch etwas mit deinen Eltern? Deinem Bruder?«

»Nein.«

»Also was?!«

»Der Killian…« Kristina wurde wieder von einem Weinkrampf geschüttelt.

»Der Killian? Was ist mit dem? Wegen dem heulst du so?«, fragte Simone ungläubig.

»Er hat …«

»Er hat …?«

»Er hat mich … angefasst!«, brachte Kristina mühsam hervor.

»WAS? Angefasst? Wo? Wieso? Du hast dich nicht gewehrt?«

Kristina liefen schon wieder die Tränen übers Gesicht.

»Jetzt sag´ schon! Lass dir doch nicht die Würmer aus der Nase ziehen!«

»Ich hab´ mich doch schon für die Prüfung angemeldet und sollte den einen Schein in Pädagogik noch nachreichen ...«

»Ja. Und ...?«

»Ich kriege den Schein nicht!«

»Wieso? Du hast die Hausarbeit doch abgegeben?«

»Killian hat mich durchfallen lassen.«

»Was? Wieso das denn? Du bist doch noch nie durchgefallen?«

»Ich ...«

»Ja?«

»Ich hab´ die Arbeit im Internet gekauft.«

»Wie bitte?!«

»Note Eins stand da. Ich konnte doch nicht ahnen...«

»Wie blöd muss man denn sein ...«

Simone war empört, bremste sich aber sofort, als sie auf das Häufchen Elend sah. Eine Standpauke war jetzt nicht angebracht.

»Und dann ...?«

»Na, ja ...« Kristina heulte erneut los. Simone sah sie nur fragend an.

»Der Killian hat mir angeboten ...«

»*Was* hat dir der Schleimer angeboten?!«

»Er wollte, dass ich ... Ich kann´s nicht sagen! Ich schäme mich so!«

»Jetzt sag´ schon! Ich mach' ihn fertig, das Schwein!« Simone war sauer. Sie ahnte längst, welches Angebot der Killian Kristina gemacht hatte.

»Du hast ihm keine geknallt?«

»Doch. Zuerst schon. Dann bin ich weggelaufen.«

»Ja, aber ...?«

»Später bin ich wieder zurückgegangen.«

»Bist du verrückt? Hast du es gemacht?«

»Ja ...«, kam es kläglich von der schluchzenden Kristina.

»Das kann nicht wahr sein! Los, zieh dich an! Wir gehen sofort zur Polizei!«

»Nein! Das geht nicht!« Kristina packte Simone hart am Arm.

»Er will mir den Schein geben!«

»Bist du noch bei Trost?! Pfeif auf den Schein! Der Typ hat dich vergewaltigt!«

»Nein! Bitte! Lass das! Ich brauche den Schein! Mein Vater zahlt nicht mehr. Ich muss jetzt die Prüfung machen! Bitte!«

Simone kochte vor Wut.

»Na gut. Wie du willst. Aber dann vergiss wenigstens die Sache ganz schnell! … Kann ich was für dich tun?«

»Nein. Lass mich einfach. Ich leg´ mich jetzt ins Bett.

Freitag, 15:50 Uhr

Fräulein Ludwig nahm den pfeifenden Kessel vom Herd. Sie schaltete das Gas aus und goss das sprudelnd kochende Wasser in die Teekanne, in der bereits das Teesieb mit feinstem Assam hing.

Während der Tee seine vorschriftsmäßigen drei Minuten zog, spülte sie noch schnell das restliche Besteck vom Vortag ab. Sie trocknete auch das letzte Messerchen sorgfältig ab und legte es in die Schublade zu den anderen. Zufrieden zog sie ihre geblümte, baumwollene Schürze aus und bereitete sich auf das Freitagnachmittagsritual vor.

Sie nahm eine feine Teetasse und ein Porzellanschälchen aus dem Geschirrschrank mit den gläsernen Türen und einen silbernen Teelöffel aus der Besteckschublade. Dann öffnete sie die Tür zur Vorratskammer und nahm eine Schachtel Löffelbiskuit aus dem Regal. Die Biskuits ordnete sie sorgfältig in der Porzellanschale an und zog den Teefilter vorsichtig aus der Kanne. Nachdem sie das Teesieb entfernt hatte, stellte sie die Kanne auf das Stövchen, entzündete das Teelicht darunter und goss sich die erste Tasse Tee ein.

Sie setzte sich an den Tisch in der Mitte der großen Küche, rückte ihre Lesebrille zurecht und begann, Tee trinkend und Biskuit knabbernd, ein Kreuzworträtsel zu lösen.

Nur das Ticken der Uhr über dem Buffet, das Brummen des Kühlschranks und das gelegentliche Knuspern der Biskuits unterbrachen die Stille.

Fräulein Johanna Ludwig war eine gepflegte alte Dame weit in den Siebzigern. Ihr silbergraues Haar war sorgfältig frisiert und zu einem Knoten gesteckt. Sie trug einen schlichten grauen Rock und eine weiße Bluse mit einem Kragen, der zu einer großen Schleife gebunden war.

Sie saß in der Küche ihres Hauses, in dem sie schon ihr ganzes Leben verbracht hatte. Das Haus war aus dem vorletzten Jahrhundert und wurde von ihren Großeltern bezogen, zwei Jahre bevor ihr Vater geboren wurde. Es lag in einer ruhigen Seitenstraße eines Viertels, in dem sich eine alte Villa an die andere reiht. Ihr Vater war Arzt gewesen. Er hatte im Hochparterre seine Praxis, die Familie bewohnte das erste Obergeschoss, das Hausmädchen und die Köchin die Gesindekammern unter dem Dach.

Die Familie bestand aus dem Vater, der Mutter, Johanna und ihrer fünfzehn Jahre jüngeren Schwester Amalia. Der Vater hatte spät geheiratet. Eine stille junge Frau, die Tochter des Pastors.

Johanna, das erste Kind, wurde 1930 geboren. Der Vater hatte sich einen Sohn gewünscht und nahm wenig Notiz von seiner Tochter.

Trotz einiger Bemühungen wollte sich der ersehnte Stammhalter nicht einstellen und ihre Mutter zog sich immer mehr in sich zurück, bis sie schließlich kaum noch bemerkt wurde.

Johanna wuchs in gutbürgerlichen Verhältnissen auf. Den Krieg überstand die Familie unbeschadet und direkt danach bekamen die Ludwigs, ganz unerwartet, noch eine Tochter. Amalia.

Amalia war der Sonnenschein der Familie.

Blondlockig, fröhlich und unbekümmert, wurde sie der Liebling des mittlerweile schon recht betagten Vaters.

Johanna, die schon immer ein unauffälliges und stilles Kind gewesen war, geriet immer mehr ins Hintertreffen. Zu ihrem großen Kummer durfte sie kein Abitur machen. Der Vater hatte verächtlich abgewinkt, als sie den Wunsch geäußert hatte, Medizin studieren zu wollen. Das wäre nichts für eine Frau, hatte er gesagt. Die Aufgabe einer Frau sei zu heiraten und Kinder zu bekommen und seine Tochter werde darin keine Ausnahme sein.

Das war sein letztes Wort. Also beendete Johanna die Schule, aber kein Heiratskandidat ließ sich blicken. Sie war gehemmt und linkisch, obwohl sie ausgesprochen hübsch war mit ihren braunen Haaren und ihren blauen Augen.

Sie hatte die Hoffnung längst aufgegeben, als sie, mittlerweile schon ein »altes Mädchen«, Friedrich Baumgart kennen lernte.

Es war bei der Kirmes auf dem Stühlinger Kirchplatz. Johanna erblickte den großen, schlanken, jungen Mann in einer Gruppe Studenten, die schon recht angeheitert in der Warteschlange zum Riesenrad stand und wusste sofort, dass sie diesen Mann heiraten wollte.

Mit vor Verlegenheit hochrotem Kopf richtete sie es so ein, dass Friedrich und sie gemeinsam in einer Gondel zu sitzen kamen.

Fritz, wie er von seinen Freunden genannt wurde, war recht angetan von der jungen Dame. Johanna war im siebten Himmel. Sie bemerkte nicht, dass das anfängliche Interesse des Jurastudenten rasch nachließ. Zwar genoss er ihre Avancen und nutzte ihre Bereitwilligkeit gerne aus, doch hatte er nicht im Entferntesten ernsthafte Absichten.

Johanna bemerkte von alledem nichts. Ab und zu übergoss eine flammende Schamesröte ihr Gesicht bei dem Gedanken, dass sie einem Mann nachlief, aber sie war schon zweiunddreißig und sie wusste, sie würde keine derartige Chance mehr bekommen.

Als eines Tages Friedrich auf die Einladung des Herrn Dr. Ludwig zum Tee kam, geschah das Unerwartete. Friedrich erblickte Amalia, Johannas siebzehnjährige blühende Schwester und verliebte sich auf der Stelle in sie. Ein Jahr später heiratete das junge Paar.

Johanna begrub ihren abgrundtiefen Hass tief in ihrem Inneren und fügte sich äußerlich in das Unvermeidliche.

Friedrich stieg in der Kanzlei seines Vaters ein und Amalia war bald guter Hoffnung. Doch das Glück währte nicht lange. Eines Abends wurde Friedrich auf dem Nachhauseweg von der Kanzlei erstochen. Da seine Geldbörse und die kostbare Taschenuhr fehlten, die er von seinem Vater zum Examen bekommen hatte, ging die Polizei von einem Raubmord aus und stellte nach einem Monat eifriger, jedoch erfolgloser Ermittlungen den Fall ein.

Amalia hatte zuerst eine Fehlgeburt und dann einen Schlaganfall, der sie vollständig ans Bett fesselte. Die Mutter starb kurze Zeit später.

Johanna schien als einzige der Situation gewachsen. Mit liebevoller Hingabe pflegte sie ihre bettlägerige Schwester. Sie fütterte sie, wusch sie, kämmte ihr die Haare und las ihr stundenlang vor. Amalia ließ alles ohne Regung über sich ergehen.

Johanna kam in den Ruf einer Heiligen. Die Leute bewunderten ihre Hingabe an die Kranke, ihre Tüchtigkeit in der Haushaltsführung und ihre Ergebenheit gegenüber ihrem Vater, dem sie eine große Stütze war. Dr. Ludwig praktizierte weiter, als ob nichts geschehen wäre.

Kurz nachdem sich der Todestag seiner Frau zum ersten Mal jährte, im Wald blühten bereits die Maiglöckchen, starb auch seine jüngste Tochter Amalia.

Unerwartet verstarb sie nach dem Genuss einer Bärlauchsuppe, die Johanna nach dem unnachahmlichen Rezept ihrer Mutter zubereitet hatte. Amalia wurde unter großer Anteilnahme beerdigt und Johanna lebte von nun an mit ihrem Vater alleine in dem großen Haus.

Sie führte den Haushalt, half in der Praxis, machte die Abrechnungen und manchmal, bevor sie abends ins Bett ging, nahm sie eine wertvolle, rotgoldene Taschenuhr aus ihrem Schmuckkästchen und strich versonnen darüber.

Der alte Dr. Ludwig wurde weit über neunzig Jahre alt. Er praktizierte bis zu seinem Tode, hatte allerdings die letzten Jahre nur noch wenige Stammpatienten, von denen einige fast so alt waren wie er selbst.

Johanna ließ nach seinem Tod das Hochparterre renovieren und vermietete es an einen Doktoranden der Pädagogik, einen Herrn Killian.

Herr Killian heiratete bald darauf seine Verlobte und das Paar bekam zwei Kinder. Drei Jahre später nahm die junge Ehefrau ihre Kinder und zog nach Norddeutschland zu ihrer Mutter.

Fräulein Ludwig nahm sich des verlassenen, tief depressiven Ehemanns und Vaters an, indem sie für ihn kochte, die Wäsche machte und sonntags einen Kuchen backte.

Herr Killian gewöhnte sich rasch an die Annehmlichkeiten, die ihm seine Hauswirtin angedeihen ließ. Sein angeborener Egoismus und sein fehlendes Feingefühl brachten ihn nicht im Entferntesten auf den Gedanken, dass es sich bei der Fürsorge, die er genoss, um späte Avancen einer alten Jungfer handeln könnte.

Freitag, 18:32 Uhr

Kriminaloberkommissar Franke schloss gerade die Wohnungstür auf, als der Anruf kam.

Der Leiter des Fachdezernats elf, Rolf Schäfer, war am Apparat und informierte ihn über ein Tötungsdelikt an der Pädagogischen Hochschule und darüber, dass er ihn als Leiter der Sonderkommission eingesetzt habe.

»Ich erwarte Sie in dreißig Minuten im Büro.«

Franke war gerade, wie jeden Freitagnachmittag, mit dem Mountainbike unterwegs gewesen und völlig verschwitzt.

Er sah auf die Uhr, schon nach halb sieben, es würde eine lange Nacht werden. Nachdem er kurz geduscht und einen Espresso getrunken hatte, machte er sich auf den Weg ins Büro.

Schäfer hatte ihm zwölf Mitarbeiter zur Bildung einer Sonderkommission zugeteilt. Alle waren anwesend und saßen im Konferenzraum an den Tischen. Die beiden Kollegen vom Kriminaldauerdienst standen vorne an der Tafel und erstatteten Bericht.

»Es liegt ein Tötungsdelikt an der Pädagogischen Hochschule in Freiburg vor. Das Opfer ist Professor Dr. Albrecht Killian, sechsundfünfzig Jahre alt, wohnhaft in der Reichsgrafenstraße. Er wurde vermutlich erstochen. Gefunden hat ihn seine Doktorandin Frau Habermann. Bisher ist sie die einzige Zeugin. Das Opfer ist ohne Angehörige. Der, wohlgemerkt ohne Gewähr, geschätzte Todeszeitpunkt liegt zwischen zehn und zwei. Genaueres wird die Obduktion ergeben. Die Liste der Mitarbeiter muss vorläufig von der Homepage der PH erstellt werden, bis wir die Sekretärin gesprochen haben.«

Franke beendete seine Notizen, ging nach vorne und bedankte sich bei seinen Kollegen.

»Meine Dame, meine Herren, ich bin von Kriminalhauptkommissar Schäfer zum Leiter dieser Sonderkommission eingesetzt worden.«

Er sah kurz in die Runde.

»Wir werden noch heute Abend mit der Befragung der Mitarbeiter beginnen. Höfflin, Sie gehen mit mir in die Wohnung des Opfers.«

Noch ein Blick in die Runde. Mit dem Stift zeigte er auf seine Kollegen.

»Heipel und Fucker, Sie erstellen mir eine Liste der Mitarbeiter mit Adressen und Telefonnummern, Krause und Zimmerlin, Sie recherchieren alles über das Opfer und über die Doktorandin, Frau Habermann, alle anderen werden noch heute die Mitarbeiter aufsuchen. Fangt mit der Sekretärin an. Wir sehen uns morgen früh um acht wieder hier.«

Franke und Höfflin fuhren in die Reichsgrafenstraße. Gründerzeit und Jugendstilvillen reihten sich aneinander, die Straße war von Zierkirschbäumen gesäumt, die jetzt ihre kahlen Zweige in die Luft reckten, aber schon im März zu rosa Wolken erblühen würden.

Höfflin seufzte:

»Hier möchte ich auch gerne wohnen!«

Franke brummte bestätigend.

Die Hausnummer war schnell gefunden.

Sie traten durch die Tür des Eisenzauns, liefen durch einen kleinen Vorgarten, in dem sorgfältig gestutzte Buchsbaumkugeln standen und gelangten an eine imposante Haustür.

Auf dem unteren Klingelschild stand Prof. Dr. Killian, auf dem mittleren J. Ludwig, das obere war leer.

Franke klingelte bei Killian, obwohl er damit rechnete, dass ihm niemand öffnen würde.

Dann klingelte er bei Ludwig.

Im ersten Obergeschoss war Licht, also musste jemand zu Hause sein. Sie warteten einen Augenblick, als über ihren Köpfen ein Fenster aufging.

»Ja bitte, wer ist da?«, fragte eine alte, weibliche Stimme.

»Kripo Freiburg, dürfen wir Sie einen Augenblick sprechen?«

Das Fenster ging zu und kurz darauf hörten sie den Türsummer.

Die beiden Beamten gingen die frisch gebohnerten Treppenstufen hoch, bis ins erste Obergeschoss.

Die Wohnungstür war für einen Spalt weit geöffnet, gesichert durch eine Kette. Eine alte Dame lugte misstrauisch heraus und verlangte harsch ihre Dienstausweise.

»Ein Kommandoton, der auf frühkindliche Erfahrungen mit Dienstpersonal schließen lässt«, dachte Franke sarkastisch.

Als sie sie ausgiebig gemustert hatte, wurden sie herein gelassen. Franke und Höfflin betraten eine Wohnung, in der die Zeit stehen geblieben schien. Altes Fischgrätparkett, bedeckt von kostbaren Teppichen, alte Lüster, alte Möbel.

»Frau Ludwig, nehme ich an?«, begann Franke.

»Fräulein Ludwig!«

»Verzeihen Sie bitte. Fräulein Ludwig. Ich bin Kriminaloberkommissar Franke, das ist Kriminalkommissar Höfflin. Dürfen wir Ihnen ein paar Fragen stellen?« Er wartete eine Antwort gar nicht ab. »Kennen Sie Professor Killian?«

»Ja, natürlich!«, antwortete Johanna Ludwig etwas beunruhigt. »Er ist mein Mieter. Warum wollen Sie das wissen? Ist ihm etwas zugestoßen?«

»Ist er verheiratet?«, fragte Franke, ohne auf ihre Frage einzugehen.

»Nun, er war verheiratet. Vor vielen Jahren. Seine Frau ist eines Tages mit den Kindern weggegangen und nicht wiedergekommen.«

»Fräulein Ludwig ...« Kriminaloberkommissar Franke versuchte seiner Stimme einen beruhigenden Klang zu geben. »Professor Killian ist heute getötet worden. Es tut mir leid.«

»Oooh!«

Die beiden Beamten waren darauf gefasst, eine niedersinkende alte Dame aufzufangen, doch diese hielt nur eine Hand vor den Mund.

»Fräulein Ludwig. Geht es Ihnen gut?«, wollte Franke wissen, »wollen Sie sich einen Augenblick setzen?«

Er sah sich in der Diele um. Kein Stuhl. Fräulein Ludwig nahm die Hand vom Gesicht und bat sie in die Küche.

Die Küche war ein Traum. Riesig, schwarzweißer Steinboden, ein kostbarer Geschirrschrank mit Glastüren, ein Buffet, ein großer Tisch, bedeckt mit einer Wachstuchtischdecke, eine Tür, vermutlich zur Vorratskammer, große Fenster.

Franke sah sich um.

Auf dem Tisch standen eine Teekanne auf einem Stövchen, eine Teetasse, ein Porzellanschälchen und ein angefangenes Kreuzworträtsel.

Auf der Anrichte lagen Brot, Butter und Aufschnitt auf einem Brettchen. Sie war eben im Begriff gewesen, sich ihr Abendbrot zu richten.

Alles war blitzsauber und aufgeräumt.

Das Reich einer einsamen, alten Dame.

Als sie sich gesetzt hatten, bot ihnen Fräulein Ludwig ein Gläschen Kirschlikör an, das sie beide mit dem Hinweis, im Dienst zu sein, dankend ablehnten.

»Fräulein Ludwig. Haben Sie Professor Killian heute im Laufe des Tages gesehen?«, fragte Franke.

Ihm fiel auf, dass die alte Dame gar nicht gefragt hatte, wie Killian zu Tode gekommen war.

»Wann ging er denn üblicherweise aus dem Haus?«

»Also freitags ging er erst gegen neun Uhr aus dem Haus. Da hatte er keine Vorlesungen und war nur in seinem Büro beschäftigt«, antwortete sie.

Sie schenkte sich selbst ein Gläschen Likör ein.

In ein klitzekleines, filigran geschliffenes Glas.

»Wann ging er denn an den anderen Tagen aus dem Haus?«, fragte Franke, dem nicht entgangen war, dass sie offensichtlich genau Bescheid wusste über den Tagesablauf ihres Mieters.

»Kunststück«, dachte er, »sie hat wahrscheinlich den ganzen lieben langen Tag nicht viel zu tun.«

»Sonst ging er immer Punkt halb acht aus dem Haus. Er war ein sehr gewissenhafter Mensch. Ein feiner Mann. Ein sehr ruhiger Mieter. Immer sehr höflich und zuvorkommend. Und so gebildet!«

»Haben Sie noch andere Mieter?«

»Nein …«

»Das Dachgeschoss ist nicht ausgebaut. Dort haben früher die Hausangestellten gewohnt. Wissen Sie…«, fuhr sie fort, »man kann ja heute so viel Pech haben mit seinen Mietern. Glücklicherweise muss ich nicht vermieten. Nach dem Tod meines Vaters habe ich das Hochparterre ausbauen lassen und an Professor Killian vermietet, damit ich im Alter nicht alleine bin. Sie wissen schon. Für alte Damen wie mich ist es nicht gut, in einem so großen Haus alleine zu leben. Damals war er noch ein junger Doktorand.«

Johanna Ludwig bekam einen verträumten Blick.

»Professor Killian wohnte über zwanzig Jahre hier? Was ist mit seiner Frau?«

»Ach *die*!«, schnaubte sie verächtlich. »Die hat ihn doch gar nicht zu schätzen gewusst! Die ist einfach weggegangen. Mit beiden Kindern. Einfach so!«

»Frau Ludwig…«

»Fräulein Ludwig bitte.«

»Entschuldigen Sie bitte. Fräulein Ludwig. Haben Sie einen Schlüssel zu Professor Killians Wohnung?«

»Aber ja«, antwortete sie und stand auf. Sie ging in die Diele, wo einige Schlüssel an einem Brett hingen.

»Wir können gleich hinuntergehen«, sagte sie, schon im Begriff, ihre Wohnungstür zu öffnen.

»Vielen Dank…«, beeilte sich Franke zu erwidern, »wir finden uns schon zurecht. Wir melden uns wieder bei Ihnen. Vielen Dank für Ihre Hilfe« und nahm der verblüfften alten Dame den Schlüssel aus der Hand.

Sie hatte noch immer nicht gefragt, wie und wann ihr Mieter getötet worden war.

Die beiden Beamten gingen die knarzenden Treppenstufen zu Killians Wohnung hinunter. Die Wohnung roch ungelüftet. Franke und Höfflin sahen sich um.

Fünf große Zimmer, hohe Wände, Stuck, spiegelnder Parkettboden, moderne Möbel, darunter die berühmte Liege von Le Corbusier und ein Egg Chair von Jacobsen, wie Franke neidisch feststellte.

»Der Typ hatte Geschmack«, dachte er, »und Geld! Meine Güte, so eine Wohnung kostet doch ein Vermögen! Verdienen Professoren so viel Geld?«

Während er sich so seine Gedanken machte, untersuchten sie die Wohnung. Killian musste ein regelrechter Pedant gewesen sein.

Die Wohnung war penibel sauber. Nichts Überflüssiges lag herum.

Direkt steril.

Im Arbeitszimmer Wände voller Regale, voll gestellt mit Fachliteratur. Ein schöner, alter, massiver Schreibtisch mit Blick auf den Vorgarten.

Das Bad war groß, mit einer alten, frei stehenden Badewanne auf Löwenfüßen. Nur einige wenige Männertoilettenartikel.

Nichts wies darauf hin, dass er je weiblichen Besuch hatte.

Die Küche ebenso. Designerküche. Frankes Herz tat einen Sprung: ein Faema Kaffeeautomat aus den fünfziger Jahren, der Kühlschrank fast leer, bis auf eine angebrochene Flasche Milch, Butter, eine halbe Flasche Martini, ein Glas Kapern und ein Glas Oliven.

»...sieht nicht so aus, als hätte er je zu Hause gegessen.«

Höfflin nickte zustimmend. Der Herd war sicher seit Jahren nicht benutzt worden, der Brotkasten war leer, es fand sich nur ein Vorrat an italienischem Espresso in einem der Küchenschränke.

Auch im Schlafzimmer die gleiche sterile Aufgeräumtheit. Man konnte sich kaum vorstellen, dass hier einmal eine vierköpfige Familie gewohnt hatte, aber das war ja schließlich schon lange her.

Vielleicht hatte er sich komplett neu eingerichtet. Jedenfalls wirkte die ganze Wohnung unbewohnt. Chic und erlesen, aber unbewohnt.

Franke rief von seinem Mobiltelefon aus die Spurensicherung an.

Sein Kollege Hahn teilte ihm mit, dass sie noch eine ganze Weile an der PH beschäftigt sein würden und Franke, der nicht glaubte, dass sie in der Wohnung etwas Wichtiges finden würden, teilte ihm mit, dass er sich die Wohnung am nächsten Tag vornehmen könne und dass er und Höfflin noch an die PH kommen würden.

Als die beiden Beamten auf die Straße traten, war es bereits nach zwanzig Uhr. Franke hatte Hunger. So beschlossen sie, noch schnell einen Happen zu essen, bevor sie den Tatort besichtigen wollten. Sie fuhren zurück in Richtung Stadtmitte, wo es in der Gartenstraße, Ecke Rempartstraße guten Dönerkebab im Fladenbrot oder im Yufka gab. Kurze Zeit später fuhren sie, satt und mit Knoblauchfahne, in Richtung PH. Das Kollegiengebäude IV war noch hell erleuchtet.

Die Wagen der Spurensicherung standen im Hof und auf dem Weg ins zweite Obergeschoss begegneten sie dem händeringenden Hausmeister.

»Guten Abend! Wie sieht's aus?«, begrüßte er die Kollegen von der Spurensicherung, die, zu viert in weiße Schutzanzüge verpackt, Spuren sicherten und Fingerabdrücke abnahmen.

»Ganz gut«, antwortete Hahn, der seine Kamera weglegte und zu Franke und Höfflin vor die Tür trat.

»Mann, ihr riecht ganz schön! Was habt ihr gegessen?«, moserte er. Franke hauchte ihn grinsend an.

»Nur kein Neid! Was habt ihr bisher gefunden?«

Er betrachtete den weißen Umriss und die große, mittlerweile getrocknete Blutlache auf dem Boden.

»Nichts Auffallendes bisher«, antwortete Hahn, »viele verschiedene Fingerabdrücke und unzählige Stofffasern. Das wird nicht leicht. An einer Hochschule gehen sicher unzählige Menschen in so einem Büro ein und aus. Habt ihr die Mitarbeiter schon ausfindig gemacht?«

»Ja. Die Kollegen kümmern sich bereits darum.«

»Wir brauchen von allen die Fingerabdrücke«, mahnte Hahn.

»Weiß ich doch, Peter, mein Schatz«, foppte Franke seinen Kollegen, mit dem ihn auch privat eine lange Freundschaft verband.

»Mach´, dass du weiterkommst!«, drohte Hahn aus Spaß mit der Faust.

Nachdem Franke ihm den Schlüssel zu Killians Wohnung übergeben hatte, verabschiedeten sie sich.

Freitag, 19:25 Uhr

Sandra Schütz räumte gerade den Abendbrottisch ab, als es an der Haustür klingelte. Sie warf einen fragenden Blick auf ihren Mann, der mit starrer Miene vor dem Fernseher saß und sich das Freitagabendprogramm ansah. Sie stellte die Teller in die Küche und öffnete die Tür. Vor der Tür standen zwei Polizeibeamte.

»Frau Sandra Schütz?«, fragte einer der beiden.

»Ja«, antwortete sie mit einem fragenden Blick auf die vorgezeigten Ausweise.

»Kripo Freiburg. Mein Name ist Häge, das ist Herr Oßwald. Dürfen wir hereinkommen?«

Sandra Schütz trat zur Seite und bat die beiden Beamtem herein. Am Ende des Flurs lag offensichtlich das Wohnzimmer, aus dem deutlich ein Fernseher zu hören war.

»Ihr Mann?«, fragte Häge mit Blick auf die Wohnzimmertür.

»Äh, ja.«

Sandra Schütz wirkte nervös.

»Um was geht es denn?«

Sie warf einen ängstlichen Blick in Richtung Wohnzimmer.

»Frau Schütz, wir haben eine schlechte Nachricht für Sie. Heute ist im Institut für Empirische Pädagogik der PH Freiburg ein Verbrechen verübt worden. Professor Killian wurde getötet.«

Sandra Schütz wurde leichenblass.

»Haben Sie ihn heute gesehen?«

Sie nickte.

»Wann?«

»Äh, heute Morgen. Als ich ins Büro kam. Wir sind gleichzeitig im Kollegiengebäude angekommen.«

Sie wirkte äußerst nervös und drehte sich ständig nach der Wohnzimmertür um.

»Welchen Eindruck hat er auf Sie gemacht?«, fragte Häge.

»Einen ganz normalen.«

»Was heißt normal? Grüßen Sie sich? Ist er freundlich?«

»Na, ja«, zögerte sie.

Sie konnte dem Polizeibeamten ja schlecht sagen, dass Killian sie zwar immer äußerst freundlich grüßte, aber gleichzeitig versuchte, ihr an den Po zu fassen, weshalb sie immer darauf achtete, nicht vor ihm her zu laufen.

Sie schluckte trocken.

»Doch ja, er grüßte immer freundlich und wirkte auf mich wie immer.«

»Wo waren Sie heute zwischen zehn und zwei?«

»Äh …« Sie räusperte sich »Also … ich arbeite freitags immer von neun bis zwölf. Da war ich in meinem Büro. Dann war ich einkaufen und um eins war ich zu Hause.«

»Hat Sie jemand während der Arbeit gesehen?«

Die Beamten machten sich Notizen.

»Na ja, ein paar Studenten. Es kommen immer viele Studenten, um etwas zu fragen.«

»Haben Sie Professor Killian heute Vormittag noch einmal gesehen? Oder ist Ihnen etwas Ungewöhnliches aufgefallen? Etwas, was nicht so war wie sonst?«

Sandra Schütz dachte kurz an ihren Mann, der um eins aus dem Haus gegangen und erst um halb drei wieder da war.

»Nein.«

»Gar nichts …«

Sie rang vor Nervosität die Hände.

»Das war´s für heute. Dürfen wir noch kurz Ihren Mann sprechen?« Die Beamten blickten in Richtung Wohnzimmer.

»Äh, ja. Warten Sie bitte einen Augenblick.«

Sandra Schütz ging ins Wohnzimmer und die Beamten hörten, wie sie mit ihrem Mann einen kurzen Wortwechsel hatte. Er klang ungnädig und gereizt, sie ängstlich und bittend.

Kurz darauf bat sie die beiden einzutreten. Marcel Schütz saß vor dem Fernseher und machte keine Anstalten aufzustehen.

»Guten Abend. Kripo Freiburg. Dürfen wir Sie bitten, den Fernseher kurz leiser zu machen?«

Martin Häge hatte seine Erfahrungen mit dieser Art Mann. Leicht reizbar, immer mit einem aggressiven Unterton. Es würde ihn nicht wundern, wenn er seine Frau schlagen würde.

Ungnädig machte Marcel Schütz den Fernseher aus und baute sich, die Hände lässig in den Hosentaschen, provokant vor den beiden Polizisten auf.

»Herr Schütz, wo waren Sie heute zwischen zehn und zwei Uhr?«

»Wieso?«

»Der Chef Ihrer Frau ist heute getötet worden. Kannten Sie ihn?«

»Und wenn?«, gab Marcel Schütz zurück

»Antworten Sie bitte auf meine Frage!«

»Ja …«

»Ja … und woher? Über ihre Frau?«

Marcel Schütz zögerte.

»Und?!«

»Ich habe für ihn die Wohnung gestrichen…«

»Schwarz natürlich?«

»… aber er hat noch nicht bezahlt!«

Häge blickte ihn interessiert an.

»Warum nicht?«

»Er behauptet, ich hätte Flecken auf seine blöden Möbel gemacht!«

»Und? … Haben Sie?«

»Nein! Habe ich nicht!«

»Würden Sie uns bitte sagen, wo Sie heute zwischen zehn und zwei Uhr waren?«

»Was geht Sie das an?!«

Häge war wütend. Diesen Schütz würde er überprüfen lassen. Es würde ihn nicht wundern, wenn er aktenkundig wäre.

»Sie sagen mir sofort, wo Sie heute zwischen zehn und zwei Uhr waren, sonst bekommen wir zwei mächtigen Ärger!«

»Ich war im Fitnessstudio. Bis zwölf, dann war ich zu Hause. Bis jetzt.« Er sah zu seiner Frau und diese senkte den Blick.

»Wie heißt Ihr Studio?«

»Fitness-In. In der Lörracher Straße.«

»Vielen Dank. Ich möchte Sie beide bitten, morgen gegen elf auf die Dienststelle in der Heinrich-von-Stephan-Straße zu kommen. Hier ist meine Karte.«

Häge nahm sich vor, die junge Frau von seiner Kollegin Franziska Meister verhören zu lassen. Die hatte einen Blick für misshandelte Frauen und eine gute Art, mit ihnen umzugehen. Im

Treppenhaus warfen sich die beiden Beamten einen vielsagenden Blick zu.

Als die beiden Beamten gegangen waren, stand Frau Schütz noch einen Augenblick unschlüssig hinter der Tür.

Aus dem Wohnzimmer schallte wieder der Fernseher.

Ihre Gedanken überschlugen sich. Ihr Chef war tot. Ermordet. Nicht, dass sie ihm eine Träne nachgeweint hätte, sie hatte den alten Lüstling nie leiden können, aber ihre Gedanken gingen in eine ganz andere Richtung.

Ihr Mann war heute Mittag kurz nach eins aus dem Haus gegangen und erst um halb drei wiedergekommen.

Sie hatte in der Zwischenzeit gegessen und das Essen für ihn warm gestellt.

In der letzten Zeit war er so merkwürdig! Genau genommen seit dem Tod seiner Mutter.

Dabei hatten die beiden sich nie sonderlich gut verstanden.

Sandra Schütz konnte sich keinen Reim darauf machen. Zwar war letzte Woche sein bester Kumpel schwer verunglückt und er war seitdem jeden Tag im Krankenhaus gewesen, aber so komisch war er schon länger.

Letzte Woche hatte sie heimlich seine Papiere durchsucht, was sie sich normalerweise nie im Leben getraut hätte, wenn nicht ihre Freundin und Kollegin sie so eindringlich dazu gedrängt hätte.

Aufgeregt hatte sie den Ordner durchgeblättert und war auf ein Schreiben der Arbeitsagentur gestoßen, in dem ihrem Mann mitgeteilt wurde, dass die Zahlungen für die nächsten sechs Monate eingestellt würden, da er im letzten Monat drei Jobangebote grundlos abgelehnt hätte.

Gott im Himmel! Ihr waren die Tränen gekommen. Vielleicht war dies der Grund.

Sie hatte noch weiter geblättert und war dann auf etwas Merkwürdiges gestoßen: Eine Rechnung eines Rechtsanwaltbüros. Michaela Neuss, Fachanwältin für Familienrecht, stand auf dem Briefkopf. Die Rechnung war für eine Beratung und belief sich auf dreihundertsiebzig Euro.

Sandra Schütz traute ihren Augen nicht.

Was in aller Welt hatte das zu bedeuten?

Über was hatte er sich beraten lassen? Familienrecht? Wollte er sich scheiden lassen?

Sie sah auf das Datum. Die Rechnung war von letzter Woche.

Nachdem sie nichts Weiteres mehr gefunden hatte, hatte sie sich die Telefonnummer dieser Rechtsanwältin notiert und sie am nächsten Tag vom Büro aus angerufen.

Die Anwältin berief sich auf ihre Schweigepflicht und wollte keine Auskunft geben. Was sollte das alles bedeuten?

Seitdem beobachtete sie ihn genau, wusste aber nicht, wie sie dieses Thema ansprechen könnte. Zumal sie dann auch hätte zugeben müssen, dass sie in seinen Unterlagen geschnüffelt hatte.

Und jetzt war die Polizei da gewesen und hatte ihr mitgeteilt, dass ihr Chef umgebracht worden war. Das ergab keinen Sinn. Ihr Mann kannte Killian nur vom Wohnungsstreichen. Gut, er hatte noch nicht gezahlt und ihr Mann war ziemlich sauer deswegen, aber trotzdem. Dass Killian ihr nachstellte, hatte sie ihm nie erzählt.

Das machte alles keinen Sinn. Irgendetwas stimmte nicht.

Bedrückt ging sie in die Küche, um den Abwasch zu machen.

Freitag, 19:35 Uhr

Es war bereits dunkel, als Udo Neubert die Treppe zu seiner Wohnung hochstieg. Als er gerade den Schlüssel ins Schloss steckte, ging gegenüber die Wohnungstür auf und seine spitznasige Nachbarin baute sich in ihrer ganzen Kittelschürzenpracht vor ihm auf.

»Herr Doktor …«, trompetete sie so laut, dass es das ganze Haus hören musste »Die Polizei war da!«

Neugierig musterten ihn ihre kleinen stechenden Augen, um nur ja keine seiner Reaktionen zu verpassen.

»Sie wollten mit Ihnen sprechen!«

Neubert, der mit hochrotem Kopf gerade vom Badminton kam, wurde eine Nuance blasser, was der alten Schreckschraube natürlich nicht entging.

»Was wollen die denn von Ihnen?«, säuselte sie unangenehm.

»Nichts, was Sie etwas angehen würde!«, schnauzte Neubert, der seine Fassung wieder gewonnen hatte und nun wütend die Tür aufschloss und hinter sich zuschlug.

»Die alte Vettel!«, knurrte er ungnädig, »warum dreht der nicht mal jemand den wunderfitzigen Hals um?«

Er warf seine Badmintontasche ins Bad und machte sich eine große Apfelschorle. Während er das Glas in einem Schluck leertrank, überlegte er unruhig, was die Polizei wohl von ihm wollte.

»Hatte ihn der Killian doch noch verpfiffen? Oder war es etwas ganz anderes? War etwas mit seinem Sohn passiert?«

Neubert hatte einen dreizehnjährigen Sohn aus einer kurzen Ehe mit einer ehemaligen Studentin. Er war schon lange geschieden und seine Ex-Frau wohnte mit Max in Basel, wo sie mittlerweile als Consulterin bei der Roche ein Heidengeld verdiente.

Er ging zum Telefon, um sie anzurufen, als er sah, dass eine Nachricht auf dem Anrufbeantworter war. Jessica natürlich. Sie teilte ihm mit ihrer unvergleichlichen rauen Samtstimme mit, dass sie vorhabe, heute Abend zu ihm zu kommen, da ihre Eltern im Theater seien.

Neubert spürte ein Ziehen in der Magengegend.

Er musste diese Geschichte beenden! Sofort! Aber wie? Er riss sich aus seinen Gedanken und rief bei seiner Ex-Frau an.

»Ja, hier Max Kromer«, meldete sich sein Sohn.

»Hallo Max, mein Sohn!« Neubert fiel ein Stein vom Herzen. Sein Sohn klang ganz normal.

»Hey, wie geht´s, mein Großer?«

»Gut. Mama ist im Kino mit ihrem neuen Typ und ich habe sturmfreie Bude! Mit Pizza, Fanta und zwei neuen DVDs! Hat mir der Typ geschenkt.«

Max klang hocherfreut.

»Welcher Typ?«, fragte Neubert.

»Immer noch dieser Anwalt?«

»Neeeiin …«, stöhnte Max gedehnt

»Du checkst es nicht! Der ist doch schon längst Vergangenheit! Der jetzt ist Banker. Scheint Kohle zu haben. Echt krass!«

Neubert musste schmunzeln. Sein Söhnchen war ein echter

Pragmatiker. Solange man ihm nur genug Futter und ausreichend DVDs hinlegte, war der zufrieden.

»Du kommst morgen?«

»Ich glaube nicht«, sagte Max leichthin.

»Der neue Typ will mit uns an den Lago Maggiore fahren. Der hat dort ein Boot! Echt cool! Mama will dich noch anrufen deswegen.«

Ach so.

Das war typisch für Susanne.

Ihn vor vollendete Tatsachen zu stellen. Es war *sein* Wochenende und wenn sie mit dem Kerl wegfahren wollte, könnte sie es ja an *ihrem* Wochenende tun!

Neubert schluckte seinen Zorn hinunter. Er wollte Max nicht die Laune verderben und vielleicht war es ja gar nicht so schlecht. Er hatte einige Dinge in Ordnung zu bringen und da war es gut, allein zu sein.

»Das klingt gut«, sagte er so unbefangen wie möglich. »Dann gehen wir das nächste Mal Go-Kart fahren.«

»Cool!« Max war begeistert. »Du Papa, meine Pizza wird kalt! Tschüss, bis später!«

Max hatte aufgelegt.

Trotz seiner Sorgen musste Neubert grinsen. Sein Sohn würde sich nie in so einen Schlamassel reiten, nicht ein so devotes Häufchen Elend werden wie er.

Neubert kamen fast die Tränen vor lauter Selbstmitleid.

Ihm fiel Jessica wieder ein. Hilfe!

Sie wollte heute Abend vorbeikommen! Er brauchte Zeit zum Nachdenken. Er wählte ihre Mobilnummer und überlegte, wie er ihr absagen könnte. Genau. Er würde ihr sagen, dass er gleich nach Basel fahren müsse. Seine Ex-Frau hätte sich das Bein gebrochen und er müsste übers Wochenende seinen Sohn zu sich holen.

Na, ja, nicht die beste Ausrede, aber in der Not frisst der Teufel bekanntlich Fliegen.

»Hallo?« Jessicas Stimme brachte seine Vorsätze beinahe wieder ins Wanken.

»Hallo Süße, ich bin's.«

»Hallo, mein Bärchen. Meine Eltern sind gleich weg, dann komme ich zu dir.«

»Äh, Jessica Schatz ...« Neubert fing an zu stottern,

»... heute Abend geht es leider nicht. Ein Notfall!«, beeilte er sich sagen. »Ich muss jetzt gleich nach Basel, meinen Sohn abholen ... Seine Mutter...«

Weiter kam er nicht, denn Jessica hatte aufgelegt.

Neubert hatte einen trockenen Hals. Wenn sie jetzt nur keinen Blödsinn machte! Während er noch mit dem Hörer in der Hand dastand, klingelte es an der Tür.

Neubert riss ziemlich ungnädig die Wohnungstür auf, da er seine Nachbarin vermutete, stand aber verblüfft zwei Männern gegenüber.

»Guten Abend. Kripo Freiburg. Herr Dr. Neubert?«

Neubert nickte und bat die beiden Beamten herein. Beim Schließen der Tür bemerkte er gerade noch, wie gegenüber die Tür zuging.

»Wie kann ich Ihnen helfen?«

Neubert bat die beiden ins Wohnzimmer.

»Wollen Sie sich setzen?«

Die Polizisten verneinten.

»Herr Dr. Neubert, wo waren Sie heute zwischen zehn und zwei Uhr nachmittags?«

»Ich? Heute?«

Neubert geriet ins Stottern.

»Ja, da muss ich kurz überlegen...Ich war im Büro, bis etwa halb zwei und bin anschließend nach Hause gefahren. Wieso fragen Sie?«

»Hat Sie jemand gesehen? War jemand in Ihrem Büro?«

»Äh, nein. Das heißt, ich kann es nicht genau sagen. Ich habe den ganzen Vormittag an einem Antrag gearbeitet. Niemand ist vorbeigekommen. Als ich in die Mensa gegangen bin, bin ich natürlich vereinzelten Studenten begegnet, aber niemandem, den ich kenne. Wieso?«

»Kennen Sie Professor Dr. Killian?«

»Ja natürlich! Wir arbeiten zusammen am selben Institut. Was hat er ...?«

»Haben Sie ihn heute gesehen?«, unterbrach ihn Michaelis.

Neubert wurde rot, was den beiden Beamten nicht entging.

»Nein ...«, log er tapfer, »... heute nicht.«

Die beiden Polizisten wechselten einen Blick, was Neubert nicht entging.

Ihm brach der Schweiß aus.

»Kennen Sie den Professor gut?«

»Nun, so gut wie man einen Kollegen so kennt. Nicht privat.«

Er schwitzte. Worauf wollten die hinaus?

»Kommen Sie gut mit ihm aus?«

»Nun, äh, ja, er ist ein brillanter Wissenschaftler«, wand sich Neubert.

»Das habe ich nicht gefragt.«

»Nun, ja, zugegeben...wir sind nicht die besten Freunde. Aber wir haben fachlich viele Gemeinsamkeiten.«

»Wie kommen die anderen Kollegen mit ihm aus?«

»Ganz gut. So viel ich weiß. Wieso fragen Sie mich das alles?«

»Professor Killian ist heute getötet worden.«

Neubert wurde blass.

Sie verdächtigten ihn! Um Gottes Willen!

Hatte jemand den lautstarken Krach mit Killian belauscht?

Oder hatte ihn jemand aus seinem Büro kommen sehen? Wie kamen die so schnell auf ihn?

»Wie wurde er getötet?«, zwang sich Neubert zu fragen und versuchte, etwas Mitgefühl in seine Stimme zu legen. »Das ist ja schrecklich!«

Entsetzt war er ohnehin schon, das musste er nicht heucheln.

»Er wurde erstochen. Würden Sie morgen Vormittag bitte auf der Dienststelle vorbeikommen? Wir müssen Ihre Aussage protokollieren.« Kriminalkommissar Michaelis klappte sein Notizbuch zu und reichte Neubert seine Visitenkarte.

»Hier ist meine Nummer. Falls Ihnen noch etwas einfällt...«

Er musterte ihn scharf. Ein Blinder konnte sehen, dass der Mann mit den Nerven am Ende war.

»Sind Sie verheiratet, Herr Dr. Neubert?«, fragte er unvermittelt.

»Äh, ja, äh, nein … ich meine, ich bin geschieden, seit zehn Jahren. Ich habe einen dreizehnjährigen Sohn. Er lebt bei seiner Mutter in Basel.«

»Vielen Dank für Ihre Hilfe. Wir sehen uns morgen auf der Dienststelle. Die beiden Beamten verabschiedeten sich und Neubert sank auf das Sofa.

Samstag, 8:10 Uhr

Franke wischte sich mit der Serviette die Krümel aus dem Gesicht und hängte die Zeitung zurück an den Haken. Wenn er samstags Dienst hatte, frühstückte er immer in der Filiale von *Kaiser's* guter Backstube in der Bertoldstraße.

Der Milchkaffee war gut und die Backwaren noch besser. Bevor er sein Geschirr zurückstellte, ließ er sich zwei Dutzend süße Stückchen für die Kollegen einpacken. Auf dem Weg zum Auto rief er Edgar Wickert an, den Oberstaatsanwalt.

»Guten Morgen, Eddie. Winfried hier. Wie sieht es aus mit der Obduktionsgenehmigung?«

»Guten Morgen, Winfried. Ich habe den Antrag gerade eingereicht. Es dürfte etwa eine halbe Stunde dauern. Ich ruf' dich an. O.K.?«

»Ist gut. Danke!«

Im Büro angekommen, ließ er die Kaffeemaschine laufen und packte unter lauten Ohs und Ahs den Kuchen aus.

Während er die von den Kollegen gesammelten Informationen der Reihe nach auf die Tafel schrieb, klingelte sein Telefon.

»Franke, ja bitte?«

»Hallo Winfried, Eddie hier. Gerd erwartet dich um neun.«

»Danke. Ich melde mich später bei dir.«

Mit dem Stift in der Hand wandte er sich wieder der Tafel zu.

»Wie viele Mitarbeiter konnten gestern noch vernommen werden?«

»Alle, außer einem. Der ist krank.«

»O.K. Bestellen Sie ihn her, wenn er wieder gesund ist.«

»War irgendjemand auffallend?«

Dabei dachte er an die merkwürdige alte Dame von gestern, Killians Vermieterin.

»Ja. In gewisser Weise«, antwortete Häge.

Franke hob fragend die Augenbrauen.

»Die Sekretärin. Die war schrecklich nervös. Das könnte aber auch an ihrem Mann liegen. Komischer Kerl.«

»Hm?« »Inwiefern?«

»Latent aggressiv. Weiß nicht. Nur so ein Gefühl. Den lass´ ich nachher mal durch den Computer laufen.«

»Hat er das Opfer gekannt?«

»Ja. Er hatte ihm die Wohnung gestrichen … Schwarz …«

»Und …?«

»Killian hat nicht bezahlt, weil er angeblich die Möbel bekleckst hat.«

»Aber das ist kein Mordmotiv … oder doch?«

»Das glaube ich kaum. Es geht um dreihundert Euro …«

»O.K. Du bleibst dran?«

»Ja. Ich habe beide auf elf hierher bestellt. Mit der Frau solltest du einmal sprechen«, sagte er und sah zu Franziska Meister hinüber, die zustimmend nickte.

»Was noch?«, fragte Franke.

Michaelis und Lindemann sahen sich an.

»Dr. Neubert. Der Stellvertreter von Killian«, fing Michaelis an.

»Hypernervös und kein Alibi für die Tatzeit. Apropos Tatzeit? Wissen wir da schon Genaueres?«

»Um neun ist die Obduktion. Danach wissen wir mehr.«

»Überprüft doch bitte den Neubert. Das gilt übrigens für alle. Alles, was ihr findet. Was sie mit Killian in Verbindung bringt. Schaut euch bitte die Publikationen genau durch.«

Und zu Zimmerlin gewandt: »Befragt sie alle nach dem Procedere. Publikationen, Forschungsvorhaben und so weiter. Das können heikle Geschichten sein. Und fragt, wer Killians Nachfolger wird.«

»O.K. Sonst noch jemand?«, fragte Franke in die Runde: »Gut, Weiteres wird sich bei den Befragungen ergeben. Bestellt bitte alle Mitarbeiter im Laufe des Tages hierher und nehmt ihnen die

Fingerabdrücke ab. Hahn hat unzählige Fingerabdrücke gefunden. Befragt sie noch einmal ausführlich, vielleicht ist jemand heute Nacht noch etwas eingefallen. Klärt mit der Sekretärin, wer alles einen Schlüssel zu Killians Büro hat. Lasst euch von ihr eine Liste der Studenten geben, die bei den letzten Prüfungen durchgefallen sind und eine Liste mit den Studenten, die in Kürze Prüfung haben. Und klärt ab, wann die sein wird.«

Franke verabschiedete sich und fuhr in die Rechtsmedizin.

»Morgen, Gerd!«

»Moin, moin!«

Dr. Gerd Petersen war ein fröhlicher Hamburger Anfang fünfzig. Klein, zäh, wettergegerbt, mit tausend Lachfältchen um die blauen Augen.

Er hatte mit der Obduktion zeitig begonnen und hielt Franke statt Handschlag den stark blond behaarten Arm hin.

»Und, wie?«

»Nu …« Er betrachtete den Leichnam vor sich auf dem Tisch:

»Todeszeitpunkt etwa zwischen ein und zwei Uhr mittags. Genauer kann ich´s nicht sagen.«

»Irgendetwas zur Tatwaffe?«

»Siehst du hier die Einstiche? Sieben Stück. Im Unterbauch und in der Leistengegend. Sie sind nicht sehr tief. Ein kleines Messer. Mit gekrümmter Klinge. Sehr ungewöhnlich. Nur der hier war tödlich.«

Er zeigte auf einen Einstich in der Leiste: »Arteria Femoralis.«

»Heißt auf Deutsch …?«

»Oberschenkelarterie ... Habt Ihr ein Messer gefunden?«

»Nein.«

»Ich habe sofort an ein Obstmesser gedacht. Aber wer bringt schon jemand mit einem Obstmesser um?«

»Hm.«

Franke schluckte. An Obduktionen und diesen Geruch hatte er sich nie gewöhnen können.

»Alle Stiche sind mit großer Wucht ausgeführt worden. Die Stichbahnen laufen von unten nach oben. Das Opfer ist einsachtzig groß, der Täter müsste ungefähr einssiebzig sein.«

»Könnte es auch eine Frau gewesen sein?«

Petersen kratzte sich mit dem Handrücken am Kopf.

»Ja«, meinte er zögerlich. »Doch. Wäre möglich. Auf jeden Fall war große Wut im Spiel.«

»Sagst du mir Bescheid, wenn du noch etwas findest?«

»Nö. Natürlich nicht!« Petersen grinste. »Spielen wir mal wieder Squash?«

»Klar. Jederzeit.«

Franke schüttelte seinen Arm und ging hinaus. Draußen atmete er tief die frische Luft ein. Wie der das nur aushielt!

Das Wetter war trüb und nieselig. Eine schwere Nässe, die einem in den Kragen und in die Jackenärmel kriecht.

Ein Blick auf die Uhr sagte ihm, dass es halb elf war, und so machte er sich auf den Weg zurück ins Büro. Er wollte unbedingt selbst mit der Sekretärin sprechen.

Samstag, 9:15 Uhr

Die Rollen des Einkaufwägelchens ratterten durch die noch ruhige morgendliche Wiehre.

Beim Bäcker *Bühler* standen die Leute wie üblich Schlange, der köstliche Duft von frischen Brötchen und Kuchen zog durch die Bromberg- und die Zasiusstraße.

Fräulein Ludwig kam gerade vom Einkaufen.

Sie war, wie jeden Samstag, auf dem Bauernmarkt am alten Wiehrebahnhof gewesen. Heute hatte sie nur Brot gekauft, Käse und Jogurt, etwas Fleisch, Salat und Äpfel. Für eine Person. Sie aß ja nur sehr wenig. Und Professor Killian war ja jetzt tot.

»Ein Todesfall in der Familie«, hatte sie knapp auf die Frage der Metzgersfrau geantwortet.

»Oh. Das tut mir leid!«

»Das muss es nicht!«

Peinlich berührt packte ihr die Frau das Fleisch ein.

Auf dem wunderschönen Bauernmarkt, auf dem zu jeder Jahreszeit ein buntes Treiben herrschte, hielten die Marktleute gerne ein Schwätzchen mit ihren Kunden. Man kannte sich seit Jahren und war immer auf dem Laufenden über Kinder, Enkel und was es sonst so gab. Nicht aber Fräulein Ludwig. Mit ihr kam nie so recht ein Gespräch auf. Sie kaufte schon seit Jahrzehnten dort ein, warm wurde jedoch niemand mit ihr.

Zu Hause angekommen, trug sie Stufe für Stufe ihren kleinen Einkaufswagen die Treppe hoch. An Professor Killians Wohnungstür machte sie kurz halt. Durch die offene Tür sah sie Männer in weißen Schutzanzügen herumlaufen.

Endlich in ihrer Wohnung angekommen, räumte sie ihre Einkäufe weg und setzte Teewasser auf. Wenig später saß sie am Küchentisch und war im Begriff, einen Apfel zu schälen. Versonnen hielt sie einen Augenblick inne.

Als gestern die Polizei in die Wohnung von Professor Killian ging, hatte sie oben an der Tür einen Moment gelauscht, ob der Schlüssel noch passte. Erleichtert hatte sie kurz darauf leise ihre Wohnungstür geschlossen.

Wenn er nur nicht so gemein zu ihr gewesen wäre!

Über zwanzig Jahre lang hatte sie sich um ihn gekümmert. Er hatte sie gebraucht. Das hatte sie gespürt. Bis letzte Woche dieser unangenehme Vorfall passiert war. Und das nur wegen eines Stück Kuchens! Fräulein Ludwig war noch immer entrüstet.

Letzte Woche war sie, trotz seines ausdrücklichen Verbotes, an die PH gekommen. Vorher hatte sie sich telefonisch beim Sekretariat nach seinem Büro erkundigt. Etwas komisch war sie sich vorgekommen, als sie mit ihrem Kuchencontainer durch das Gebäude ging.

Peinlich berührt hatte er ausgesehen, ihr Herr Professor, als sie plötzlich in der Tür stand.

»Guten Tag, Herr Professor!«, hatte sie ihn strahlend begrüßt.

»Was machen *Sie* denn hier?«, antwortete er ärgerlich und wechselte einen Blick mit dem Mann, der bei ihm im Büro saß. Dieser beobachtete amüsiert das Schauspiel.

»Aber … Ich dachte … Ich bringe Ihnen etwas Kuchen!«

»Ich habe Ihnen doch gesagt, dass Sie nicht hierherkommen sollen!«

»Aber …«

»Bitte gehen Sie! Und nehmen Sie den Kuchen mit!«

»Aber …«

»Auf Wiedersehen! Übrigens lasse ich demnächst mein Türschloss an der Wohnung austauschen. Nur damit Sie Bescheid wissen.«

Er war so kalt! So böse! Was hatte sie denn getan?

Fräulein Ludwig wurde blass. Sie verabschiedete sich hastig und verließ, erst brüskiert, dann wütend, schließlich von Hass entflammt das Gebäude. So durfte niemand mit ihr umspringen! Schon gar nicht der Professor! Was hatte sie nicht alles für ihn getan! Aufgeopfert hatte sie sich. Geputzt, geschrubbt, gekocht und aufgepasst hatte sie auf ihn!

Energisch schälte sie den Apfel und legte das Messer anschließend in die Spüle.

Samstag, 11:10 Uhr

Im *Altstadtcafé* herrschte der übliche Hochbetrieb am Samstag Vormittag. Alle Tische waren besetzt, Taschen mit Einkäufen vom Münstermarkt lehnten und hingen an den Stühlen, die Leute plauderten, Kinder liefen zwischen den Tischen herum, der Duft von Kaffee und frisch gebackenem Kuchen lag in der Luft.

Eva Habermann saß mit ihrer Kollegin Sabine Strecker an einem der Tische, vor sich halb leer gegessene Teller und Schälchen und zwei Tassen frischen Tees. »Und du denkst, ich sollte denen das sagen?«

»Auf jeden Fall! Die kriegen das sowieso heraus und dann wird´s sicher unangenehm.«

»Aber ich liefere denen doch ein perfektes Mordmotiv!«

»Schon …«

»Außer dir weiß es doch keiner! Du sagst denen doch nichts?«

»Äh, nein, natürlich nicht … aber …«

»Aber was?«

»Neubert weiß es auch …«

»Was? Woher weiß *der* das?« Eva Habermann war entsetzt. »Das kann doch nicht wahr sein!«

»Äh … der Kuhlke weiß es auch…«

»*Was*? Hat der alte Mistkerl einen Aushang gemacht?«

»Nein …« Sabine Strecker zögerte »Das nicht gerade …«

»Aber was …?«

»Er hat´s im Sekretariat erzählt. Als Neubert und Kuhlke auch da waren.«

»Das gibt´s doch gar nicht!« Sie war den Tränen nahe. »Und die Schütz?«

»Nun, die auch. Es tut mir so leid! Aber ich musste es dir sagen! Bist du mir böse?«

»Nein. Natürlich nicht … Aber was mache ich denn jetzt? Die tratschen das doch weiter! «

»Jetzt reg´ dich nicht auf. Das heißt nicht, dass die das der Polizei erzählen. Die wissen, dass du keine Mörderin bist. Trotzdem … sicher ist sicher … Du solltest das denen wirklich erzählen. Was ist schon dabei? Du hast ihn doch nicht umgebracht!«

»…«

»Eva?«

»Nein. Natürlich nicht.«

Sie trank einen Schluck Tee.

Ein kleiner rotznasiger Knirps hatte seine kleine klebrige Hand auf ihr Bein gelegt und strahlte sie mit zwei kleinen Vorderzähnen an.

»Na, du Süßer?« Sie seufzte tief. »Was mache ich nur! Es geht ja auch um meine Dissertation! Wenn der Killian sie so vor allen zerrissen hat, finde ich doch niemand, bei dem ich sie fertig machen kann! Dann war alles umsonst!«

»Jetzt warte doch ab. Es ergibt sich sicher etwas Neues.«

»Vier Jahre! Der alte Mistkerl! Wenn ich das gewusst hätte …Was hat er eigentlich zu dir gesagt?«

»Äh …«

»Du hast doch deine Untersuchung ähnlich aufgebaut wie ich …?« Eva Habermann sah ihre ausgesprochen hübsche Kollegin an, die plötzlich zu Boden sah.

»Weißt du …«

Ganz plötzlich, sie wusste nicht warum, wurde sie misstrauisch.

»Du hattest doch auch letzte Woche mit ihm Besprechung?«

»Ja …« Sabine Strecker wich ihrem Blick aus.

»Du *hast* es doch so aufgebaut wie ich?«

»Ja … schon …«

»Ich möchte wissen, warum er meine Arbeit so zerreißt und deine offensichtlich nicht … oder doch?«

»Ja … nein … weißt du …«

»Was …?«

»Lass uns von etwas anderem reden, ja?«

»Nein! Das möchte ich jetzt genau wissen! Hat er deine Arbeit kritisiert oder nicht?«

»Nein …«, kam es zögerlich.

»Nein, und was weiter?!«

»Nichts mehr … Ich kann sie nächsten Monat abgeben«, endete sie rasch.

»Wie bitte? Das kann doch nicht wahr sein?! Entschuldige bitte, dass ich so wütend bin, aber das geht doch nicht mit rechten Dingen zu?!«

»Ich möchte jetzt gehen.«

»Du kannst doch jetzt nicht einfach gehen?!«

Die Leute drehten sich schon um.

»Pst! Sei doch nicht so laut!«

»Ich bin laut, wann es mir passt! Wieso kannst du deine Arbeit abgeben und ich nicht?! Das will ich jetzt sofort wissen!«

»Das weiß ich doch nicht! Bitte … Ich möchte jetzt wirklich gehen!«

Sabine Strecker suchte hastig in ihrem Geldbeutel nach passendem Geld und war schon im Begriff aufzustehen. Eva Habermann griff nach ihrem Arm.

»Was hat er zu dir gesagt? Los! Sag´s mir!«

»Bitte, lass mich los!« Sie schüttelte die Hand ab, raffte schnell ihren Mantel zusammen, legte fünfzehn Euro auf den Tisch und lief davon.

Der kleine Knirps hatte in der Zwischenzeit das Gesicht zum Weinen verzogen und seine besorgte Mutter eilte herbei, um ihn zu holen.

Eva Habermann saß da wie vor den Kopf geschlagen.

Spinnen denn jetzt alle? Oder was war los? Konnte es sein, dass ihre Arbeit so viel schlechter war? Hatte sie sich so überschätzt? Klar hatte Killian sie schon vor einem Jahr gewarnt, bestimmte Untersuchungen so zu führen, wie sie es vorhatte, aber hatte *er* die Klinik-Erfahrung oder sie?! Verdammt! Und jetzt wussten auch noch alle im Institut Bescheid! Neubert und Kuhlke! Ha! Wenn es die dumme Strecker schon weiß, kann ich ja gleich einen Aushang machen!

Ihr war gar nicht bewusst, wie ungerecht sie war. Sabine Strecker war wirklich eine loyale Kollegin. Eine fleißige und hilfsbereite Studentin und eine kluge und sorgfältige Doktorandin. Sie konnte nichts dafür, dass sie außerdem gut aussah.

Eva Habermann erhob sich brüsk von ihrem Stuhl. Sie zahlte und schulterte ihren Rucksack mit den Wochenendeinkäufen. Mit der Straßenbahn fuhr sie bis zur Haltestelle Eschholzstraße.

Als sie die Tür zu ihrer Wohnung aufschloss, überkam sie das heulende Elend. Sie wohnte seit über zehn Jahren mit ihrem Freund in der kleinen, schäbigen Zwei-Zimmer-Wohnung in der Klarastraße.

Er war nicht da. In der Küche standen die Reste seines Frühstücks. Die halbvolle Flasche Milch stand in einer angetrockneten Milchpfütze, das Brot war nicht weggeräumt und der Tisch war übersäht mit Krümeln und Marmeladeflecken.

Wütend ließ sie ihren Rucksack fallen. Sie hatte endgültig genug! Genug von allem! Im Wohnzimmer herrschte die gewohnte Unordnung. CD-Hüllen, Zigarettenkippen, Motorradzeitschriften, Bücher, leere Saftflaschen und Klamotten.

Im Schlafzimmer war das Bett wie immer nicht gemacht und im Bad lagen klatschnasse Handtücher am Boden, zusammen mit Unterhosen und T-Shirts ihres Freundes.

Sie hatte die Nase so voll!

Ihr Freund hatte vor sechs Jahren, nach siebzehn Semestern Soziologie, das Studium geschmissen und schlug sich seitdem mit Gelegenheitsjobs und der Unterstützung seiner Mutter durchs Leben.

Zurzeit war er Fahrradkurier und sie musste sich jeden Abend seine Tiraden über seinen angeblich unfähigen Chef anhören. Immer waren alle unfähig, außer ihm. Alle möglichen Leute waren schuld daran, dass er so viel Pech hat in seinem Leben. Nur er nicht.

Sie stand mit hängenden Armen im Türrahmen und betrachtete das Chaos im Wohnzimmer. Alle Energie war aus ihr gewichen. Alles umsonst! Sie hatte die Nase so voll! Nur weg von hier. Weg von allem. Weg von der Wohnung, weg von ihrem Freund und weg von der PH! War ohnehin alles gelaufen. Aber wohin?

Eva Habermann sank weinend am Türrahmen zusammen und schlug die Hände vor dem Gesicht zusammen, wo sie ihr Freund eine halbe Stunde später fand.

»Hey Eva! Was ist los?«

»...«

»Hey Maus! Sag´ doch!«

»...«

Unschlüssig ging er in die Küche, um sich ein Glas Wasser zu holen, wo er den unausgepackten Rucksack mit den Einkäufen stehen sah.

»Seit wann bist du schon da?«

»...«

»Hey, magst du ein Glas Wasser?« Unsicher, was er tun sollte, beugte er sich zu ihr hinunter.

»Hey Maus! Sag´ schon! Was ist los?! Ist was mit deiner Mutter?«

»...«

»Jetzt hör schon auf zu heulen!«

»...«

Er ging in die Küche, um sein Glas Wasser nachzufüllen.

»Jetzt komm´ halt! So schlimm kann´s doch gar nicht sein!«

»Was weißt du schon?!«, fuhr sie ihn wütend an.

»Oho! Du kannst ja reden!«

»Halt bloß den Mund!«

»Was ist denn los mit dir? Was hab´ ich denn getan? Hast du deine Tage?«

»Hau ab! Ich rat´ es dir im Guten!«

»Abhauen? Was soll das?«

»Hau ab! Aus meinem Leben! Aus dieser Wohnung! Weg! Geh´! Geh´ zu deinem Richie oder deiner Mutter oder sonst wohin! Nur geh´!« Sie war nahezu hysterisch.

»O.K. Madame ist wohl indisponiert? Na, gut! Ich gehe. Wenn du dich beruhigt hast, kannst du mich ja anrufen.«

Er drehte sich wütend um und knallte die Wohnungstür hinter sich zu.

Auf der Straße zog er mit einem Blick auf die Fenster der Wohnung sein Telefon aus der Hosentasche und rief die Freundin seiner Freundin an.

»Hallo Doris? Hier ist Micha. Wenn du das abhörst, kannst du mal bei Eva vorbeischauen? Ihr geht´s nicht gut. Sie hat mich gerade vor die Tür gesetzt. Falls du mich suchst, ich bin bei Richie. Ciao!«

Samstag, 18:10 Uhr

Franke saß zurückgelehnt auf seinem Stuhl, die Füße überkreuzt auf seinem Schreibtisch und kratzte mit dem Bleistiftende gedankenversunken an seinem Bärtchen. Auf der anderen Seite saß Höfflin mit ausgestreckten Beinen, die Hände hinter dem Kopf verschränkt. Er war ein Gemütsmensch, durch und durch. Groß, bärig, geduldig, durch nichts aus der Ruhe zu bringen.

»Den ganzen Tag vertan. Für was?« Franke war frustriert.

»Hm.«

»Man könnte glauben, der Killian war ein Heiliger!«

»Hm.«

»Ich glaub´s nur einfach nicht!«, seufzte er.

»Hm.«

»So kommen wir nicht weiter.«

Höfflin besah sich jetzt seine Fingernägel. Draußen war die trübe graue Nässe in trübe dunkle Nässe übergegangen. Er wäre jetzt gerne zu Hause. Bestimmt hatte seine Frau etwas Gutes gekocht. Seufzend fuhr er sich von hinten durch die kurzen grauen Haare und kratzte sich dann den Bart.

»Wenn keiner etwas gesehen oder gehört hat, brauchen wir eine andere Idee.«

Mit einem Ruck nahm Franke die Füße vom Tisch und griff zum Telefon.

»Heinz? Ich bin´s. Kannst du in der Montagsausgabe noch etwas unterbringen?«

»Kommt darauf an.«

»Mord. Vermutlich.«

»O.K. In einer Stunde im Ochsen? Du zahlst!« Heinz war ein Charmeur.

»Alles klar.«

Franke grinste und rief im *Ochsen* in Zähringen an, um einen Tisch für drei zu reservieren.

Zwei Stunden später, als die drei Männer einen Berg panierter Schnitzel, je eine gewaltige Schüssel mit hausgemachtem Kartoffelsalat, Bratkartoffeln und Feldsalat verdrückt hatten und bei einem Verdauungsschnaps saßen, erklärte Franke, was er brauchte.

Sonntag, 11:03 Uhr

Der Sonntag begann genau so trüb wie der Samstag. Der Kater hatte ihn geweckt. Wie spät ist es? Franke sah auf die Uhr. Elf.

Oh je! So spät!

Er saß auf der Bettkante und rieb sich die Augen, während das Tier erwartungsvoll schnurrend zu ihm hochsah.

Gestern war er grausam versackt. Sie mussten das Auto stehen lassen und waren mit dem Taxi heimgefahren.

»Oooh! Wo ist das Aspirin!«, stöhnte er, als er sich in die Küche schleppte, der Kater eilfertig voraus.

Drei Espressi, zwei Aspirin und eine kalte Dusche später saß er in seinem Büro, betrachtete die Tatortfotos und las den Tatortbericht.

Dem Bericht des Erkennungsdienstes konnte er entnehmen, dass die Tatwaffe nicht gefunden worden war. Die Mülltonnen im Radius von einem Kilometer waren ergebnislos durchsucht worden. Das war klar. Nur in schlechten US-Krimiserien wurden Tatwaffen in Mülltonnen gefunden. Oder blutige Kleidungsstücke. Franke seufzte. Plötzlich blieb sein Blick an etwas hängen. Er stutzte. Unter Inhalt des Mülleimers las er: »Papier,

Mandarinenschalen, Bleistiftspitzerkrümel, benutzte Papiertaschentücher sowie Apfelschalen und Gehäusereste!«

Bingo!

Petersens Aussage, dass er als Tatwaffe ein Obstmesser vermutete! Es war sonnenklar. Die Tatwaffe war tatsächlich ein Obstmesser. Und das lag vielleicht längst gesäubert und friedlich in der Küchenschublade des Täters. »Oder der Täterin«, ergänzte er in Gedanken.

Er las weiter. Ein Teller und ein Unterteller standen im Regal, zwei Kaffeetassen, drei Teetassen, ein Wasserkocher, diverse Teebeutel und eine Dose mit Cappuccinopulver. Eine Gabel. Drei Teelöffel. Kein Messer.

Er griff zum Telefonhörer. Nach langem Klingeln hob jemand ab.

»Petersen?«

»Hallo Gerd, Winfried hier. Hör′ mal, hast du den Mageninhalt des Opfers schon untersucht?«

»Ich habe ihn gestern ins Labor gegeben. Die sind aber sicher noch nicht fertig. Warum?«

»Du hattest wahrscheinlich recht mit deinem Obstmesser.« Er hörte Petersen am anderen Ende grinsen. »Wir haben Apfelschalen und Gehäuse gefunden, aber kein Messer.«

Petersen grinste noch breiter.

»Ich bin ein Held. Ich weiß. Ich ruf′ gleich mal im Labor an und frage, wie weit sie sind, o.k.?«

»Ich danke dir, du Held! Bis später!«

Franke lehnte sich zufrieden zurück. Das war wenigstens einmal ein Anhaltspunkt. Vielleicht hatten sie ja wirklich Glück und der Täter hatte die Tatwaffe nicht weggeworfen.

Nun ja. Zuerst brauchten sie einmal einen Verdächtigen. Und der war bisher weit und breit nicht in Sicht. Vielleicht ergab sich ja heute etwas. Die Kollegen der Sonderkommission hatten alle Prüfungskandidaten, alte und neue, für heute Nachmittag zur Befragung eingeladen.

Er musste nachher bei der Teambesprechung die Kollegen über die Tatwaffe informieren. Und darüber, dass Killian wahrscheinlich vor seinem Tod einen Apfel gegessen hatte. Vielleicht war ja jemand vor seinem Tod im Büro gewesen und hatte ihn dabei gesehen. Das könnte den Tatzeitpunkt einschränken.

Sonntag, 20:23 Uhr

Kriminaloberkommissar Franke saß auf dem Sofa, die Beine hochgelegt. Im CD-Player lief ›Nana Mouskouri in New York‹, wunderbar jazzige Songs aus den sechziger Jahren. Auf dem Schoß hatte er ein aufgeklapptes Buch, ›Maigret, Lognon und die Gangster‹ und mit der linken Hand streichelte er gedankenverloren den sich genüsslich räkelnden Kater. Es war zwischenzeitlich nach acht, die meisten Menschen saßen vermutlich vorm ›Tatort‹ und bereiteten sich auf die neue Woche vor.
Franke war in Gedanken noch immer bei dem heutigen Nachmittag. Seine Kollegen von der Soko hatten am Nachmittag fast alle ehemaligen und alle jetzigen Prüfungskandidaten aufgesucht und befragt.

Bei der Teambesprechung am Abend hatten die Kollegen berichtet, dass sich zwei der aktuellen Prüfungskandidaten etwas seltsam verhalten hatten. Eine Studentin, Kristina Heinrich, hatte bei der Nachricht, dass Killian tot sei, schlagartig die Farbe gewechselt, aber standhaft beteuert, ihn an diesem Freitag nicht gesehen zu haben, der andere, Deniz Özgün, war ganz nervös geworden. Er hatte angegeben, dass er Killian zwar aufsuchen wollte, sich es aber dann doch anders überlegt hatte. Diese beiden wollte er sich morgen noch einmal persönlich ansehen. Nervöse Leute hatten meistens etwas zu verbergen.

Die ehemaligen Prüflinge, die sie noch angetroffen hatten, hatten alle einhellig ausgesagt, dass Killian ein »gnadenloser Hund« gewesen sei. Die weiblichen unter ihnen hatten alle berichtet, dass Killian seine Hände nicht bei sich behalten konnte. »Aha«, hatte Franke gedacht. »Vielleicht auch seinen Reißverschluss nicht oben?« Wenn das kein prächtiges Mordmotiv war! Morgen würde Heinz´ Artikel in der Zeitung erscheinen. Vielleicht meldete sich ja doch noch jemand, der noch eine andere Facette zum Gesamtbild beisteuern konnte.

Montag, 6:40 Uhr

Der Morgen war genau so trüb wie das Wochenende. Nur nicht so nass.

»So, Zorbas. Hier. Dein Katerfrühstück.«

Franke stellte seinem Kater sein Schüsselchen mit Katzenfutter hin. Ein Blick in den Kühlschrank und in den Brotkasten zeigte ihm, dass *er* heute kein Frühstück bekommen würde. Es sei denn, er ginge ins *Kolbencafé*.

»Auch gut! Ein Törtchen in Ehren kann niemand verwehren«, reimte er gut gelaunt und ging ins Bad.

Zwei Himbeertörtchen und zwei Espressi später radelte er nach Littenweiler, um die zwei Studenten zu befragen. Er hoffte, sie am Montagmorgen vor acht noch zu Hause anzutreffen.

»Ja bitte, wer ist da?« Die Stimme kam durch die Sprechanlage und klang ungnädig.

»Kripo Freiburg. Ich möchte Ihnen ein paar Fragen stellen.«

Nach einem erschrockenen Schweigen, so kam es ihm vor, ging der Türsummer.

»Frau Kristina Heinrich? Ich bin Kriminaloberkommissar Franke.«

»Nein. Ich bin ihre Mitbewohnerin. Simone Nazari.« Sie drehte sich unentschlossen zu einer geschlossenen Tür um.

»Wenn Sie sie bitte wecken würden? Ich warte so lange.«

Widerstrebend klopfte Simone an Kristinas Tür und trat ein. Kristina war längst wach und saß ängstlich in ihrem Bett.

»Kristina, jemand von der Polizei ist hier. Er will dich sprechen!«

»Kannst du ihn nicht abwimmeln?«

»Nein. Der sieht nicht so aus, als ob er sich abwimmeln ließe!«

»Was mach´ ich denn jetzt?« Kristina rang verzweifelt die Hände und war nahe daran, wieder in Tränen auszubrechen.

»Du ziehst dich jetzt schnell an und bringst das hinter dich! Verdammt! *Du* hast doch nichts getan?«

»Nein …«, sagte Kristina zögerlich. Simone entging der ausweichende Blick nicht.

»Was soll das heißen? Gibt es denn noch etwas? Du hast mir

doch alles gesagt, oder?«

»Ja, ja. Ich dachte nur …«

»Was dachtest du?«

»Gestern habe ich denen gesagt, dass ich den Killian am Freitag gar nicht gesehen habe.«

»Ja, und …?«

»Als ich aus seinem Büro gerannt bin …«

»Ja …?«

»Ich bin mit jemand zusammengestoßen … Niemand, den ich kenne … kein Student oder so … schon älter …«, beeilte sich Kristina zu sagen.

»Ja und?«

»Verstehst du denn nicht? Wenn ich nicht dort war, kann ich auch mit niemandem zusammenstoßen! Vielleicht hat der Typ was gesagt?«

»Jetzt reg´ dich nicht auf! Woher sollen die diesen Typen auftreiben? Es gibt so viele Leute an der PH. Die haben seitdem doch nicht alle befragt! Mach´ dich nicht lächerlich!«

»Hm.«

»Beeil´ dich jetzt, sonst wundert der sich noch!«

Während Franke wartete, besah er sich die kleine Wohnung. Zwei Zimmer, kleiner Flur, eine zweckmäßig eingerichtete Küche mit einem kleinen Balkon davor. Ganz nett auf den ersten Blick. An der Garderobe hingen Jacken, Mäntel und Schals, auf einem kleinen Schuhregal standen in ordentlichen Reihen einige Schuhe. Ein großer Spiegel. Die Küche war sauber und aufgeräumt, auf einem kleinen Tisch stand offensichtlich Simones Frühstück: eine Teetasse, eine Müslischale, eine Flasche Biomilch und eine Tüte Müsli aus dem Reformhaus. Daneben ein Buch, das aussah wie ein Fachbuch.

»Vorbildlich«, dachte Franke, als die Tür zu Kristinas Zimmer aufging und die Mädchen herauskamen.

Kristina sah Mitleid erregend aus. Blass, schmal, die hellbraunen Haare mit einer Spange zu einem unordentlichen Etwas aufgesteckt. Jetzt steckte sie in einem verwaschenen Jogginganzug und knibbelte an den ausgefransten Rändern des linken Ärmels herum.

»Guten Morgen, Frau Heinrich. Mein Name ist Franke und ich habe noch einige Fragen bezüglich Professor Killians Tod.«

»Aber ich war doch gestern schon bei der Polizei!«

»Ja, das weiß ich, aber wir haben seitdem neue Erkenntnisse und müssen einige Leute noch einmal befragen.« Ihm entging nicht der rasche erschreckte Blick, den Kristina ihrer Mitbewohnerin zuwarf.

Er kramte umständlich sein Notizbuch heraus und blätterte einen Moment darin herum:

»Sie haben demnächst Ihre Staatsexamensprüfung?«

»Ja.«

»Empirische Pädagogik sollte bei Professor Killian geprüft werden?«

»Ja.«

»Kannten Sie Professor Killian?«

»Ja.«

»Wie gut kannten Sie ihn?«, fragte Franke und als er sah, dass sie schlagartig die Farbe wechselte, beeilte er sich hinzuzufügen: »Ich meine, kannten Sie ihn schon aus Vorlesungen und Seminaren?«

»Ja.« Kristina schluckte trocken und rang die Hände.

Ihre Mitbewohnerin erhob sich und füllte den Wasserkocher: »Tee?«

»Ja, bitte!«

Franke beobachtete die Studentin genau. Er blätterte wieder in seinem Notizbuch, auf das Kristina ängstliche Blicke warf, in dem aber gar nichts stand.

»Frau Heinrich. Sie haben gestern ausgesagt, dass Sie am vergangenen Freitag, als Professor Killian getötet wurde, nicht an der PH waren. Ist das so richtig?«

Sein Ton war etwas energischer geworden und er sah, dass die beiden Mädchen einen Blick wechselten. Sein Instinkt sagte ihm, dass ihm die beiden irgendetwas verheimlichten. Er setzte seinen »Ich bin ein böser, böser Polizist-Blick« auf und sah Kristina scharf an. Die knickte fast augenblicklich ein und begann hemmungslos zu schluchzen.

Ihre Mitbewohnerin trat schnell heran und legte tröstend ihren

Arm um sie, während sie Franke einen bitterbösen Blick zuwarf.

Also doch! Franke schmunzelte innerlich zufrieden und wartete, äußerlich noch immer streng, darauf, dass sie sich etwas beruhigte.

»Frau Heinrich. Wann waren Sie bei Professor Killian?«

»…«

»Frau Heinrich. Ich weiß, dass Sie dort waren!«

Kristina überlegte fieberhaft, was sie dem Polizisten erzählen sollte. Wenn sie ihm sagte, dass sie wegen ihrer Hausarbeit dort gewesen war, würde er wissen wollen, wie die ausgefallen war. Sie konnte ihn anlügen, aber vielleicht hatte Killian die Note schon irgendwo vermerkt! Vielleicht hatte er ja sogar schon bemerkt gehabt, dass die Arbeit gekauft war!

Kristina brach der Schweiß aus. Franke sah an ihrem Gesicht, wie es in ihr arbeitete und ließ ihr einen Augenblick Zeit.

Normalerweise konnte sie recht glatt lügen, aber jetzt, unter Druck, konnte sie keinen klaren Gedanken fassen. Was, wenn sie sich in Widersprüche verwickelte? Sie wusste ja nicht, was die in der Hand hatten! Der Polizist sah aus, als könne er ihre Gedanken lesen! Vielleicht sollte sie ihm die Wahrheit sagen? Sie lieferte ihm damit ein perfektes Motiv, aber hatten die nicht längst herausbekommen, dass der Killian vor seinem Tod noch Sex gehabt hatte? Und wenn sie es hinterher herausbekamen, war das dann nicht viel schlimmer?

Franke sah, dass die Studentin sich entschlossen hatte, die Wahrheit zu sagen. Er wechselte seinen Blick von böse auf aufmunternd.

»Ich …«

»Ja?«

»Ich muss Ihnen etwas sagen.« Kristina schluckte trocken und sah sich nach ihrer Mitbewohnerin um, die den Tee mittlerweile fertig gemacht hatte und ihr eine Tasse reichte. Franke lehnte dankend ab und lehnte sich aufmerksam nach vorne.

»Ich war bei Killian … Sogar zweimal.«

Franke beugte sich noch weiter vor, um sie besser zu verstehen.

»…?«

»Das erste Mal am Morgen. So um elf.«

»…?« Er nickte fragend.

»Ich wollte das Ergebnis meiner Hausarbeit abholen … Er hatte mich durchfallen lassen.«

»…?«

»Ich brauchte den Schein für meine Prüfung Ende Oktober.« Kristina begann schon wieder zu weinen.

»Mein Vater will nicht mehr zahlen. Ich muss die Prüfung jetzt machen.«

Simone reichte ihr ein Stück Küchenrolle und sie schnäuzte sich.

»Ich habe ihn angefleht, mir eine bessere Note zu geben! Er hat aber nur gelacht. Ich habe gebettelt und geweint, dann hat er mir ein Angebot gemacht…«

»…?«

»Er wollte Sex … Ich habe ihn beschimpft und ihm eine geknallt. Dann bin ich weggerannt.«

»Sind sie dabei jemandem begegnet?«

»Nein.«

»Und dann?«

»Dann bin ich in die Stadt gefahren. Auf den Münstermarkt. Ich wollte meinen Freund Emanuele treffen. Ich wollte mir Rat holen …« Kristina schwieg.

»Und, haben Sie ihn getroffen?«

»Nein. Er war nicht da.«

»…?«

»Ich bin nach Hause gefahren.«

»…?«

»Dann habe ich meinen Vater bei der Arbeit angerufen. Ich hatte gehofft, er hätte Verständnis …« Wieder liefen die Tränen.

»Aber er hat total sauer reagiert. Er sagte, dass abgemacht wäre, nur noch dieses Semester und wenn ich nicht fertig würde, müsse ich selber sehen wie ich zurechtkäme.«

»Und dann?«, fragte Franke mit verständnisvollem Ton.

»Dann … bin ich zurück zu Killian …« Kristina schlug schluchzend die Hände vor ihr glühend rotes Gesicht.

»Es war furchtbar!«

»Frau Heinrich«, fragte er vorsichtig, »um wie viel Uhr war das? Das ist ganz wichtig!«

»Ungefähr viertel nach eins.«

»Was hat er gemacht, als Sie kamen? War er alleine?«

»Ja. Er war alleine. Er saß an seinem Schreibtisch.«

»Was hat er da gemacht? Hat er am Computer gearbeitet?«

Kristina überlegte kurz: »Nein. Er hat einen Apfel gegessen.«

»Wie hat er ihn gegessen? Abgebissen?«

»Ist das wichtig?«

»Ja.«

»Er war geschnitten. In Schnitze.«

Kristina sah ihn fragend an. Wieso stellte er so doofe Fragen?

»Wie viel hatte er schon davon gegessen?«, fragte Franke interessiert.

»Ich glaube, er war fast fertig.«

»Hatte er sie auf einem Teller? Haben sie ein Messer gesehen?«

»Sie lagen auf einem kleinen Teller. Ein Obstmesser lag dabei.«

Franke machte sich jetzt wirklich Notizen.

»Wann sind Sie gegangen?«, fragte er so diskret wie möglich.

Kristina wurde wieder puterrot.

»Ich weiß es nicht genau. Vielleicht halb zwei.«

»Sind Sie jemandem begegnet, als Sie gegangen sind?«

»Ja, da war ein Mann. Mit dem bin ich zusammengestoßen … Ich bin ziemlich schnell weggerannt.« Er nickte zustimmend, als sei ihm das schon bekannt. Er versuchte, nicht allzu interessiert zu wirken.

»Können Sie den Mann beschreiben?«

»Ich weiß nicht … Ich war so …«

»Ich verstehe. War er klein, groß, alt, jung, braune Haare, blonde Haare, kurze Haare, lange Haare?«

Sie überlegte einen Moment.

»Er war etwa so groß wie ich. Einszweiundsiebzig. Älter als ich. Aber nicht alt … Eine Baseballkappe hatte er auf.«

»Kannten Sie ihn?«

»Nein.«

Franke klappte sein Notizbuch zusammen und erhob sich. Das reichte fürs Erste. Das Mädchen hatte ein hochinteressantes Motiv. Er musste unbedingt Petersen anrufen und ihn fragen, ob er Hinweise auf sexuelle Aktivität bei dem Opfer gefunden hatte.

Er verabschiedete sich von den Studentinnen mit der Bitte, sich zur Verfügung zu halten.

Es war jetzt neun Uhr.

Unten beim Fahrrad zog er sein Telefon aus der Tasche.

»Gerd? Winfried hier.«

»Moin. Moin. Ich habe Neuigkeiten für dich.«

»Ja? Lass hören.«

»Das Opfer hatte kurz vor seinem Tod Sex. Leider kein genetisches Material.«

»O.K.«

»Und er hat kurz vor seinem Tod eine Mandarine und einen Apfel gegessen …«, flötete Petersen vielsagend.

»Weiß ich schon. Du hattest recht! Wie immer!«, beeilte sich Franke zu sagen, »du bist ein Held!«

»Sag´ ich doch! Bis bald! Morgen Squash?«

»Vielleicht. Ich ruf″ dich an!«

Franke schwang sich auf sein Mountainbike und fuhr die Straße hinunter zur zweiten Adresse.

Deniz Özgün war nicht zu Hause. So kehrte er zurück auf die Dienststelle.

Montag, 21:23 Uhr

Es war schon nach einundzwanzig Uhr am Montagabend und ich hatte endlich meine Ruhe. Sophia war mit dem üblichen Getöse zu Bett gegangen.

Erst eine drei viertel Stunde im Bad, dann das »Katzenbüffet« auffüllen.

»Warum immer ich! Es sind doch deine Katzen!«

Immer wenn die Katzen gefüttert oder das Katzenklo gesäubert werden mussten, waren es meine Katzen.

Wurden die Tierchen geschmust und gedrückt, waren es ihre.

Natürlich.

Ich ließ mich auf die allabendliche Nörgelei nicht ein.

»Hast du deine Zähne geputzt?«

»Jaaa!«, knurrte sie.

Die Süße.

Da ich endlich meinen Film sehen wollte, verzichtete ich auf die nahezu lebensgefährliche Frage nach ihren Schulsachen.

Als ich glaubte, sie würde endlich ins Bett verschwinden, fiel ihr ein, dass sie ihren Tee noch nicht gemacht hatte.

Grundgütiger! Dieser Tee!

Jeden Abend brühte sie sich eine Tasse ›Wunder der Entspannung‹, ›Quelle der Ruhe‹ oder sonst irgendetwas auf.

Logisch, dass sie diesen Tee so heiß nicht mehr trinken konnte, deshalb fand ich jeden Morgen die volle, unberührte Tasse des Wundertees auf ihrer Kommode.

Es war echt ein Wunder! Der Tee wirkte sogar aus der Ferne.

Aber mein Töchterlein war immun gegen diesen Sarkasmus.

Endlich war der Tee fertig und stand auf der Kommode, das Kind war im Bett, ein Kater am Fußende ihres Bettes, der andere im Papierkorb. Nach einem dicken Gutenachtkuss machte ich die Tür zu ihrem Zimmer zu.

Ich hatte mir das Video zuvor gerichtet. ›19:50 Uhr ab Paddington‹, einer meiner Lieblingsfilme! Ich holte ein Bier aus dem Kühlschrank und machte es mir gemütlich.

Miss Marple! Die unvergleichliche Margret Rutherford und der hinreißend schüchterne Stringer Davis, die dem um Fassung ringenden Inspektor Craddock alle Nerven raubten! Unerreicht!

Als Miss Marple bei den Ackenthorps als Wirtschafterin anheuerte, um das Gelände auskundschaften zu können, auf dem sie eine Leiche vermutete, musste ich grinsen. Ich stellte mir gerade vor, wie ich mich bei Deniz als Putze verdingte.

Und dann blutige Handschuhe unter der Spüle fand.

Oder ein blutiges T-Shirt in der Wäsche.

Lächerlich!

Aber das war vielleicht eine Idee.

Wenn ich unter irgendeinem Vorwand in seine Wohnung

gehen könnte, würde ich vielleicht etwas Kompromittierendes finden!

Killian war erstochen worden. Das bedeutete viel Blut.

Der Täter musste etwas abbekommen haben. Und was machte man, wenn man einen verdächtigen Gegenstand verschwinden lassen möchte?

Genau!

Man warf ihn weg! Das war´s!

Ich musste mir gar nicht Zutritt zu Deniz´ Wohnung verschaffen.

Ich musste nur die Mülltonnen auf dem Weg von der PH zu seinem Haus durchsuchen und würde etwas Wichtiges finden.

Zufrieden über meinen brillanten Einfall, leerte ich meine Flasche Bier und sah, wie Miss Marple den Mord aufklärte. Der Arzt war's.

Als ich später im Bett lag und gerade kurz vorm Einschlafen war, durchfuhr es mich wie ein Blitz!

Die Mülltonnen! Wann wurden die denn geleert?

Ich sprang aus dem Bett und suchte den Abfuhrkalender.

Da! Morgen!

Es musste also noch heute Nacht geschehen.

Ich stellte mir den Wecker auf halb fünf. Um die Uhrzeit, das wusste ich aus meiner Zeit in der Bäckerei, war niemand unterwegs.

Kaum, dass ich unter die Decke gekrochen war, piepte schon der Wecker. Ich zog mich schnell an, packte meine Halogen-Fahrradlampe, meine Putz-Gummihandschuhe und eine kleine Schere ein. Zum Aufschneiden der Müllsäcke.

Zehn Minuten später war ich unterwegs. Ich schob die CD in den Player und der Zufallsgenerator wählte ausgerechnet die Filmmusik von Miss Marple. Wenn das kein gutes Omen war! Sophia hatte mir zu Weihnachten aus I-Tunes eine CD gebrannt. Unter anderen das ›Miss-Marple-Thema‹ und das ›Harry-Lime-Thema‹, Anton Karas unvergessliche Filmmusik zu ›Der dritte Mann‹, mein absoluter Lieblingsfilm.

Laut mitsingend, fuhr ich bestens gelaunt nach Littenweiler. Vorsichtshalber parkte ich den Saab in der Dannemannstraße.

Mit den Tonnen vor Deniz´ Haus fing ich an. So leise wie möglich öffnete ich die Deckel der ersten Tonne und schnitt mit der Schere den ersten Müllsack auf. Ich wühlte vorsichtig darin herum, als eine Dose laut scheppernd herausfiel und mit einem Höllenlärm in den Rinnstein kullerte.

»Verdammt!«, fluchte ich leise, »haben die noch nie was von Mülltrennung gehört?!«

Nach einigen Sekunden angestrengten Lauschens machte ich weiter. Ich musste vorsichtiger sein. Da die Straßenlaternen recht hell waren, stand ich sozusagen auf dem Präsentierteller.

Die aufgeschnittenen Müllsäcke lagen alle neben mir und ich fischte gerade den letzten aus den Tiefen der Tonne, als plötzlich etwas meine Beine berührte.

Entsetzt fuhr ich hoch.

Eine Katze!

»Miezelein, du hast mir fast einen Herzinfarkt verursacht!«

Ich bückte mich gerade, um das Tier zu streicheln, als ich merkte, dass jemand neben mir stand.

Gott im Himmel! Ich erschrak zu Tode!

Es war ein alter Mann. Er trug einen blauen verwaschenen Bademantel, unter dem ein Rippenunterhemd hervorlugte, Pyjamahosen und ausgelatschte Pantoffel. Seine zerzausten grauen Haare standen ihm wie ein Kranz um den Kopf.

»Kann ich Ihnen helfen?«, fragte er mit vor Sarkasmus triefender Stimme. Mir schlotterten die Knie.

»Äh …«

»Ich habe Sie schon die ganze Zeit beobachtet! Was machen Sie hier?«

»Ich, äh …«

Mühsam versuchte ich, meine zitternden Knie unter Kontrolle zu bekommen und suchte gleichzeitig fieberhaft nach einer guten Ausrede.

»…?«

»Ich suche einen silbernen Teelöffel. Aus dem Besteck meiner Urgroßmutter. Ziemlich wertvoll! Den muss ich mit den Kartoffelschalen versehentlich weggeworfen haben.«

Uff.

»Und da suchen Sie mitten in der Nacht?«, ätzte der alte Mann höhnisch.

»Äh, ja«, stotterte ich.

»Heute werden doch die Tonnen geleert. Wenn der Löffel weg wäre, das würde ich mir nie verzeihen!«

Ich drückte ein paar Tränen heraus, was mir gar nicht so schwer fiel, in meiner beklagenswerten Situation.

Inzwischen hatte ich mich so weit beruhigt, dass ich in Gedanken den alten Bettflüchter verwünschen konnte.

Nur noch ein paar Tränchen, dann würde er mich laufen lassen.

Wenn er mich nur nicht fragte, in welcher Wohnung ich wohnte!

»Wo wohnen Sie überhaupt?«

Zack!

»Ich habe Sie hier noch nie gesehen!«

»Ich, äh … ich bin die Freundin von Deniz Özgün«, log ich.

Eine Lüge mehr oder weniger. Das spielte jetzt keine Rolle mehr.

Mutiger geworden, ging ich zum Angriff über.

»Wollen Sie nicht wieder hineingehen? Sie werden sich erkälten«, fragte ich ihn mit schmeichelnder Stimme.

»Ich verspreche, dass ich ganz leise weitersuchen werde. Wissen Sie, man muss das Erbe seiner Großeltern in Ehren halten«, säuselte ich.

Mann, war ich gut!

Mit Erleichterung sah ich, dass er den Köder geschluckt hatte und bereit schien einzulenken. Er knurrte ein ungnädiges »Machen Sie leise!«, drehte sich um und schlurfte ins Haus zurück.

Die Katze trabte mit hoch erhobenem Schwanz hinterher.

Gütiger Himmel!

Vor Erleichterung hätte ich heulen können.

Ich hatte plötzlich genug von meiner nächtlichen Herumschleicherei und räumte schnell die aufgeschnittenen Müllsäcke wieder in die Tonne.

Rasch huschte ich zum Auto und fuhr nach Hause.

Als ich eine halbe Stunde lang geduscht hatte und wohlig wieder in meinem Bett lag, wurde ich schon wieder übermütig.

»Mann, war ich gut!«, dachte ich, »fast so gut wie Miss Marple in der Scheune der Ackenthorps!«

Dienstag, 8:10 Uhr

Kaum hatte ich die Augen zugemacht, musste ich schon wieder aufstehen. Mein Kind in die Schule expedieren und dann an die PH. Heute mit der Straßenbahn, weil ich gestern ja glorreicherweise mein Fahrrad wieder mal vergessen hatte.

Ich hatte einen langen Tag vor mir, aber vielleicht konnte ich zwischendrin aus der Sekretärin des Instituts etwas herausquetschen.

Auf dem Weg ins Sekretariat traf ich Deniz.

»Hey Deniz! Wie geht´s?«

»Hm.« Er schien völlig abwesend zu sein.

»Was macht die Lernerei?«, bohrte ich. »Kommst du gut voran?«

»Jaaa, ganz O.K.«, antwortete er gedehnt.

Es sah mir nicht in die Augen. Das war verdächtig!

Mich stach schon wieder der Hafer.

»Du, ich müsste fürs Tutorat kurz etwas über Stoffe und Motive in der Literaturgeschichte nachsehen … und in der Bibliothek ist die Frenzel gerade verliehen …«

»Hm.«

Die Andeutung kam nicht an.

Das waren die zwei Bücher, die ich ihm geliehen hatte. Ich musste deutlichere Geschütze auffahren.

»Kann ich nachher mal kurz bei dir vorbeikommen? Und was nachsehen? Ich meine…du kannst sie noch eine Weile behalten … ich müsste nur ganz kurz … Motive bei Anna Seghers, du weißt?«

Keine Reaktion.

»Du wohnst doch gleich um die Ecke! Geht das? Jetzt gleich?«

Deniz schien aus fernen Welten zurückzukommen. Er sah auf mich herunter:

»Wie bitte? Ja, ja, kein Problem. Aber nicht jetzt. Ich muss noch etwas erledigen. Wie wäre es nachher?«

»Das passt prima! Bis später!«

»Ist gut. Bis später also.«

Deniz verabschiedete sich knapp und verschwand die Treppe hinunter.

Ha! Nachher würde sich Caroline Marple in die Höhle des Löwen begeben! Die Sekretärin hatte ich in der Zwischenzeit völlig vergessen. Jetzt hatte ich Wichtigeres zu tun.

Es war die zweite Woche nach Semesterbeginn und es herrschte reges Treiben an der Pädagogischen Hochschule. Es ist eine relativ kleine Hochschule mit knapp fünftausend Studierenden, die alle in den pädagogischen Bereich gehen. Als Grund-, Haupt- oder Realschullehrer oder Diplompädagogen.

Ich liebe diese Hochschule. Zu Beginn eines jeden Semesters herrscht immer ein unglaubliches, aber erwartungsfrohes Durcheinander.

Hordenweise laufen die Studentinnen durch die Gänge, mit dem Vorlesungsverzeichnis in der Hand, aus denen tausend bunte Zettel heraushängen, plaudernd und sich beratend. Die Erstsemester, die sogenannten »Ersties«, zögerlich und unsicher, die erfahrenen Studenten zielsicher und energisch. Die einen suchen ihre Seminarräume, die anderen sind auf der Jagd nach freien Seminarplätzen.

Die Räume sind zu klein, total überhitzt, es riecht nach Linoleum, feuchten Klamotten und Kaffee.

Glücklicherweise ist seit diesem Semester ein neues, zentrales Anmeldesystem eingeführt worden, mit dessen Hilfe man sich für die wichtigsten Veranstaltungen elektronisch anmelden kann. Das ist einerseits toll, weil die nervigen Prügeleien um Listeneinträge ein Ende haben, andererseits nicht so berauschend, weil man, speziell in Deutsch, unter Umständen nur ein Seminar zugeteilt bekommt, während man mindestens zwei bräuchte.

Mit meinem Vorlesungsverzeichnis in der linken und einem Kaffee in der rechten Hand war ich unterwegs im Kollegiengebäude IV, auf der Jagd nach einem frei werdenden Platz. Einen hatte ich schon, einen weiteren wollte ich unbedingt noch haben. Je nach Überfüllung und Dozent konnte es ganz gut klappen.

In der nächsten Woche würde sich alles beruhigt haben und nach Abklärung der Formalitäten konnte das Studium beginnen. Bis dahin war ich aber immer ziemlich nervös.

In Raum 108 herrschte längst drangvolle Enge. Etwa siebzig Studentinnen drängelten sich in dem Raum, der maximal dreißig Stühle hatte. Überall saßen, standen und hockten meine Mitstreiterinnen, ich winkte der einen oder anderen zu und stellte mich auf die Zehenspitzen in den Türrahmen. Die Luft war zum Schneiden.

Endlich kam der Dozent. Nach einem verzweifelten Blick in die Runde, holte er die Anmeldeliste hervor und las die Namen vor. Leider waren alle da. Dann noch fünf von der Warteliste. Das war´s. Unwilliges Murmeln erhob sich, aber es nützte alles nichts. Murrend erhoben sich diejenigen, die diesmal nicht zum Zug gekommen waren und verließen unter großem Stühlerücken und Protest den Raum. Ich nahm´s als Wink und nahm mir vor, sofort bei Deniz vorbeizuschauen, um ihn ein bisschen auszuhorchen.

Gesagt, getan. Da ich erst heute Nachmittag wieder hier sein musste, ging ich durchs Kollegiengebäude V, die Treppe hinunter und war kurz darauf auf dem Weg zu Deniz.

Es schüttete in Strömen! Mist! Meine Regensachen lagen zu Hause!

Tropfnass stand ich vor Deniz´ Haustür, drückte mit zitterndem Finger auf den Klingelknopf. Verdammt! Vorhin konnte ich es gar nicht erwarten, Deniz auf die Pelle zu rücken und jetzt bekam ich es mit der Angst zu tun.

Die Tür ging auf! Ach Gottchen. Erst mal tief durchatmen und dann die Treppe ´rauf. Man muss die Leute überrumpeln. Genau wie Miss Marple! Ich straffte mich innerlich, zauberte ein Lächeln auf mein Gesicht und stand kurz darauf einem unwillig dreinblickenden, zerzausten Deniz gegenüber.

»Hallo Deniz! Hier bin ich!«

»Hm?«

»Ich habe dir doch gesagt, ich würde vorbeikommen, um etwas in meinen Büchern nachzusehen.«

»Hm. Wolltest du nicht später kommen?«

»Echt später?«, flötete ich. »Störe ich dich?«

Ich wartete seine Antwort gar nicht ab, sondern marschierte an ihm vorbei in seine Wohnung.

»Schön hast du es hier!«

Mein »Opfer« *war* überrumpelt. Entweder er hatte gerade geschlafen oder er war so in seine Lektüre vertieft gewesen, dass er nur mühsam zurückfand.

Ich sah mich um. Typische Studentenbude. Ungemachtes Bett, Regal, Schrank, Klamotten über dem Stuhl und auf dem Schreibtisch Berge von Papier und Büchern.

Deniz stand da, mit hängenden Armen und war mit der Situation offensichtlich überfordert. So munter es meine durchnässten Kleider und mein sich regendes schlechtes Gewissen es erlaubten, fragte ich:

»Na, wie kommst du voran?«

»Geht so.«

»Weißt du … ich wollte dich wirklich nicht stören … aber die Bücher…«

»…?«

»Motive der Weltliteratur …«, half ich ihm.

»Ach so! Ja … einen Moment.«

Während er auf seinem Schreibtisch herumwühlte, sah ich mich unauffällig um. Da war nichts. Irgendwie war ich enttäuscht. Ich weiß nicht, was ich erwartet hatte, blutige Klamotten, blutige Schuhe oder ein Messer? Irgendetwas Interessantes! Ich hab´s! Das Bad! Wo bewahrt man seine Schmutzwäsche auf? Im Bad!

»Äh, Deniz … ob ich mal kurz … du weißt schon …?« Ich zeigte dahin, wo ich das Bad vermutete.

»Ja … natürlich.« Der arme Deniz. Er war echt verwirrt. Da rückte ihm so eine meschuggene alte Kuh auf den Leib und er hatte keine Ahnung warum!

Im Bad war gar nichts. Nicht mal Schmutzwäsche. Ich spähte um die Ecke. Er kramte immer noch auf seinem Schreibtisch herum. Ich schob mich unauffällig in die Küche. Schnell Schubladen auf – nichts. Keine blutigen Messer. Schade!

In dem Moment, als ich die Schublade zuschob, stand Deniz hinter mir. Erschrocken drehte ich mich um.

»Was machst du da?« Seine Stimme war mehr als ungnädig.

»Oh …«

Er blickte auf meine Hände, mit denen ich hinter meinem Rükken den Schubladengriff umklammert hielt.

»Nichts … Ich … ich habe eine Schere gesucht…mein Fingernagel ist abgebrochen …!«

Schnell fuchtelte ich mit einem Finger vor seinem Gesicht herum.

»Siehst du … habe keine gefunden … schade … aber weißt du …ich muss jetzt leider gehen … Anna Seghers … das kann ich später nachsehen … und tschüss!«

Bevor er reagieren konnte, war ich wie der Teufel zur Wohnungstür ´raus, die Treppe hinunter und die Straße hoch in Richtung Campus. Als ich wieder an der PH war, setzte ich mich in den Toiletten zitternd auf den Klodeckel und musste meine Nerven beruhigen.

Also, wenn Deniz mit dem Mord etwas zu tun hat, fress´ ich einen Besen mitsamt der Putzfrau. Schade eigentlich. Wo kriege ich jetzt einen neuen Verdächtigen her?

Dienstag, 22:10 Uhr

Der schwere, kalte Regen prasselte an die Terrassentüren. Das Licht war gedimmt, im CD-Player lief das ›King Cole Trio‹.

Franke saß auf dem Sofa, den Kater auf dem Schoß und einen Becher Kamillentee neben sich. Er döste vor sich hin.

Es war ein anstrengender Tag gewesen, ihm war übel und er spürte einen ersten Anflug von Halsschmerzen.

So viele unzufriedene und unglückliche Menschen!

Manchmal hing ihm sein Beruf zum Halse ´raus.

Besonders hitverdächtig war sein Privatleben allerdings zurzeit auch nicht.

Seit der Trennung von seiner Lebensgefährtin vor über einem

Jahr wohnte er jetzt in der kleinen Zwei-Zimmer-Einlieger-Wohnung in St. Georgen und fühlte sich noch immer nicht richtig heimisch.

Für seinen Kater Zorbas war es das Paradies, aber für ihn war es einfach nicht das Richtige.

Die Wohnung war hell, ruhig und seine Vermieter waren nett, das war nicht das Problem, aber für ihn war es immer noch eine Behelfslösung. Andererseits konnte er sich aber auch nicht aufraffen, um etwas anderes zu suchen. Er seufzte tief.

Der Kater räkelte sich auf den Rücken und er kraulte ihn am Bauch.

Zorbas war ihnen vor drei Jahren in der alten Wohnung zugelaufen. Er war rabenschwarz und hatte seinen Namen aus einem hinreißenden Kinderbuch von Luis Sepúlveda, das er bei seiner Schwester gesehen hatte. In diesem Buch nimmt eine sterbende Möwe dem Kater Zorbas das Versprechen ab, ihr Ei auszubrüten und das Küken großzuziehen. Dieser widersteht der Versuchung, es zu fressen und zieht es unter großen Mühen mithilfe seiner Straßenkatzenfreunde auf und bringt ihm schließlich das Fliegen bei.

Franke musste daran denken, dass es um den Kater beinahe einen richtigen »Sorgerechtsstreit« gegeben hatte. Sie beide hatten den Kater behalten wollen, seine damalige Freundin war aber dann in eine Wohnung gezogen, in der Haustiere nicht erlaubt waren und er hatte diese Wohnung hier gefunden. So war der Kater bei ihm geblieben.

›A Fool´s Affair‹ schallte aus den Lautsprechern.

Franke und die Frauen. Das war ein Thema für sich.

Er war fast achtundvierzig und noch keine hatte es lange mit ihm ausgehalten. Immer war es dieselbe Leier. Sein Beruf und sein Unwillen, sich in einem kleinen Reihenhäuschen auf dem Land niederzulassen.

Bei dem Gedanken daran war es mit seiner Ruhe schon wieder vorbei.

Es war jedes Mal dasselbe. Ärger, wenn er abends oder am Wochenende wegmusste. Als ob die Frauen nicht von Anfang an gewusst hätten, was er beruflich machte!

Dann die Nummer mit dem Reihenhäuschen. Natürlich wäre es schön, eine eigene Wohnung zu haben. Aber nicht weit ab vom Schuss! Er wollte nicht erst eine halbe Stunde Auto fahren, wenn er zur Arbeit musste.

Dann das Thema Kinder. Als noch Zeit dazu war, wollte seine damalige Freundin nicht. Jetzt wollte er nicht mehr. Das war vorbei. Was sollte er als Opa mit einem Teenager? Seine Freundin wollte das nicht akzeptieren. Dabei hatte er von Anfang an mit offenen Karten gespielt. Wenn sie unbedingt eine Familie haben wollte, sollte sie sich doch einen anderen Mann suchen! Nun, das hatte sie dann auch getan.

Offensichtlich gab es die ideale Partnerin für ihn nicht.

Die Frauen, die noch keine Kinder hatten, wollten welche, diejenigen, die schon welche hatten, suchten einen Ernährer. Beides behagte ihm nicht.

Und faule Kompromisse wollte er nicht eingehen.

Obwohl er manchmal schon ein Gefühl der Leere hatte. Irgendetwas fehlte. Er konnte es nur nicht genau benennen.

Im Großen und Ganzen war er zufrieden mit seinem Leben.

Es war mehr so ein unbestimmtes sehnsüchtiges Ziehen in der Magengegend. Als ob noch etwas kommen müsste.

Gerade lief ›Trompin´‹. Sein Lieblingstitel. Er riss sich aus seinen Grübeleien und fasste einen Entschluss. Wenn dieser Fall abgeschlossen ist, dann würde er er sich eine neue Wohnung suchen.

Er hatte in der letzten Zeit einige sehr schöne Altbauwohnungen gesehen. So wollte er auch wohnen. Nicht, dass er sich fünf Zimmer leisten könnte, aber es gab bestimmt auch kleinere.

›Jump Jack Jump‹. Genau. Das würde er tun.

Schon deutlich besser gelaunt kitzelte er den Kater, der ihm prompt die Krallen aller vier Pfoten in die Hände rammte. Diese Gedanken brachten ihn zu seinem aktuellen Fall zurück und er nahm sich vor, diese Studentin anzurufen, die sich auf den Zeitungsbericht gemeldet hatte. Diese Caroline Benning. Die könnte ihm einiges über den PH-Alltag erzählen. Das wäre gar nicht schlecht. Irgendwie war für ihn dieser Professor Killian immer noch ziemlich nebulös.

Mittwoch, 9:00 Uhr

Der Wagen gab keinen Mucks von sich. Franke hieb mit der flachen Hand aufs Lenkrad, als ob das Auto dadurch gewillter wäre anzuspringen.

»Das darf nicht wahr sein!«, tobte er wutentbrannt.

Er hatte Halsschmerzen, ihm war schlecht und das dauerhaft miese Wetter ging ihm auf die Nerven.

Gestern Abend hatte er an irgendeinem Imbiss eine grauenhaft schlechte Wurst mit noch grauenhafteren Pommes gegessen und sich die ganze Nacht übergeben.

Einen Augenblick lang überlegte er, ob er sich krank melden könnte. Nein, konnte er nicht. Dann, ob er sich abholen lassen sollte. Aber dann würde er sich garantiert dem Gespött der Kollegen aussetzen, die sich ohnehin immer über seinen Oldtimer lustig machten.

»Mist!«

Stocksauer stieg er aus und ging ins Haus zurück, um seine Regenklamotten und sein Fahrrad zu holen. Missmutig radelte er nach Littenweiler, um den Studenten noch einmal zu vernehmen, den er bisher nicht angetroffen hatte.

Auf der Treppe in Deniz Özgüns Hausflur rutschte er aus und wäre fast gefallen. Heute Morgen wäre er besser im Bett geblieben.

»Kommissar Franke. Guten Morgen.«

»Guten Morgen.«

Der junge Mann wirkte verunsichert und bat ihn schüchtern herein. Mit einem scheuen Blick musterte er den tropfnassen Polizisten mit dem Fahrradhelm in der Hand.

»Kann ich Ihnen einen Tee anbieten?«

»Oh, ja. Hätten Sie vielleicht einen Pfefferminztee?«

»Ja. Ich komme sofort. Bitte setzen Sie sich doch.«

Franke sah sich um. Eine typische Studentenbude. Das trübe Morgenlicht erhellte kaum das kleine Zimmer. Ein schmales, ungemachtes Bett, ein Regal und ein schlichter Schrank, ein Schreibtisch vor dem Fenster, auf dem sich Bücher und Papiere türmten.

Franke musste unwillkürlich an eine Mönchszelle denken.

Er setzte sich auf den einzigen Stuhl. Nichts Überflüssiges stand herum. Nur ein Reisebüroposter, das Urlaub in der Türkei anpries, schmückte die Wände. Deniz Özgün kam mit zwei Tassen Tee zurück, stellte die Tasse für Franke auf den Schreibtisch und setzte sich mit seiner aufs Bett.

»Vielen Dank. Herr Özgün …ich würde Sie gerne zu Professor Killians Tod befragen …«

»Ja. Fragen Sie.« Er versuchte selbstbewusst zu wirken.

»Herr Özgün. Sie haben demnächst Staatsexamensprüfung.«

»Ja.«

»Professor Killian sollte Sie in empirischer Pädagogik prüfen.«

»Ja.«

»War Professor Killian ein beliebter Prüfer?«

»… Nein …«

»Wussten Sie das?«

»… Ja … natürlich …«

»Hatten Sie mit Professor Killian während des Studiums zu tun? Als Dozent, meine ich?«

»Ja. Einige Male. Er war streng, aber man lernte viel bei ihm.«

»Kamen Sie gut mit ihm klar?«

»… Ja. Schon.«

»Hatten Sie Ärger mit ihm?«

Deniz Özgün rutschte unruhig auf der Bettkante herum.

»…«

»Herr Özgün. Ich muss Sie bitten, mir zu antworten. Und mir natürlich die Wahrheit zu sagen.«

Franke trank den Tee in kleinen Schlucken und beobachtete den Studenten aus den Augenwinkeln. Seinem Magen ging es etwas besser.

Der Junge schien ihm ein zuverlässiger und redlicher Kerl zu sein, trotzdem verheimlichte er ihm etwas. Er beobachtete, wie es in ihm arbeitete.

»Herr Özgün?«

»Ich …«

Plötzlich platzte Franke der Kragen.

»Hören Sie, junger Mann! Ich bin sicher, dass Sie ein ehrlicher Mensch sind, aber ich habe Halsschmerzen, mir ist schlecht und ich habe heute noch schrecklich viel zu tun! Also, Sie rücken jetzt mit der Wahrheit heraus oder ich …«

Sein Gegenüber verschüttete vor Schreck etwas Tee und sah ihn mit großen Augen an. Schließlich sah Franke, dass er kapitulierte.

»… Ich hatte einen furchtbaren Streit mit ihm.«

»Könnten Sie bitte etwas lauter sprechen? Habe ich Sie richtig verstanden? Sie hatten einen Streit mit ihm?«

»Ja.«

»Wann?«

»Am Freitag. An dem Tag, als er ermordet wurde.«

»Wissen Sie noch, wann das war?«

»Ja, ungefähr um zehn.«

»Hat Sie jemand gesehen?«

»Ja. Meine Tutorennachfolgerin. Bei den Fahrradständern.«

Aha. Diese offene Baustelle war nun auch erledigt.

»Um was ging es bei dem Streit?«

»Er hat mich beschimpft …«

»Einfach so? Weshalb waren Sie bei ihm?«

» … Ich hatte noch Fragen zur Prüfung …«

»Und dann …?«

»Er beschimpfte mich zuerst als faulen Sack …«

»Und dann…?«

»Dann wurde er rassistisch und beschimpfte erst die Ausländer im Allgemeinen, dann meine Familie …«

»Und … haben Sie sich gewehrt?«

»… nun … ich habe … ihm die Meinung gesagt ...«

»Was haben Sie zu ihm gesagt?«

»…«

»Nun …?«

»Ich habe gesagt, er sei ein rassistischer alter Schleimer …« Seine Stimme war ganz leise geworden.

Franke war amüsiert und der Junge tat ihm leid.

»Warum haben Sie das meinen Kollegen nicht gleich gesagt?«

Deniz sah ihn erstaunt an.

»Aber ich habe doch ein Motiv!«

»Welches denn?«

»Ja, aber … er ist mein Prüfer … er hätte mich sicher durchfallen lassen … das wäre für mich eine Katastrophe…«

»Hätten Sie sich nicht um einen anderen Prüfer bemühen können?«

»Das hat meine Mutter auch gesagt.«

»Sehen Sie. Sie ist eine vernünftige Frau. Professor Killian ist übrigens zwischen eins und zwei getötet worden.«

Deniz wurde schon wieder blass.

»Fällt Ihnen noch etwas ein?«

»… Ja …«

»Was?«

»…«

»Herr Özgün, bitte!«

»… Ich war um eins noch einmal bei ihm, um mich zu entschuldigen, aber es war keiner da.«

»Sind Sie sicher?«

»Ja. Ich habe geklopft, aber da man ein ‚Herein' außen nicht hört, wollte ich die Tür aufmachen. Aber sie war verschlossen.«

»Hat Sie jemand gesehen?«

»Nein. Leider.«

»In Ordnung.«

»Was passiert jetzt?« Er klang ängstlich.

»Nichts, was mich angeht. Ich glaube Ihnen.«

Seine Erleichterung war mit den Händen zu greifen.

»Sie können mir wirklich glauben. Ich habe nichts mit Professor Killians Tod zu tun!«

»Fällt Ihnen spontan jemand ein, der etwas damit zu tun haben könnte?«

»Nein! Natürlich nicht! Das wäre ja schrecklich!«

»Gut. Das war´s, denke ich. Danke für den Tee.«

Franke erhob sich und stellte seine Tasse auf den Tisch. Seine nassen Regensachen und seine nassen Schuhe hatten eine kleine Pfütze unter dem Tisch hinterlassen.

»Gibt es hier in der Nähe eine Apotheke?«

»Ja, ein paar Meter von hier, schräg gegenüber.«

»Vielen Dank.«

Sie verabschiedeten sich mit einem Händedruck und Franke

ging vorsichtig die glatten Treppenstufen hinunter.

Der Regen hatte aufgehört, dafür war es noch kälter geworden. Es roch nach Schnee. Frankes Hals glühte. In der Apotheke kaufte er eine ganze Batterie Medikamente gegen Halsschmerzen, Erkältung, Übelkeit und Fieber. Er rief Höfflin an und informierte ihn über das Gespräch mit Deniz Özgün und meldete sich krank.

Zu Hause angekommen, drehte er die Heizung höher, brühte sich eine Kanne ›Englische Mischung‹ auf, warf aus jeder Packung eine Tablette ein, legte ›Friday Night in San Franzisco‹ auf und legte sich mit seiner Wolldecke aufs Sofa. Bevor er einschlief, spürte er noch, wie sein pudelnasser Kater auf die Decke gesprungen kam und sich nach wildem, genüsslichem Trampeln laut schnurrend auf ihm niederließ.

Donnerstag, 8:30 Uhr

Tausende von grünen Minischildkröten krabbelten im Traum seinen Arm hoch und schickten sich an, in seinen Kragen zu kriechen, als er mit einem Aufschrei auffuhr. Franke lag auf dem Sofa, sein linker Arm hing herunter und war eingeschlafen. Sein Kater lag neben ihm auf dem Kissen und gähnte ihm gerade seinen Katermundgeruch ins Gesicht.

Er schielte auf die Uhr. Halb neun! Aber draußen war es hell!

Ruckartig setzte er sich auf und versuchte sich zu orientieren. Hatte er tatsächlich zwanzig Stunden durchgeschlafen?

Sein Arm kribbelte wie verrückt und er rieb ihn kräftig, um die Blutzirkulation wieder anzukurbeln. Er fühlte in sich hinein. Seine Halsschmerzen waren weg und sein Magen schien wieder in Ordnung zu sein. Bis auf das nagende Hungergefühl.

Etwas wackelig auf den Beinen, schleppte er sich in die Küche. Der Radiowecker zeigte einen neuen Tag. So lange hatte er noch nie geschlafen! Wenigstens war er wieder einigermaßen fit. Nur seine Augen brannten ein bisschen.

Zorbas strich ihm auffordernd um die Beine und er füllte ein kleines Tellerchen mit Nassfutter.

Er stellte die Espressomaschine an und ging ins Bad. Nach einer langen, ausgiebigen Dusche fühlte er sich fast wie neu.

Beschwingt ging er in die Küche zurück und inspizierte die Vorräte. Nur Müsli und Vollkornknäckebrot. Nix für heute. Mit einem leisen Hoffnungsschimmer öffnete er das Gefrierfach seines Kühlschranks und - der Morgen war gerettet!

Zwei Stücke Käsekuchen von seiner Mutter! Diese hatte er kürzlich eingefroren, da er sie nicht alle essen konnte. Zufrieden stellte er sie in die Mikrowelle und ließ den ersten Espresso aus der Maschine.

Erst jetzt sah er aus dem Fenster. Immer noch grau in grau. Novembernieselregen. Trüb, traurig und trostlos. Egal. Während der Kuchen auftaute, ging er ins Wohnzimmer zurück, öffnete weit die Terrassentüren und richtete sein Sofa wieder her.

Dann setzte er sich in die Küche und begann sein Frühstück.

Heute würde er sich Killians Wohnung noch einmal ansehen. Der Mann blieb merkwürdig blass und konturlos. Seltsam. Niemand war nur mies und unbeliebt. Er musste doch Freunde und Bekannte haben! Zu dumm! Er hatte überhaupt nicht daran gedacht, nach einem Telefonbüchlein oder einem Notizbuch zu suchen. Das würde er heute nachholen.

Nachdem er seinen ungnädigen Kater gedrückt, alle Fenster geschlossen, Höfflin informiert und die Leute bei *Le Garage* gebeten hatte, nach seinem Wagen zu sehen, legte er den Autoschlüssel aufs linke Vorderrad und schwang sich, in seine Regenklamotten eingepackt, aufs Rad und fuhr in die Wiehre.

Der Nieselregen stach wie kleine Nadelstiche in sein Gesicht und als er in der Reichsgrafenstraße ankam, war seine gute Laune teilweise wieder verflogen.

Die Straße schien wie ausgestorben. Niemand war unterwegs. Kein Wunder. Bei diesem Wetter jagte man keinen Hund auf die Straße.

In der stillen, dämmrigen Wohnung angekommen, zog er seine nassen Regensachen aus, hängte sie an die Garderobe und begann, die Wohnung gründlich zu inspizieren. Er zog sich Gummihandschuhe an, machte überall Licht und ging zuerst ins Wohnzimmer.

Eine schöne Anlage von Bang & Olufsen, meterweise CDs mit klassischer Musik. Debussy, Mahler, Chopin, Brahms, Händel, Saint Saëns, Mozart, Bach. Ein riesiger Flatscreen-Fernseher und ein DVD-Player, aber keine DVDs. Nichts. Keine Bücher, nur einige kostbare Bildbände über Kunst und Architektur.

Franke ging zu der großen Terrassenflügeltür und öffnete sie. Ein grandioser Blick auf eine herrliche Terrasse und in einen gepflegten Garten. So würde er auch gerne wohnen. In Gedanken sah er sich in schönen Gartenmöbeln unter einem Sonnenschirm sitzen und lesen, während sein Kater Zorbas Fliegen jagte.

Als er die Tür gerade schließen wollte, streifte etwas sein Bein. Eine zierliche, hübsche, schwarzweiße Katze schmeichelte um ihn herum. Er nahm sie hoch, nass wie sie war.

»Hallo Mieze! Wer bist du denn?«

Er sah sich um und bemerkte erst jetzt die eingebaute Katzenklappe in der Tür. Aha! Killian hatte eine Katze! Das war interessant. Wer kümmerte sich denn um das Tier, seit er tot war? Vielleicht Fräulein Ludwig? Das musste er fragen. Mit dem schnurrenden, schmusenden Tier auf dem Arm ging er in die Küche. Erst jetzt sah er die Näpfchen. Sie waren leer. Er sah in den Küchenschränken nach, fand schließlich in der Vorratskammer das Futter und füllte die Schüsselchen auf.

Das warf ein ganz neues Licht auf den Toten. Er war überzeugt, dass Katzenliebhaber keine schlechten Menschen sein konnten. Mit diesem neuen Blickwinkel ging er ins Schlafzimmer.

Er öffnete alle Schränke und Kommoden und setzte sich dann auf das Bett. Killian musste ein pedantischer Mensch gewesen sein. Alles war penibel aufgeräumt. Franke bildetet sich ein, dass die aufgerollten Socken exakt parallel zur Seitenwand der Schublade lagen.

Einige wenige Anzüge der teuersten Herrenschneider, geschmackvolle Krawatten, feine Hemden, nach Farben sortiert. Unterwäsche von ›Zimmerli‹. Nichts, aber auch gar nichts Persönliches! Kein Foto, keine Ansichtskarte, nichts! Das konnte doch nicht sein!

Der Mann war doch verheiratet gewesen und hatte Kinder!

Gut, das war lange her, aber nichts deutete auf ein aktuelles Verhältnis hin. Keine Frau. Warum hatte er keine Freundin? Wenn er sich richtig erinnerte, hatte er gar nicht schlecht ausgesehen und war gut in Form gewesen für sein Alter. Wenn er doch so hinter den Mitarbeiterinnen und Studentinnen her war, warum hatte er dann nicht mal Pornos im Schrank?

Franke war ratlos. Er schloss alle Schranktüren und Schubladen und nach einem Blick unter das Bett machte er sich auf die Suche nach einem Notizbuch oder Ähnlichem. Im Gegensatz zum Wohnzimmerregal waren die Regale im Arbeitszimmer geradezu überfüllt. Fachliteratur. In einem Fach fand er einige alte ›Micky Mouse‹ Hefte aus den fünfziger Jahren. Aha.

Er setzte sich auf den Stuhl hinter dem alten Schreibtisch und zog nacheinander die Schubladen auf. Alles wie gehabt. Penibelste Ordnung. Notizzettel, Papier, Telefonbuch, alles rechtwinklig angeordnet, die Stifte alle sauber gespitzt in einer Onyxschale.

Hier! Endlich! In der linken Schublade fand Franke, was er suchte. Ein kleines, ledergebundenes Adressbuch.

Er blätterte herum. Wenige Einträge. Zahnarzt, Hausarzt, Kardiologe, Friseur, Reisebüro und einige offensichtlich private Einträge. Das würden seine Kollegen überprüfen müssen. Eine Nummer fiel ihm auf, bei der nur ein Anfangsbuchstabe stand. D.

Ein Kalender war nirgends zu sehen. In den Unterlagen, die der Erkennungsdienst am Tatort gesichert hatte, war kein Kalender oder Ähnliches dabei gewesen. Seine Leute hatten den Computer überprüft. Auch dort war nichts zu finden gewesen.

Das war seltsam. Vielleicht hatte der Täter oder die Täterin ihn mitgenommen, weil ein bestimmter Termin darin vermerkt war?

Das könnte bedeuten, dass er seinen Mörder oder seine Mörderin erwartet hatte!

So, wie er Killian inzwischen einschätzte, besaß er sicher ein ledergebundenes Luxusexemplar. Der Mann hatte offensichtlich Sinn für schöne, gediegene, klassische Dinge. Sie hatten auch einen schönen Füller gefunden. Einen Montblanc.

Franke bewunderte die Konsequenz in diesen Kleinigkeiten. Auch er liebte schöne Dinge, aber er schrieb immer mit alten

Kugelschreibern, die er irgendwann als Werbegeschenke bekommen hatte und sein Adressbuch war ein zerfleddertes altes Ding mit einem Werbeaufdruck seiner Bank.

Er zog das Telefon heran und bat einen Kollegen, ihm den Namen und die Adresse zu der Telefonnummer mit dem »D.« herauszusuchen. Während er auf den Rückruf wartete, sah er, wie die Katze zu ihm hereinschaute und dann davon spazierte.

Als der Anruf kam, notierte er sich Namen und Adresse und verließ das Arbeitszimmer. Ob Killian wohl einen Keller hatte? Sicher. Er würde nachher noch kurz bei Fräulein Ludwig klingeln.

Das Badezimmer zeigte ihm, dass Killian sich nass rasierte und ansonsten wenig für seine Körperpflege benötigte. Keine Medikamente, nicht einmal Aspirin. Auch hier nichts Persönliches. Nicht einmal Kondome. Die beiden anderen Zimmer waren vollkommen leer.

Einen kurzen Augenblick überlegte Franke, ob er nicht Fräulein Ludwig fragen sollte, ob sie die Wohnung an ihn vermieten wolle, aber dann schob er den Gedanken sofort beiseite. Die Dame war ihm nicht ganz geheuer.

Er hatte genug gesehen. Nachdem er sich vergewissert hatte, dass die Terrassentür geschlossen war, verließ er die Wohnung und stieg die Treppe zu Fräulein Ludwig hoch. Er klingelte zweimal, aber sie war offensichtlich nicht zu Hause. Dann würde er jetzt zu der angegebenen Adresse fahren und später wiederkommen.

Donnerstag, 11:20 Uhr

Franke radelte an adretten Häuschen vorbei, bis er die gesuchte Hausnummer fand. Ein einfaches, aber gepflegtes Mehrfamilienhaus in einer respektablen Wohngegend. Spitzengardinen, Alpenveilchen und Nippes auf den Fensterbrettern, mit der Nagelschere gestutzter Vorgartenrasen.

Er schloss sein Fahrrad fest und, nachdem er seinen Helm abgezogen hatte, klingelte er bei Schneider.

»Ja bitte?«

»Kripo Freiburg, guten Morgen. Kann ich Sie kurz sprechen?«

Im zweiten Stock erwartete ihn eine gepflegte Dame in den Fünfzigern.

»Frau Dagmar Schneider?«

»Ja.«

Er stellte sich vor und die Dame bat ihn ins Wohnzimmer.

Blitzsauber und aufgeräumt. Eine große Schrankwand mit Glas- und Porzellanfiguren, eine Sofagarnitur aus Alkantara mit Samtkissen, auf dem gläsernen Couchtisch ein großes Spitzendeckchen.

Er nahm Platz und kam gleich zur Sache.

»Frau Schneider. Wir ermitteln im Fall Professor Killian. Kannten Sie ihn?«

»Ja … Ich darf doch …?«

Während er nickte, zündete sie sich eine Zigarette an.

»Wir haben Ihre Telefonnummer in seinem Adressbuch gefunden … In welchem Verhältnis standen Sie zu ihm?«

Sie sah ihn traurig an.

»Verhältnis … das ist genau die richtige Bezeichnung … Ich war seine Geliebte … fünfzehn Jahre lang.«

»Das tut mir leid.«

»Das muss es nicht.« Sie klang resigniert.

»Entschuldigen Sie bitte meine Indiskretion…aber wie darf ich mir das vorstellen?«

»Nun … unsere Beziehung war von Anfang an sehr unverbindlich … natürlich habe ich mir anfangs Hoffnungen gemacht … aber er hat immer betont, dass er keine feste Bindung wünsche …«, und weil Franke sie erstaunt anschaute, ergänzte sie: »Ja … wirklich … ich habe das akzeptiert!«

»Haben Sie sich häufig gesehen?«

Sie tat einen letzten kräftigen Zug an ihrer Zigarette und drückte sie seufzend aus.

»Jede Woche. Manchmal auch übers Wochenende … Aber er war immer hier.«

»Darf ich fragen, wo Sie sich kennen gelernt haben?«

»Natürlich … in der Stadt … ich bin versehentlich in eines der

Bächle am Augustinerplatz gestolpert und habe mir den Fuß vertreten und er kam mir zu Hilfe…wir sind anschließend Kaffee trinken gegangen … den Rest kennen Sie.«

»Waren Sie ab und zu in seiner Wohnung?«

»Nein … nie … ich habe mir das Haus, in dem er wohnte, einmal von außen angesehen, aber ich bin nie in seiner Wohnung gewesen … nein.«

»Kannten Sie einen seiner Bekannten?«

»Nein. Soweit ich weiß, hatte er keine Freunde.«

»Was haben Sie gemacht, wenn Sie sich gesehen haben?«

»Nun …« Sie dachte nach: »Das, was alle Paare machen … vermute ich … kochen ... fernsehen … nichts Besonderes.«

Franke sah auf seine Hände. Die Frau stimmte ihn tieftraurig.

»Sie waren nie zusammen aus? Im Kino … im Theater … essen?«

»Nein … aber wir waren einmal im Jahr in Urlaub …«

»Wirklich? Wohin sind Sie gefahren?«

»Ach, nichts Spektakuläres, immer irgendwohin nach Italien … wie ein altes Ehepaar …«

Franke war deprimiert.

Killian hatte fünfzehn Jahre lang ein Verhältnis gehabt, für das er sich offenbar geschämt hat. Das machte ihn wirklich fertig. Die arme Frau. Und so, wie er sie einschätzte, hatte sie das genau gewusst.

»Hat er manchmal über seine Arbeit gesprochen? Oder seine Kollegen und Mitarbeiter?«

»Nein. Nie.«

»Haben Sie ihn gehasst dafür?«

»Wo denken Sie hin! Ich habe ihn geliebt ... wirklich … wissen Sie … er war Professor und ein bekannter Wissenschaftler … ich bin Sekretärin … Ich habe mir keine Illusionen gemacht …«

»Es wäre nicht das erste Mal, dass ein hochgestellter Mann eine Sekretärin heiratet…«

»Ja … das stimmt … die sind dann aber mindestens zwanzig Jahre jünger … ich habe mich mit dem begnügt, was ich bekommen konnte.«

»Frau Schneider … es tut mir furchtbar leid, aber ich muss Sie das fragen …«

»Natürlich ... das muss Ihnen nicht leid tun … ich war an seinem Todestag bei meiner Tochter und meinem Enkelsohn in Karlsruhe.«

»Ich glaube Ihnen … aber könnten Sie mir bitte die Telefonnummer aufschreiben?«

»Ja natürlich ...«

Sie stand auf und überreichte ihm kurze Zeit später einen Zettel.

»Ist es zu viel verlangt, wenn Sie mir sagen, wann und wo er beerdigt wird?«

»Nein, natürlich nicht! Ich rufe Sie an.«

Er stand auf.

»Frau Schneider, ich bedanke mich für Ihre Offenheit.«

»Gern geschehen. Finden Sie seinen Mörder. Das könnten Sie für mich tun.«

»Ich werde mir Mühe geben. Ehrlich.«

Mit einem herzlichen Handschlag verabschiedete er sich.

Sie war der erste Mensch, der Bedauern über seinen Tod äußerte. Und ausgerechnet sie hatte Killian so schäbig behandelt.

Da er unbedingt noch Killians Keller sehen wollte, machte er sich, nachdenklich gestimmt, noch einmal auf den Weg in die Reichsgrafenstraße, bevor er etwas essen gehen wollte.

Donnerstag, 12:15 Uhr

Ziemlich angenervt von dem Dauerregen und schon wieder mit einem vernehmlichen Kratzen im Hals, klingelte er noch einmal bei Fräulein Ludwig. Sie öffnete ihm mit der gewohnten herzlichen Unfreundlichkeit die Tür. Missbilligend sah sie an seiner Fahrradausrüstung hinunter und bat ihn schließlich herein.

Sie nahmen in der Küche Platz, wo sie offensichtlich beim Kochen war. Auf dem Herd köchelte etwas, was nach Rindfleischeintopf duftete und Frankes Magen meldete sich gleich zur Stelle.

»Fräulein Ludwig. Ich habe noch einige Fragen.« Da sie ihn nur ansah, fuhr er fort:

»Hatte Professor Killian einen Keller?«

»Ja, sicher.«

»Haben Sie einen Schlüssel?«

»Dazu ist keiner nötig.«

»Dürfte ich mir den Keller bitte ansehen?«

Sehr ungnädig erhob sie sich, zog ihre geblümte Schürze aus und stieg mit ihm in den Keller hinunter. »Hier ist es.« Sie zeigte auf eine Tür.

»Vielen Dank, Fräulein Ludwig. Wenn ich Sie brauche, rufe ich Sie.« Wortlos drehte sie sich um und stieg die Kellertreppen wieder hinauf.

Der Keller war genauso penibel aufgeräumt wie die Wohnung. Er war außerdem fast leer. Die Kartons der Hi-Fi-Anlage und des Fernsehers standen da, ein paar alte Ski, ein recht gutes Mountainbike, zwei Kästen Mineralwasser und ein kleiner Karton, der mit einer Schnur zugebunden war.

Franke nahm den Karton aus dem Regal und knüpfte die Schnur auf.

Da waren sie. Die persönlichen Dinge.

Er warf einen kurzen Blick hinein, löschte das Licht, schloss die Tür und nahm den Karton mit nach oben. Er schloss Killians Wohnung auf und setzte sich mit der Schachtel an den Küchentisch.

Alte Fotos. Wahrscheinlich Killians Eltern, vor einem kleinen Häuschen, Killian als Baby, als Kleinkind und bei der Erstkommunion. Dann ein Hochzeitsfoto. Sein Hochzeitsfoto. Typisch Achtzigerjahre. Eine ausnehmend schöne, junge Frau. Fotos seiner Kinder. Eine Tochter, ein Sohn. Bis zum Alter von etwa drei Jahren, dann keine mehr.

Ein Brief. Franke öffnete ihn und ein Babyfoto fiel heraus. Er las den Brief. Eine gewisse Angelika schickte ihm das Foto ihres Sohnes und machte ihm bittere Vorwürfe.

Das war interessant. Ein Datum war nicht erkennbar.

Er drehte das Foto um. Nichts. Ein kleiner, strammer, etwa einjähriger Junge, der da in die Kamera strahlte. Unwahrscheinlich, dass man herausbekommen konnte, wer das Baby war. Er könnte Frau Ludwig fragen. Vielleicht wusste die etwas.

Er band den Karton wieder zusammen und verstaute ihn in seinem Rucksack. In dem Moment hörte er aus dem Wohnzimmer ein leises Klappern und im nächsten Augenblick kam die Katze ums Eck. Das durfte er nicht vergessen zu fragen. Franke streichelte das zutrauliche Tierchen und verließ die Wohnung.

Die Tür bei Fräulein Ludwig war nur angelehnt. Mit einem Klopfen trat er ein.

»Fräulein Ludwig?«

»Ich bin in der Küche!«

»Ich bin soweit fertig. Wissen Sie, ob Professor Killian außer seinen Kindern mit seiner Frau noch andere Kinder hatte?«

»Andere Kinder? Nein! Ganz sicher nicht! Das hätte ich gewusst!«

Ganz im Brustton der Überzeugung.

»Ich meine natürlich ‚illegitime' Kinder. Außerehelich.«

»Ganz sicher nicht! Ausgeschlossen!«

»Gut. War nur eine Frage. Wir suchen noch immer ein Motiv.«

Er schickte sich an zu gehen.

»Wer kümmert sich eigentlich um die Katze?«

»Ach die …!«

Sie machte eine geringschätzige Handbewegung.

»Die hatte er aus dem Tierheim. Dahin wird sie wahrscheinlich zurückkehren!«

»Füttern Sie sie zurzeit?«

»Muss ich ja wohl …«

»Könnten Sie sie nicht übernehmen?«

»Ich? Nein! Bestimmt nicht! Das Tier ist wild und ungezogen!«

»Entschuldigen Sie. War nur eine Frage. Auf Wiedersehen. Vielen Dank für Ihre Hilfe.«

Wortlos begleitete sie ihn zur Tür und blieb stehen, bis er unten war. Erst dann machte sie sie zu.

Als Franke sein Fahrrad aufschloss, hatte er schon einen Entschluss gefasst. Er würde die kleine Katze adoptieren. Eine mehr oder weniger, das spielte keine Rolle.

Zorbas hätte vielleicht gegen ein bisschen weibliche Begleitung nichts einzuwenden. Er müsste das nur mit seinen Vermietern abklären.

Sein Magen knurrte inzwischen mörderisch. Er beschloss, sich bei *Subway* ein großes Sandwich machen zu lassen und sich einmal wieder im Büro blicken zu lassen.

Freitag, 7:34 Uhr

Das Papier war so fest in den Drucker verklemmt, dass gar nichts mehr ging. Ich tobte! »Scheiß Drucker!« Mein wunderschöner, wunderbunter Stundenplan steckte in meinem Drucker fest! Jeden Mist druckte das Ding! Jeden! Nur, wenn´s darauf ankam, gab er seinen Geist auf. Wütend riss ich an den Schnipseln herum, als das Telefon klingelte.

»Benning, ja bitte?« Frostig, eisig, tiefgefroren. Wer ruft, verdammt noch mal, morgens um halb acht an!

»Franke, guten Morgen. Störe ich?«

Huch! Ach du Schreck! Commissario Franke persönlich.

»Oh, hallo!« Süßholz, Honig, Ambrosia.

»Nein, Sie stören nie. Mein Drucker will nicht so, wie ich es will.«

»Wie Frau Ilsebill«, dachte ich.

»Dann ist ja gut. Ich dachte, Sie springen gleich durch den Hörer.«

Wäre ich ja fast.

»…« Da war es wieder. Stumm wie ein Fisch.

»Ich dachte, Sie könnten mir ein bisschen über den Alltag an Ihrer Hochschule erzählen … über die Studenten, die Dozenten, was eben täglich dort passiert … Das wäre sehr hilfreich für den Fall.«

»Oh, … ja klar … sehr gerne. Wann dachten Sie …?«

»Nun, so schnell wie möglich?«

»Ich muss um acht ins Tutorat…«

Ich schaute auf meinen Laptop.

Im Prinzip müsste ich danach um zehn in der Vorlesung sein.

Die Vorlesung könnte ich einmal schwänzen. Das Semester ging ja gut los.

»Also, kurz nach zehn hätte ich Zeit … Nicht allzu lange leider …«

»Gut, das passt prima. Könnten Sie wieder zu mir ins Büro kommen? Da wären wir ungestört.«

»Ja. Kann ich ….«

»Gut, dann sehen wir uns später.«

Grundgüter! Der Commissario! Er braucht meinen Sachverstand! Juchhu! Aber was zum Teufel ziehe ich jetzt an? Wie ein aufgescheuchtes Huhn rannte ich durch die Wohnung, durchwühlte meine ohnehin spärlichen Klamotten und blieb am Ende bei meinem immer gleichen, braunen Rollkragenpullover, Jeans und Boots. Alles andere wäre bei dem Wetter sowieso Selbstmord. Wenigstens schlang ich mir noch meinen dunkelroten Seidenschal mit den Krawattenmustern um. Der stand mir gut.

Nach dem Tutorat, Viertel vor zehn, sauste ich gleich los.

Völlig außer Atem, ziemlich aufgeweicht und durchfroren rauschte ich auf der Dienststelle ein.

Altbekannte Tür.

»Ja, biddä?« Altbekannte Stimme.

Vorsichtig öffnete ich die Tür.

»Kommen Sie herein … Legen Sie ab … Bitte setzen Sie sich …«

Beim Anblick von Kommissar Franke höchstpersönlich war mein Hochgefühl wie weggeblasen. Irgendwann gönne ich mir ein paar Stunden Therapie.

»Trinken Sie auch einen Kaffee?«

»Ja … gerne … danke.«

Nachdem er mit dem Kaffee wiederkam, saß er mir gegenüber und musterte mich amüsiert. Mir fiel auf, dass seine rechte Hand zerkratzt war.

»Haben Sie Katzen?«, rutschte es mir heraus.

»Oh … ja …« Er betrachtete seine Hand. »Er heißt Zorbas.«

»… Wir haben auch Katzen … zwei … Stanley und Atreju …«

»Das sind ja ausgefallene Namen.«

»… Stanley haben wir im Tierheim geholt. Er heißt nach Stan Laurel…Der andere ist einfach bei uns eingezogen. Der hieß schon so.«

»Wissen Sie denn, woher er kam?«

»Ja. Aus der Nachbarschaft … Ich glaube, seine Vorbesitzer waren nicht begeistert … Aber was will man machen …? Er ließ sich nicht abwimmeln … ich dachte schon, er sei schwul und in unseren Kater verliebt …«

Der Kommissar lachte und ich wurde rot.

»Mein Kater ist auch zugelaufen, aber ich weiß nicht, woher. Welche Farben haben Ihre?«

»Tiger. Beide. Und Ihrer?«

»Schwarz. Rabenschwarz.«

»Schön … So eine hatte ich auch einmal … ist schon lange her …«

Mittlerweile war ich etwas aufgetaut und mein Gegenüber merkte das.

»Weshalb ich Sie eigentlich hergebeten habe …«

»PH…«

»Genau. Ich würde gerne mehr wissen über die Zustände dort. Stimmungen, Verhältnis Studenten – Dozenten und so weiter.«

»Wo soll ich denn anfangen?«

»Zuerst einmal … wie haben Ihre Kommilitonen das Verbrechen aufgefasst? Waren sie schockiert? Gab es Unruhe? Haben sie untereinander gesprochen? Solche Dinge…«

»Na, ja … Was soll ich sagen?«

Ich musste wirklich überlegen. So richtig in Tränen ausgebrochen war niemand. Wenigstens nicht, dass ich wüsste.

»Ich kann natürlich nur berichten, was mir aufgefallen ist …«

»Klar.«

»Nun, in Tränen ausgebrochen ist niemand. Es wurde geredet … aber mehr darüber, dass in unserer Nähe ein Verbrechen geschehen ist … es war irgendwie ein bisschen unreal … das Gefühl meine ich … es war fast so, als beträfe es niemanden …«

»Keine Panik … keine Angst, dass noch ein Verbrechen geschehen könnte?«

Oh Gott, daran hatte ich gar nicht gedacht.

Er bemerkte mein erschrockenes Gesicht.

»Daran haben Sie gar nicht gedacht … stimmt's?«

»Nein … stimmt.«

»Dann haben alle vermutet, es sei ein persönliches Verbrechen. Etwas, das nur Professor Killian anging.«

»Ja … das fällt mir erst jetzt auf … Aber vielleicht spielt es auch eine Rolle, dass er nicht allzu beliebt war…«

»Das ist interessant…Wie ist das Verhältnis Studenten – Dozenten? Reserviert? Kameradschaftlich?«

»Das ist gut. Natürlich nur, soweit ich das weiß. Man kann als Student jederzeit die Dozenten ansprechen. Sie sind immer sehr hilfsbereit. Überhaupt sind alle an dieser Hochschule sehr hilfsbereit und freundlich.«

»Treffen sie Ihre Dozenten in den Fluren oder können Sie auch in deren Büros kommen?«

»Normalerweise hat jeder Dozent seine festen Sprechzeiten, zu denen man sich eintragen soll, aber man kann auch eine E-Mail schicken und um einen Termin außerhalb der Sprechzeiten bitten, wenn es dringend ist.«

»Also, allgemein eine gute Stimmung?«

»Ja. Absolut. Jetzt zu Semesterbeginn ist es natürlich etwas chaotisch …«

»…?«

»Es gibt zu viele Studenten und für manche Fächer zu wenig Veranstaltungen. Da ist es immer ein bisschen hektisch, bis jeder seinen Stundenplan hat.«

»Wie kann ich mir das vorstellen?«

»Na, ja … man meldet sich für die Seminare elektronisch an und bekommt dann einen Platz zugewiesen – oder eben auch nicht.«

»Und was, wenn nicht?«

»Dann muss man sehen, ob nicht irgendwo noch jemand abspringt.«

»Das heißt, man kann nicht unbedingt das studieren, was man möchte?«

»Nicht immer. Es ist schon ein ziemliches Gerenne…«

»Gibt das nicht böses Blut?«

»Sie meinen zwischen den Studenten?«
»Ja. Zum Beispiel.«
»Hm … nicht, dass ich wüsste … mir ist nichts bekannt …«
»Werden wichtige Seminarplätze gehandelt?«
»Gehandelt?«
»Abgegeben, gegen irgendeinen Gegenwert?«
»Davon habe ich noch nichts gehört…Klingt aber interessant.«
»Vergeben Dozenten auch mal Plätze unter der Hand?«
»Das weiß ich nicht.«
»Wie lief die Stundenplanung bei Ihnen? Auch so chaotisch?«
»Natürlich.«
»Was genau studieren Sie?«
»Hauptschullehramt.«
»Oho. Ganz schön mutig!«
»Ach, das ist nicht so schlimm wie alle denken!«
»Wie lange dauert so ein Studium?«
»Je nachdem. Regelstudienzeit sind sechs Semester für Grund- und Hauptschule. Acht für Realschule. Das schaffen aber nur wenige. Ich hoffe, ich bin in sieben Semestern durch.«
»Im welchem Semester sind Sie jetzt?«
»Im dritten.«
»Haben Sie das Gefühl, dass Ihre Dozenten Sie unterstützen?«
»Ja. Absolut.«
»Und Professor Killian?«
» … da gab es eigentlich nichts zu unterstützen…«
»Sie sagten, Sie hätten ihn als Dozenten schon gehabt. Hat er sich je an Sie ´rangemacht?«
»An mich? Soll das ein Witz sein?«
»Nein. Eigentlich nicht, wieso?«
»Sehe ich so aus, als ob sich ein kleiner … Sie wissen schon … an mich ´rantrauen würde?«
Er musste unwillkürlich lachen.
»Sie haben recht. Nicht wirklich.«
Es trat eine kleine Pause ein und ich sah auf meine Uhr.
Es war schon ziemlich spät und ich musste jetzt wirklich los. Nachdem ich versprochen hatte, weiterhin die Augen aufzuhalten, verabschiedete ich mich und radelte, aufgedreht und über-

mütig, durch den kalten, ekelhaften Morgen an die PH. Mann oh Mann. Was für ein Kerl!

Samstag, 10:05 Uhr

Franke und Höfflin waren in Professor Killians Wohnung und unterhielten sich. Höfflin saß im Egg Chair, die kleine Katze auf dem Schoß, Franke wanderte, die Hände in den Hosentaschen, hin und her.

Das trübe Novemberlicht sickerte trübselig durch die hohen Fenster. Regenwolken hingen dunkel und schwer am bleigrauen Himmel.

Auf dem Couchtisch lagen die Fotos aus Killians Privatkarton verstreut.

»Wieso hebt er das Foto und den Brief auf?«

»Ich weiß es doch nicht!«

»Diese Angelika musste er doch zumindest gekannt haben. Als junger Mann …«

»Ja, natürlich. Das nehme ich auch an, aber was nützt uns das?«

»Nichts … Wobei … ein Motiv könnte das schon sein …«

»Ein Motiv? Was für eins?«

»Seine Ex-Freundin rächt sich …«

»Nach über dreißig oder vierzig Jahren? Jetzt aber …!«

»O.K. War nur so eine Idee!«

»…«

»Und was ist mit seiner Freundin … oder Geliebten? Dieser Frau Schneider?«

»Die schließe ich aus. Außerdem hat sie ein wasserdichtes Alibi. Häge hat´s geprüft.«

»Sie hätte doch jemanden beauftragen können …?«

»Nein. Ausgeschlossen. Was hätte sie davon gehabt? Sie hat sich eineinhalb Jahrzehnte mit dem begnügt, was er ihr bereit war zu geben … warum sollte sie ihn töten?«

»Vielleicht hat er sie in seinem Testament bedacht?«

»Ich kenne zwar das Testament nicht, aber das halte ich für ausgeschlossen.«

»Wenn du meinst … Was wird aus der Katze?«

Höfflin sah lächelnd auf das Tierchen auf seinem Schoß herunter, das seine Streicheleinheiten sichtlich genoss. Sie bohrte ihm genießerisch ihre Krallen in die Beine und schnurrte laut.

»Ich nehme sie mit.«

»Was? Wirklich?«

»Ja. Warum nicht?«

»Und Zorbas …?«

»Ach, das wird schon gut gehen. Er ist doch ein richtiger Kater! Außerdem ist sie hübsch!«

Höfflin musste lachen.

»Das stimmt. Hoffen wir, dass dein Zorbas das auch so sieht.«

Franke seufzte tief.

»Mann, Klaus, wir drehen uns im Kreis! Kein Motiv weit und breit! Der Kerl ist so wenig fassbar wie ein Fisch!«

»Du hast recht. Ich kann mich an keinen Fall erinnern, bei dem das Opfer so konturenlos gewesen wäre.«

»Ja … Er war zwar nicht sonderlich beliebt, bei einigen sogar regelrecht gefürchtet, aber deswegen bringt man doch keinen um!«

»Wirklich seltsam … Keiner aus der Nachbarschaft hat ihn gekannt. Näher gekannt, meine ich … Man hat sich gegrüßt, das war´s.«

»Er hatte ja auch kein richtiges Privatleben. Keine Freunde, keine Bekannte, kein Sportverein, keine Kneipenbesuche, kein gar nichts. Nur diese Frau Schneider, die er von seinem Alltagsleben ferngehalten hat.«

»Ja, und die er trotzdem jede Woche besuchte. Irgendwie traurig, findest du nicht?«

»Ich weiß es nicht … Ist jemand unglücklich, nur weil er häufig alleine ist? ... Er hat doch eine Arbeit gehabt, die im Spaß gemacht hat … Vielleicht haben ihm die zwischenmenschlichen Kontakte an der PH ausgereicht? … Vielleicht brauchte er ein Kontrastprogramm zu seinem anderen Leben … Außerdem hatte er diese Beziehung mit Frau Schneider ... Er hat doch Spaß gehabt an schönen Dingen! … Schau´ dir doch nur die Wohnung an … Designersachen, wohin man blickt … Und auch im kleinsten Detail … Im Bad zum Beispiel, schlicht und edel … oder seine Schreibutensilien genau dasselbe … Er war halt kein Hansdampf in allen Gassen … Ich glaube, er war sich selbst genug … Außerdem hatte er eine Katze! ... Wenn er wirklich so ätzend gewesen wäre, wie ihn einige Mitarbeiter und Studenten beschrieben haben, wäre sie nicht bei ihm geblieben …«

Höfflin lachte laut auf.

»Du und deine Gutmenschen-Katzentheorie!«

»Ist doch wahr …!«, antwortete Franke beleidigt.

»Wie geht´s jetzt weiter?«

»Hm … Am Montag habe ich einen Termin mit Dr. Neubert. Wegen näherer Informationen über die Forschungsprojekte. Vielleicht steckt ja doch mehr dahinter … Ich glaube es zwar nicht, aber man kann nie wissen …«

»Hast du die Doktorandin auch noch einmal gesprochen?«

»Diese Frau Habermann? Nein. Bisher nicht … Könntest du das nicht übernehmen?«

»Na gut … wenn du willst. Heute noch?«

»Klar. Warum nicht? Ich würde gerne mein Auto abholen, falls es schon fertig ist.«

Höfflin zog belustigt seine Augenbraue hoch und wollte gerade etwas sagen, als Franke ihm mit dem Finger drohte.

»Sag´ jetzt bloß nichts!«

Breit grinsend beugte Höfflin sich über die Katze.

Franke und sein Auto. Ein äußerst beliebtes, äußerst amüsantes, aber auch äußerst lebensgefährliches Thema.

Samstag, 10:55 Uhr

Nachdem Höfflin Franke bei *Le Garage* gegenüber von *Breisgaumilch* abgesetzt hatte, fuhr er in den Stadtteil Stühlinger, um Eva Habermann zu treffen. Er hatte sich telefonisch angemeldet. Sie war zu Hause.

»Guten Morgen, Frau Habermann. Höfflin mein Name. Ich hatte Sie angerufen.«

Sie bat ihn herein.

Höfflin war immer wieder verblüfft, wie manche Frauen es schafften, sich derart unvorteilhaft und unweiblich herzurichten.

An diesem Vormittag sah sie noch unvorteilhafter aus als sonst. Unfrisiert, die Haare offenbar länger nicht gewaschen, ganz offensichtlich länger nicht geduscht, in einem Hausanzug von undefinierbarer Farbe.

Das, was er von der Wohnung zu sehen bekam, war unordentlich, schmuddelig und ungelüftet.

Sie nahmen in der Küche Platz, die vor Dreck starrte. Schmutziges Geschirr stapelte sich in der Spüle, der Tisch war voller eingetrockneter Flecken und Krümel. Als sie ihm einen Tee anbot, lehnte er dankend ab.

»Frau Habermann. Wir ermitteln noch immer im Fall Killian und haben noch ein paar Fragen an Sie.«

»Fragen Sie …«

»Wie lange kannten Sie Professor Killian?«

»Sehr lange … Ich müsste nachrechnen … Im kommenden Frühjahr sind es sieben Jahre.«

»Sie waren seine Doktorandin…«

»Ja.«

»Ich kenne mich nicht so aus … aber kommt man sich nicht sehr nahe, wenn man so lange Zeit so eng miteinander arbeitet?«

»Das weiß ich nicht …«

»Wie kann ich das verstehen?«

»Na, ja. Jeder arbeitete schon sehr für sich … Besonders Professor Killian …«

»Das heißt, Sie haben nicht täglich miteinander zu tun gehabt?«

»Doch … Nein …«

»…?«

»Es ist schwer zu erklären…Ich habe ihn schon jeden Tag gesehen, das stimmt schon … aber unser ‚Verhältnis' war nicht sehr herzlich … Niemand hatte ein herzliches Verhältnis zu ihm … Er war so … kühl …«

»Wie ist das Verhältnis der anderen Kollegen am Institut untereinander?«

»Das würde ich schon als herzlich bezeichnen … doch schon …«

Höfflin merkte, dass sie zögerte.

»Irgendwelche Intrigen oder so? Eifersüchteleien?«

»Nein, nein. So etwas nicht …«

»Ich verstehe nicht ganz …? Was dann?«

»Nichts, was das Institut und die Leute betrifft …«

»Eher Sie persönlich … meinen Sie das?«

»Ja …«

»Sie haben sich nicht ganz wohl gefühlt … ist es das?«

»Ja …«

»Warum? Haben Sie eine Ahnung, warum das so ist?«

»…«

Er konnte sich schon fast denken, warum, aber er wollte sie nicht unnötig quälen.

»Frau Habermann, können Sie sich vorstellen, wer Professor Killian gehasst haben könnte?«

Höfflin bemerkte, wie sie unruhig wurde. Intuitiv wusste er, dass er richtig lag.

»Sie haben ihn gehasst … stimmt´s?«

»…«

»Sie müssen nichts sagen … ging es um Ihre Dissertation?«

»…«

»Sie hätten sie gerne abgeschlossen, aber er hatte irgendetwas zu meckern?«

Er schoss vollkommen ins Blaue, sah aber sofort, dass er einen Volltreffer gelandet hatte.

Eva Habermann sah zu Boden und er merkte, dass sie weinte.

»Oh, Gott! Es tut mir leid! Ich wollte Ihnen nicht zu nahe treten … aber ich musste Sie das fragen … es geht ja um einen Mordfall!«

»… Ich habe ihn gehasst … abgrundtief … aber ich habe ihn nicht umgebracht!«

»Ich glaube Ihnen ja. Beruhigen Sie sich. Sie haben angegeben, dass Sie zur Tatzeit zu Hause gewesen wären? Gibt es irgendjemanden, der das bestätigen könnte?«

»Mein Freund … Mein Ex-Freund …«, schluchzte sie jetzt hemmungslos.

Aha. Daher wehte der Wind.

»Wie heißt Ihr … Ex-Freund? Haben Sie seine Telefonnummer?«

Sie stand auf, verschwand in einem der anderen Zimmer und kam mit einem Zettel zurück, auf dem eine Mobilnummer stand.

»Vielen Dank … Wie geht es jetzt bei Ihnen weiter?«

»Ich weiß es noch nicht … Ich bin erst einmal krankgeschrieben …«

Höfflin stand auf und verabschiedete sich. Sie tat ihm leid. Er würde gerne einmal seine Frau Petra auf sie loslassen. Sie war Friseurmeisterin und hatte Geschmack. Sie könnte aus der unscheinbaren Frau sicher etwas machen.

Seufzend stand er unten auf der Straße und rief seine Frau an, um zu fragen, ob er noch etwas mitbringen solle, bevor er nach Hause kam.

Samstag, 11:20 Uhr

Der Regen rann die Scheiben hinunter. Die Tropfen zogen Bahnen, begegneten einander, vereinigten sich zu größeren, schnelleren Tropfen, die, einem geheimen Wettlauf folgend und einander überholend, ins Ziel liefen. Alles war grau und nass. Gegenüber konnte er die erleuchteten Fenster der anderen Stationen sehen. Menschen in ihren Betten liegend, in verwaschene Morgenmäntel gehüllt, mit Infusionsständern umherschlurfend oder mit Besuchern an den kleinen Tischchen sitzend.

Als er an den gelben, aus grobem Stoff gewebten Vorhängen hinaufsah, an denen eine matte Stubenfliege herumkrabbelte, packte ihn plötzlich eine unerklärliche Trauer und Wut. Er drehte sich aufgebracht nach dem alten Mann um, der von Schluchzern geschüttelt neben dem Bett saß.

Er erhob sich plötzlich brüsk, murmelte undeutlich eine Entschuldigung und rannte fast aus dem Zimmer. Er riss an seinem Kragen herum, als ob er keine Luft bekäme. Dieses Ziehen und Drücken im Magen hörte einfach nicht auf!

Seit dem Tod seiner Mutter hatte er immer wieder diese Attacken, die ihm die Luft nahmen und ihm fast die Tränen in die

Augen trieben. Dabei hatte er sie gehasst. Wenigstens als er größer war. An seine Kindheit hatte er nur undeutliche Erinnerungen. Die trostlose Wohnung, die heulende Mutter und immer wieder mehr oder weniger stark alkoholisierte Kurzzeitliebhaber, die nie lange blieben. Die Sommerferien verbrachten sie manchmal am Tunisee, in einem Wohnwagen von Freunden.

Die Schulzeit war grauenhaft, bis Peter kam. Er war mit seinen Eltern aus Hamburg hierher gezogen und hatte anfangs schreckliches Heimweh. Peter bewohnte mit seinen Eltern eines der kleinen Reihenhäuschen in der Karl-Kistner-Straße mit einem kleinen Garten dahinter. Er war auch Einzelkind und hatte in Marcel einen idealen Freund gefunden.

Angeln in der Dreisam, Feuermachen am Ufer, Frösche fangen, Hasenstall bauen, Äpfel aus Nachbars Garten stibitzen, Drachenbauen mit Peters Vater, aufgeschlagene Knie, Mofas frisieren, grillen im Garten, der erste Liebeskummer und immer wieder die wunderbaren Kuchen von Peters Mutter. Die erste Lehrstelle, das erste Gehalt, der Tod von Peters Mutter, das erste Motorrad, die erste Freundin, dann hatte Marcel geheiratet. Die Freundschaft hielt. Auch als Peter sich offiziell outete. Marcel hatte ihn erst ungläubig angeglotzt, dann hatte er ihm eine reingehauen. Danach war eine Weile Funkstille gewesen, aber die Freundschaft war tief und sie hielten weiter zusammen wie die Kletten.

Und jetzt lag er da drin. Ein Sturz vom Baugerüst.

Marcel Schütz würgte an seinem Kloß im Hals und ballte die Hände in den Taschen. Diese sehnsuchtsvollen Herzschmerzen hörten einfach nicht auf! Er zog sich die Baseballkappe tiefer ins Gesicht und rannte durch den Regen zum Auto.

Samstag, 11: 40 Uhr

Während Höfflin bei Frau Habermann war, holte Franke seinen Wagen ab. Es war nur eine nasse Verteilerkappe gewesen, zum Glück. Er ärgerte sich trotzdem. Das hätte er auch selbst richten können!

Nachdem er sich bedankt und bezahlte hatte, fuhr er ins Zoogeschäft, um ein paar Sachen für die neue Katze zu kaufen. Er stöberte über eine Stunde herum, schäkerte mit den Papageien, erfreute sich an den Mäusen und Hasen und stand dann mit neuen Futterschälchen, einem Katzenkorb, bunten Spielmäusen und einem roten Lederhalsbändchen an der Kasse. Meine Güte! Was es alles für Haustiere gab! Unglaublich.

Bevor er jedoch das Wochenende einläuten konnte, musste er unbedingt noch bei *Garibaldi* vorbei. Sein Lieblingsladen. Italienische Weine, Feinkost und andere schöne Sachen. Der Inhaber war ein guter Freund von ihm und er kaufte dort regelmäßig und viel ein. Karl war nicht da, aber er ließ sich trotzdem einen großen Antipastiteller richten und stellte sich mit einer Orangina an einen der Stehtische.

Köstlich! Nach dem Essen bestellt er sich noch einen Espresso und schlenderte, soweit es die vielen Kunden erlaubten, zwischen den Regalen umher.

So viele schöne Dinge! Italienische Kaffees, Olivenöle, Schokoladen, wunderschöne Dosen mit Amaretti, schönes Werkzeug für die Küche, edle Weingläser und natürlich die Theke mit Antipasti miste, Pasta fresco, Formaggio, Salame e Prosciutto. Ein Paradies für Augen, Gaumen und Nase! Nachdem er seine Wochenendeinkäufe getätigt hatte, fuhr er bestens gelaunt nach Hause.

Zu Hause angekommen, räumte er zuerst seine Einkäufe in den Kühlschrank und stellte dann das Katzenkörbchen ins Wohnzimmer.

Sein Kater beschnupperte das Ding erst misstrauisch und legte sich schließlich hinein.

Franke grinste und streichelte ihn.

»Das ist nicht deins! Du hast dein eigenes!«

Er überlegte, wann er die Katze mitbringen sollte und ob es noch irgendwelche Formalitäten zu erledigen gab.

Aber was schon. Quatsch. Fräulein Ludwig wollte sie nicht und irgendwelche Erben von Professor Killian würden kaum Interesse an einer Katze haben.

Zumal dessen Ex-Frau und die Kinder in Hamburg lebten und sicherlich nicht eine Katze durch die ganze Republik karren wollten.

Er würde sie einfach die nächsten Tage mitnehmen. Catnapping!

Da er wegen seiner Erkältung noch immer ziemlich müde war, wollte er den Nachmittag ruhig angehen lassen. In der Küche brühte er sich eine Kanne ›Russische Mischung‹ auf.

Nachdem er einmal in einer Lifestyle-Zeitschrift bei seinem Zahnarzt gelesen hatte, dass man den wahren, stilbewussten Mensch daran erkennt, wie er seinen Tee trank, hatte er sämtliche Teebeutel dem Mülleimer überantwortet und sich bei *Tee Peter* ausführlich beraten lassen.

Darüber, dass man die kostbaren Teeblätter nicht in einem Teeei vergewaltigt, sondern jedes Mal frisch in einem Teefilter aus feinem Papier aufbrüht, darüber, dass die Teekanne vorgewärmt sein musste und dass man sie niemals mit Spülmittel ausspülen durfte.

Das mit den verschiedenen Anbaugebieten und den unterschiedlichen Teesorten hatte er wieder vergessen, aber seither besaß er eine schöne Teekanne aus Porzellan samt Stövchen, feine Teetassen aus Bone China, Teefilter, Kandis in allen Farben und natürlich verschiedene Teesorten.

Jedes Mal, wenn er bei *Tee Peter* war, kaufte er zwei neue.

Er stellte die Teekanne, die Tasse und das Schälchen mit weißem Kandis auf seinen Couchtisch, legte die kleinen, goldverpackten Nougatteilchen von *Garibaldi* daneben und lümmelte sich mit ›Maigret macht Urlaub‹ gemütlich aufs Sofa. Eine Stunde später war er eingeschlafen.

Samstag, 9:30 Uhr

Ich steckte bis zum Hals in Arbeit. Durch das ständige Grübeln über den Fall Killian war eine Menge an mir vorbeigerauscht und jetzt musste ich mich wirklich ransetzen! Heute Morgen war Sophia freiwillig zum Bäcker gelaufen, um Brötchen zu holen.

»Wenn ich noch eine Haferflocke sehe, dann schrei´ ich!«

Konnte ich gut verstehen, ging mir ja nicht anders.

Nach einem ausgiebigen Frühstück raffte ich mich endlich auf. Die ganze Arbeit war liegen geblieben und ich begann schon richtig zu schwimmen. In den Seminaren war ich die vergangene Woche regelrecht auf Tauchstation gegangen, damit man mich nicht bemerkt und schon gar nicht zu irgendetwas befragt, aber so konnte es nicht weitergehen.

Normalerweise bin ich ein wahres Genie der Improvisation, aber gestern im Seminar hatte ich ein derart peinliches Ding geliefert, dass ich endlich aufgerüttelt war. Die Dozentin erzählte gerade etwas von einem Seminar über Homer, das sie im letzten Semester gegeben hatte und ich Leuchte habe, aus meinen Miss Marple Träumen aufgeschreckt, gefragt:

»Echt? Homer Simpson als Seminar?«

Brüllendes Gelächter und ich auf ewige Zeiten blamiert!

Jetzt musste ich dringend Texte fürs Seminar lesen, einen ersten Unterrichtsentwurf machen, ein Referat für nächste Woche vorbereiten, meinen Blockpraktikumsbericht schreiben und noch Übungsblätter fürs Tutorat zusammenstellen!

Meine Nerven lagen blank und am Nachmittag war ich fast den Tränen nahe.

Mein armes Sophialein, die schnell merkte, dass mit mir nicht gut Kirschen essen war, verabredete sich mit ihrer Freundin, um meiner schlechten Laune zu entgehen und ich konnte meinem Frust nun ungehemmt Luft machen.

Ich war ja auch so blöd! Diese unselige Killiangeschichte, die mir Tag und Nacht nicht aus dem Sinn ging, hatte mich viel Zeit gekostet und wertvolle Hirnkapazitäten belegt. Wie konnte ich mir nur einbilden, einen Mordfall zu lösen! Diese ganze Krimileserei hatte offensichtlich mein Gehirn erweicht und meine Urteilsfähigkeit vollkommen außer Kraft gesetzt.

Mit viel Tee, Keksen und Schokolade hatte ich mir bis zum Abend wenigstens einen groben Überblick verschafft, aber dieser eröffnete Abgründe! Wie in aller Welt sollte ich es schaffen, bis nächste Woche ein einigermaßen vernünftiges Referat und einen Unterrichtsentwurf zu fabrizieren?

Als Sophia anrief, um mir mitzuteilen, dass sie bei ihrer Freundin übernachten würde, war ich froh. Dann brauchte ich nicht kochen und konnte an meiner Arbeit bleiben.

Tapfer hielt ich bis elf Uhr abends durch, dann gönnte ich mir ›Ein Hauch von Nerz‹. Ein herrlicher Klamauk mit einem sehr wortwitzigen Cary Grant und einer herrlich verklemmten Doris Day.

Den ganzen Sonntag kam ich dann kaum von meinem Schreibtisch weg. Bis zum Abend, als Sophia wiederkam, hatte ich zum Glück einen guten Teil meiner Arbeit geschafft. Nicht alles natürlich, aber so viel, dass ich schon wieder leichtsinnig wurde. Am Abend sahen wir Miss Marples ›Mörder Ahoi‹, was meinen Tatendrang in diese Richtung natürlich wieder neu entfachte.

Montag, 8:55 Uhr

Nach einem sehr erholsamen Wochenende fuhr Franke am Montagvormittag an die PH. Er hatte einen Termin mit Dr. Neubert. Da der Parkplatz vor dem Kollegiengebäude V voll war, stellt er sich kurzerhand ins absolute Halteverbot vor das Gebäude. Sollte doch einer die Polizei holen!

Er stieg die von plaudernden und rauchenden Studentinnen bevölkerte große Treppe hinauf und fragte sich durch die Gebäude durch. Auf Kollegiengebäude V folgte erst III, dann IV. Wer hatte sich denn das ausgedacht? Überall herrschte gelehrsame Betriebsamkeit. Franke sog genießerisch den Geruch von Linoleum ein und betrachtete ein bisschen wehmütig die vielen jungen Menschen. Das erinnerte ihn an seine eigene Studienzeit.

Er hatte vor über fünfundzwanzig Jahren an der Polizeifachhochschule in Villingen-Schwenningen studiert. Ein bisschen anders war es schon gewesen. An einer Fachhochschule ist das Studium viel mehr verschult. Diesen Kampf um Seminarplätze, von dem ihm Frau Benning berichtet hatte, kannte er gar nicht.

Zu beneiden waren sie nicht, die jungen Leute von heute. Der sich zuspitzende Existenzkampf war nicht lustig. Er war froh, dass er seinen sicheren Arbeitsplatz hatte, sosehr er ihn manchmal auch nervte und belastete.

Fünf Minuten zu spät klopfte er an Dr. Neuberts Bürotür. Da er nichts hörte, trat er ein.

Dr. Neubert saß hinter seinem Schreibtisch und telefonierte. Als Franke eintrat, legte er schnell auf. Er sah nicht gut aus. Grau im Gesicht, unrasiert und müde.

»Guten Morgen, Herr Dr. Neubert.«

»Guten Morgen. Setzen Sie sich doch bitte!«

Franke sah sich um. Es war ein ähnliches Büro wie das von Professor Killian. Zwei Schreibtische, die sich in der Mitte des Raumes gegenüber standen, dahinter jeweils wandfüllende Regale, voll mit Ordnern, Schachteln und Papieren.

»Herr Dr. Neubert. Ich komme gleich zur Sache. Professor Killian war Direktor dieses Instituts. Sie sind sein Stellvertreter. Sind Sie das nur kommissarisch?«

»Ja … aber wahrscheinlich werde ich in einer Abstimmung bestätigt.«

»Wie lange dauert so eine Amtszeit?«

»Zwei Jahre.«

»Das ist nicht lange.«

»Nein. Das stimmt.«

»Wie lange war Professor Killian schon Direktor dieses Instituts?«

»Eineinhalb Jahre.«

»Dr. Neubert. Sie betreiben Forschung im pädagogischen Bereich.«

»Ja … Und Lehre natürlich …«

»Ich habe gehört, dass Professor Killian eine richtige Koryphäe auf seinem Gebiet war.«

»Ja.« Dünn und schmallippig.

»Er hat die letzten vier Jahre unheimlich viel publiziert.«

»Ja. Er war sehr aktiv.« Knapp und verbissen.

»Wie heißt noch gleich sein aktuelles Projekt?«

»Metakognition in selbst organisierten Gruppen.«

»Ah, ja … Seine Mitarbeiter haben ausgesagt, dass das ein regelrechtes Prestigeprojekt sei. Ein Drittmittelprojekt. Was kann ich darunter verstehen?«

»Drittmittel werden von Bund und Ländern vergeben oder von

der Industrie oder von der DFG. Für herausragende Forscher und Forschungsvorhaben. Das Projekt von Professor Killian wurde von der DFG finanziert.«

»DFG? Was ist das?«

»Das ist die Deutsche Forschungsgemeinschaft.« Und als Franke ihn immer noch fragend ansah, ergänzte er: »Das ist die zentrale, selbst verwaltete Förderorganisation für die Forschung in Deutschland.«

»Und was macht die? Sie müssen entschuldigen, aber ich habe keine Ahnung von diesen Dingen.«

Neubert seufzte und erklärte.

»Die DFG ist, organisatorisch gesehen, ein privatrechtlicher Verein. Die meisten deutschen Universitäten sind Mitglied. Ebenso wissenschaftliche Verbände, die Akademien der Wissenschaften und Forschungseinrichtungen, die nicht zu einer Universität gehören.«

»…?«

»Sie müssen wissen, dass die finanziellen Mittel, die den deutschen Hochschulen zur Verfügung stehen, für qualitativ hochwertige Forschung nicht ausreichen. Wissenschaftler sind daher gezwungen, die Finanzierung ihrer Forschungsvorhaben aus anderen Töpfen zu bestreiten. Da springen dann die Drittmittelgeber ein.«

»Woher kommen denn die Finanzmittel der DFG?«

»Der größte Teil kommt von Bund und Ländern. Kleinere Anteile kommen jeweils vom Stifterverband der deutschen Wirtschaft, Zuwendungen der EU, privaten Zuwendungen und eigenen Einnahmen der DFG.«

»Aha. Das ist interessant. Es ist bestimmt schwierig, an diese Gelder zu kommen?«

»Sie haben recht. Das ist nicht ganz einfach. Nur die besten Forschungsvorhaben werden gefördert.«

»Wer entscheidet das?«

»Das sind spezielle Gutachter…Wissenschaftler.«

»Dann war das Projekt, das Professor Killian sozusagen ‚an Land gezogen hat', ein ziemlich großer Fisch für Ihr Institut?«

»Das kann man so sagen.«

»Gibt es da nicht Neid und Missgunst unter Kollegen?«

»Das kann es sicher geben ...«

»Ist Ihnen irgendetwas bekannt?«

»Nein.«

»Kein Kollege, der Professor Killian seinen Erfolg missgönnt hätte? Niemand, mit dem er Ärger gehabt hatte? Gar nichts?«

Neubert spielte nervös mit seinen Stift. Er wich Frankes Blick aus.

»Nein. Wirklich nicht. Schließlich sitzen wir alle in einem Boot.«

»Hm ... Haben Sie sich auch privat gesehen?«

»Nein.«

»Wie war sein Verhältnis zu seinen Mitarbeitern ... aus Ihrer Sicht?«

»So viel ich mitbekommen habe, ganz gut ...«

Franke war sich sicher, dass Neubert log. Das war ihm an der Nasenspitze anzusehen.

»Herr Dr. Neubert ... Sie haben Professor Killian als einen ‚hervorragenden Wissenschaftler' bezeichnet.«

»Ja ...«

»Wissen Sie, ob er Pläne gehabt hatte, an eine andere Hochschule zu wechseln?«

»Wenn er so hervorragend gewesen wäre, ganz sicher«, dachte Neubert, sagte aber laut:

»Mir ist nichts bekannt.«

»Zieht es eine solche Koryphäe nicht immer irgendwann an eine große Universität?«

»Nicht jeden lockt die große Stadt«, antwortete Neubert ausweichend.

»Aber nach allem, was ich bisher über Professor Killian gehört habe, war er ein absoluter Karrieremensch...«

»Wie schon gesagt, nicht jeden ...«

»Ja, schon gut ... ich verstehe«, unterbrach ihn Franke ungeduldig.

Er war genervt. Dieser Neubert war ihm unsympathisch. Ein richtiger Jammerlappen. Dem könnte er Daumenschrauben anlegen oder die Arme verdrehen und er würde nichts rausrücken.

Was auch immer das war. Vielleicht war er ja paranoid. Zwanzig Jahre Polizeidienst gehen nicht spurlos an einem vorüber.

Aber komisch war das schon. Professor Killian hatte die vergangenen Jahre eine Publikation nach der anderen veröffentlicht und war zu einem der gefragtesten Pädagogen geworden, hatte aber keinerlei Anstalten gemacht, einem Ruf an eine andere Universität zu folgen.

Warum nicht? Das brachte mehr Renommee, mehr Geld, mehr Wasweißich. Dabei war er familiär hier gar nicht gebunden. Irgendetwas stimmte da nicht. Seufzend erhob er sich.

»Herr Dr. Neubert. Ich bedanke mich für die Informationen. Falls Ihnen noch etwas einfällt … wie unwichtig Ihnen das auch erscheinen mag …«

Er überreichte ihm seine Visitenkarte und ging durch die Gebäude zurück zu seinem Auto. Hoffentlich hatte er kein Knöllchen.

Montag, 9:40 Uhr

Heute Morgen kam ich aus der anderen Richtung an die PH. Ich war noch auf der Bank gewesen und wollte gerade in den Hof einbiegen, als ich jemanden die Treppenstufen von Kollegiengebäude V herunterkommen sah.

Oha, das war doch Commissario Franke!

Welch erfreulicher Anblick am frühen Morgen!

Ich verrenkte mir den Hals so lange wie möglich und sah leider viel zu spät das parkende Auto vor mir. Parkendes Auto? Hier?

Geistesgegenwärtig legte ich noch eine lebensgefährliche Vollbremsung hin, aber im selben Moment rumste es schon!

Voll auf die Stoßstange! Um Himmels willen! Mir fiel das Herz in die Hosentasche als ich das Auto näher ansah!

Es war ein schwarzer Citroen DS!

Halb tot vor Schreck stieg ich vom Rad und beugte mich über die Beule. Das durfte nicht wahr sein! Je nachdem, wie der Besitzer drauf war, würde er mich töten. Mindestens.

Aber was hatte der da zu suchen?! Verdammter Idiot! Steht voll im Halteverbot! Ich schimpfte wie ein Rohrspatz und rubbelte mit dem Daumen über die Stelle … bescheuert, als ob die Beule davon wegginge.

Am Kennzeichen erkannte ich, dass es ein Freiburger sein musste. Als ich gerade überlegte, ob ich die Polizei rufen oder einen Zettel schreiben sollte, sprach mich jemand an.

»Gefällt Ihnen mein Auto?«

Blitzartig richtete ich mich auf. Kommissar Franke! Grundgütiger! Mir blieb nichts erspart!

»*Ihr* Auto?!«

Er stand da und musterte mich belustigt. »Dir wird das Grinsen noch vergehen, wenn du erfährst, was ich deinem Blechle angetan habe«, dachte ich und sagte tapfer: »Äh … es tut mir furchtbar leid … ich muss Ihnen etwas sagen …«

»Ja …?«

»Ich … habe eine Beule in Ihr Auto gefahren«, endete ich rasch und blickte schamrot zu Boden. So peinlich war mir, glaube ich, noch nie etwas im Leben.

»Jaaa …«, antwortete er gedehnt »Ich habe es gesehen …«

»…«

»Das wird teuer …«

»Oh … keine Sorge! … Ich bin versichert … Haftpflicht … Es tut mir so schrecklich leid! … Wirklich! ... Ich kann Ihnen gar nicht sagen, wie peinlich mir das Ganze ist …«

In meinem Schrecken bemerkte ich gar nicht, dass der Kommissar offenbar ziemlich amüsiert war. Aber schließlich hatte er Erbarmen.

»Jetzt regen Sie sich ab! Das waren doch gar nicht Sie! Die Beule war schon vorher da.«

»Wirklich?«

»Ja!«

»Ganz echt?«

»Ganz echt.«

»Oh, da bin ich aber froh!« Mit fiel ein ganzes Gebirge vom Herzen.

»Was war denn da so interessant?«

»Oh … nun … wissen Sie …« Jetzt schnell eine schlagfertige Antwort, sonst konnte ich dem Kerl nie wieder unter die Augen treten.

»Ich habe jemanden gesehen, den ich kenne …«, dachte aber »Verdammt, ich habe mir nach Ihnen den Hals verdreht.«

»… ich habe überlegt, ob ich winken soll, weil ich ihn etwas fragen wollte …«

»Ach so!«

»Also, wenn Sie mich jetzt entschuldigen …? Ich muss los …!«

»Natürlich. Auf Wiedersehen!«

Ich radelte eilig davon und schloss fünf Minuten später mein Fahrrad auf dem Abstellplatz unter dem Kollegiengebäude IV ab.

So etwas passiert mir *immer*! Begegne ich einem Kerl, der mir gefällt – zack – passiert etwas Peinliches! Smalltalk mit einem Knusperschnittchen? Bums – Fettnäpfchen! Schäkereien unter Kommilitonen – ich stolpere die Treppe runter! Caroline Benning, der einzige Single, der dazu verdammt ist, lebenslang einer zu bleiben, weil sie zu dämlich ist! Vielleicht liebe ich deshalb die alten Komödien mit Doris Day so sehr – wir sind geradezu seelenverwandt!

Montag, 15:55 Uhr

In der Zasiusstraße schloss ich mein Fahrrad ab und ging in Richtung Reichgrafenstraße.

Obwohl es erst vier Uhr Nachmittags war, dämmerte es schon und die feuchte Nässe kroch mir unangenehm unter die Hosenbeine. Ich war direkt nach der Vorlesung hierher geradelt, weil ich mir unbedingt Professor Killians Wohnung ansehen wollte. Man muss das Opfer kennen lernen, dann findet man auch ein Motiv. Genau.

Es war unglaublich kalt und die dunklen Wolken kündigten baldigen Schnee an.

Langsam lief ich die alten Villen entlang auf der Suche nach dem richtigen Haus.

Wenigstens das Haus wollte ich sehen. In die Wohnung würde ich kaum kommen. Einfach irgendwo im Haus klingeln und »Ach entschuldigen Sie bitte, ich möchte mal eben in Professor Killians Wohnung einbrechen.« Unsinn!

Hier war es. Eine alte Villa. Sicher über hundert Jahre alt. Wunderschön, mit Erker und kleinem Vorgarten.

Während ich so sinnierend vor dem Zaun stand, parkte ein Auto auf der Straßenseite gegenüber und ein Handwerker mit einem Werkzeugkasten in der Hand näherte sich dem Gartentor. Er ging zur Haustür und zog einen gewaltigen Schlüsselbund aus der Tasche. Noch einer Weile fand er den richtigen Schlüssel und steckte ihn in das Schloss.

Bevor ich den Gedanken zu Ende denken konnte, setzten sich meine Beine wie von selbst in Bewegung. Ich hastete dem Mann hinterher und schlüpfte gerade noch mit ins Haus.

Volltreffer! Vor der Wohnungstür mit Professor Killians Namen setzte er seinen Koffer ab und schickte sich an, das Schloss auszutauschen. Nach kurzem Zögern folgte ich ihm beherzt die Stufen hoch.

»Hallo! Schön, dass Sie gekommen sind!«, begrüßte ich ihn und streckte ihm die Hand entgegen. Er hatte offensichtlich noch keine Ahnung, was passiert war.

»Guten Tag .... Sie sind ...?«

»Ach, so, entschuldigen Sie, ich bin die ... von Professor Killian ... nun, ja, Sie wissen schon ...« Ich zwinkerte ihm verschwörerisch zu.

»Oh, ach so! Ich verstehe!« Er zwinkerte doppelt verschwörerisch zurück. Gott sei dank sind Männer so simpel gestrickt!

»Wenn Sie fertig sind, können Sie mir ruhig die Schlüssel dalassen.«

»Dann können Sie sicher auch die Auftragsbestätigung unterschreiben.«

»Ja klar!«, strahlte ich. »Deswegen bin ich ja da!«

Nach nicht einmal zehn Minuten, in denen mir der Angstschweiß den Rücken hinunterlief, war der Zylinder ausgewechselt und ich war im Besitz des Haus- und Wohnungsschlüssels von Professor Killian.

Mit schwachen Knien vor Angst schloss ich die Tür hinter mir. Ich hatte nicht mehr alle Tassen im Schrank! Wenn mich jemand entdeckt hätte! Oder noch schlimmer … Wenn ich nicht allein in der Wohnung wäre…

In der Wohnung war es totenstill. Toller Vergleich. Es war fast finster, aber ich traute mich nicht, Licht zu machen. Obwohl ich wusste, dass niemand den Schlüssel hatte, schloss ich sicherheitshalber von innen ab und machte mich auf, die Wohnung zu inspizieren.

Im letzten Dämmerlicht erkannte ich, dass ich in einer riesigen Diele stand, von der zahlreiche Türen abgingen.

Zum Glück hatte ich meine Fahrradlampe dabei. Im Halogenlichtkegel öffnete ich die erste Tür.

Es war verdammt unheimlich!

Ich betrat mit klopfendem Herzen Zimmer für Zimmer. Wahnsinnswohnung! Der Traum meiner schlaflosen Nächte!

Meine Schuhe quietschten leise auf dem Parkettboden.

Als ich die Küche betrat, ahnte ich mehr als ich es sah, hinter mir eine Bewegung!

Ich erschrak zu Tode!

Eine schwarzweiße Katze huschte an mir vorbei in die Küche.

Mein Herz schlug bis zum Hals und meine Hände zitterten so stark, dass ich die Lampe kaum noch halten konnte.

Die Katze näherte sich mir und rieb sich schließlich fordernd an meinem Bein. Sieh da! Eine Katze! Ich bückte mich, um das Tier zu streicheln. »Na, du armes Tierchen. Wer bist du denn? Wer kümmert sich denn um dich, seit dein Herrchen tot ist?«

Stück für Stück leuchtete ich die Küche ab, bis ich zwei kleine Schüsselchen entdeckte. Sie waren nur halb leer!

In dem Moment hörte ich, wie jemand den Schlüssel ins Schloss steckte und versuchte hereinzukommen.

Hilfe! Schnell machte ich die Lampe aus und wartete zitternd darauf, dass der- oder diejenige wieder weggehen würde. Herein konnte ja niemand ohne den neuen Schlüssel. Außerdem hatte ich ohnehin von innen abgeschlossen. Trotzdem.

Nach einer Ewigkeit hörte ich, wie jemand die Treppe hinaufging. Ich lauschte angestrengt und hörte eine Tür zufallen. Schnell fütterte ich die Katze und flüchtete so leise und so schnell wie möglich, mit rasendem Herzen aus der Wohnung und aus dem Haus.

An meinem Fahrrad angekommen, lehnte ich mich erleichtert an einen Gartenzaun. Ich war wirklich nicht zu retten! Das war Hausfriedensbruch! Mindestens! Mit puddingweichen Knien fuhr ich nach Hause, in der Tasche, glühendheiß, die Schlüssel zu Professor Killians Wohnung. Aber, noch nicht einmal zu Hause angekommen, wusste ich, dass ich wiederkommen würde. Caroline Benning, die Unverbesserliche.

Montag, 16:05 Uhr

Am selben Nachmittag, nach einem vorzüglichen Chopsuey bei *Onkel Wok* gegenüber dem Cinemaxx, saß Franke an seinem Schreibtisch.

Gerade als er seine Notizen von seinem Block in ein Übersichtsraster in den Computer tippte, klopfte es an der Tür.

»Hallo Winfried. Kannst du mal kurz kommen?«

»Ja, was gibt's?«

»Der kranke Mitarbeiter des Instituts ist gerade da. Willst du mit ihm sprechen?«

»O.K. Ich komme.«

»Franke, guten Tag.« Er schüttelte dem jungen Mann die Hand und setzte sich zu den beiden an den Tisch.

»Sie haben erfahren, was Ihrem Chef, Professor Killian, zugestoßen ist?«

»Ja. Deshalb bin ich hier. Ich war die letzten Tage krank. Das habe ich Ihrem Kollegen gerade schon erzählt ... Das ist ja eine schreckliche Sache!«

»Ja. Wir haben Sie hergebeten, weil wir noch immer dabei sind, Informationen zu sammeln. Über das Opfer. Sie wissen schon, sein Verhältnis zu seinen Mitarbeitern, den Studenten, über seine Arbeit, eben alles. Sie verstehen? Wir haben am vergangenen Wochenende schon alle Ihre Kollegen am Institut befragt, aber offen gestanden, tappen wir immer noch etwas im Dunkeln.«

»Sie meinen, was ein Motiv angeht?«

»Ja, auch das natürlich. Sie waren Doktorand bei ihm?«

»Ja.«

»Fällt Ihnen irgendjemand ein, der ein Motiv gehabt haben könnte, Professor Killian zu töten?«

»… Nun, ich wüsste eher ein Motiv, das Professor Killian gehabt haben könnte … wenn das jetzt nicht geschmacklos ist.«

»Ach, ja?«

Franke beugte sich interessiert vor.

»Nun, ja, wissen Sie … Man soll ja über Tote nichts Böses sagen …«

»…« Das hörte er schon zum zweiten Mal.

»Na, ja. Er ist ja tot. Jetzt ist es ohnehin egal … Professor Killian hat die Daten seiner Forschungsprojekte … nun … sagen wir mal, etwas geschönt.«

»Sie meinen Datenfälschung?«

»… Jein ...«

»Können Sie das näher erklären?«

»… Er hat die Daten nicht direkt gefälscht, sondern gar nicht erst erhoben … Und das über Jahre hinweg …«

Franke atmete scharf ein.

»Entschuldigen Sie bitte die Frage, aber woher wissen Sie das?«

»… Na, ja ... er hat sie am Computer generiert … Das heißt, er hat mich beauftragt, das künftig zu tun.« Er rang verlegen die Hände.

»Wie bitte? Und Sie haben es getan?«

»… Nein, natürlich nicht … obwohl ich wirklich in Versuchung war … Ich habe mich dann krank gemeldet, um darüber nachzudenken … Nicht besonders ehrenwert, ich weiß … aber ich hatte mich dann doch entschieden, da nicht mitzumachen!«

»Das heißt, dass Professor Killian keine Daten gefälscht hat, sondern sie ganz und gar selbst erfunden hat?«

»Ja.«

»Hat er das schon vorher gemacht?«

»Ich vermute mal, ja…«

»Sie vermuten?«

»Nun ja … Ich kannte Professor Killian schon, als ich noch

Student war und er hatte sich immer lustig gemacht über die Kleinkrämerei der Psychologen ...«

»Was heißt das?«

»Na ja, jeder weiß, dass empirische Forschung mühsame Kleinarbeit ist ... Befragungen, Datenerhebungen, Datenauswertung ... das war seine Sache nicht ...«

»Aber wie konnte er dann so erfolgreich werden? Er musste doch irgendwann einen Sinneswandel durchgemacht haben? Er war ja immerhin der Direktor des Instituts für Empirische Pädagogik?«

»... das war uns, das heißt seinen engsten Mitarbeitern, immer ein Rätsel geblieben ...«

»Aber durch eine solche, sagen wir einmal, kreative Art und Weise, Daten zu erheben, wäre so etwas erklärbar?«

»... schon ... wäre möglich.«

»Aber warum macht man so etwas? Das ist doch riskant?«

»Nun, Renommee, Kongresse, Veröffentlichungen in Fachzeitschriften ... das ist schon reizvoll.«

»Aber er muss doch Hilfskräfte gehabt haben ... Leute, die ihm halfen, die Daten einzugeben beziehungsweise die Daten zu erheben...«

»Das habe ich mir auch überlegt. Bisher waren es eher kleine, überschaubare Projekte gewesen. Die Hilfskräfte waren Tutoren. Die haben die ausgefüllten Fragebogen bekommen und natürlich nicht nachgefragt, wer wann diese Bogen ausgefüllt hat ...«

»Klar ... Aber bei seinem großen Drittmittelprojekt, das er kürzlich eingefahren hat, brauchte er einen Doktoranden ... Der sollten Sie sein ...«

»Ja ...«

Franke war verblüfft. Das erklärte so manches. Unter anderem, dass er immer noch an der kleinen Hochschule geblieben war. Hier hatte er sein Heimspiel. Woanders wäre sein Schwindel vielleicht aufgefallen. Das Institut für Empirische Pädagogik war eine noch junge Einrichtung mit vergleichsweise wenig Mitarbeitern. »Haben Sie das jemand erzählt? Wusste noch jemand von der Sache?«

»Ja. Dr. Neubert. Ihm habe ich letzte Woche von der Sache erzählt.«

Das war ja ein Ding!

Franke richtete sich abrupt auf. Der Neubert hatte ihn doch glatt angelogen! Deshalb war der so komisch gewesen! Er war also doch nicht paranoid. Seine Instinkte funktionierten doch noch ganz gut.

»Dr. Udo Neubert?«

»Ja. Er ist der stellvertretende Institutsdirektor.«

»Was bedeutet das, wenn eine Datenfälschung publik wird?«

»Das bedeutet für den Wissenschaftler das Karriereaus. Eine Katastrophe.«

»Wissen Sie, was Dr. Neubert mit diesen Informationen machen wollte?«

»So viel ich weiß, hatte er vor, Professor Killian beim Prorektor für Forschungsangelegenheiten anzuzeigen. Dr. Neubert ist ein sehr fähiger und korrekter Wissenschaftler.«

»Das hätte für Professor Killian das Aus bedeutet?«

»Sicher.«

»Und für Neubert?«

»Für ihn hätte das keine Folgen gehabt. Die Forschungsprojekte sind personenbezogen.«

»Hm.«

»… aber Professor Killian ist das Opfer … nicht Dr. Neubert …«

»… ja … Sie haben recht. Das ist er nicht. Aber trotzdem danke, dass Sie gekommen sind. Falls Ihnen noch etwas einfällt … hier ist meine Karte.«

Als Thomas Willmann wieder gegangen war, saßen Franke und Höfflin nachdenklich am Tisch.

»Wer hat noch einmal den Neubert am Freitagabend der Tat befragt?«

»Lass´ mal sehen … Lindemann und Michaelis.«

»Komm mit!«

Sie traten in ein Büro, in dem René Lindemann telefonierte. Er bedeutete den beiden sich zu setzen. Höfflin stand noch einmal auf und ging den Kollegen Michaelis holen.

»So, jetzt. Gibt's etwas Neues?«, fragte Lindemann, nachdem er den Hörer aufgelegt hatte.

»Ihr habt doch den Neubert befragt?«

»Ja. Noch am Freitagabend, wie alle anderen.«

»Welchen Eindruck hat er auf euch gemacht?«

Lindemann und Michaelis sahen sich an.

»Er war nervös.«

»Ja. Sehr nervös.«

»Er wollte zuerst nicht zugeben, dass er und das Opfer sich nicht besonders gut verstanden haben.«

»Das heißt, wissenschaftlich sind sie offensichtlich gut miteinander klar gekommen, privat eher nicht.«

Franke runzelte die Stirn.

»Hat er keine Probleme erwähnt? Fachlicher Art, meine ich.«

»Nein. Er sagte … Moment … ich muss schnell nachsehen …«

Lindemann blätterte in seinem Notizbuch: »Da … einen Moment … ich zitiere: ‚Er war ein brillanter Wissenschaftler' und ‚Nun ja, zugegeben … wir waren nicht die besten Freunde. Aber wir haben fachlich viele Gemeinsamkeiten'… Zitat Ende.«

»Wenn du mich fragst, der hatte was zu verbergen. Er hat zur Tatzeit kein Alibi.«

»Hm … Heute Morgen hat er mir das Gleiche erzählt.«

Franke streichte sich über das Kinn:

»Wir haben ein kleines Problem. Gerade eben hat uns ein Doktorand berichtet, dass der Neubert den Killian bei der Datenfälschung erwischt hat und ihn melden wollte. Nun …?«

Michaelis und Lindemann sahen sich irritiert an.

»Das ist seltsam.«

»Ja. Das finde ich auch. Lass uns mal überlegen. Da stimmt doch etwas nicht … Neubert erwischt Killian und droht es weiterzugeben. Warum tut er's nicht?«

»Zumal er sich vielleicht selbst schaden würde, sollte je herauskommen, dass er davon gewusst hat.«

»Vielleicht hat er ihn erpresst?«

»Wer? Wen?«

»Na, der Neubert den Killian!«

»Aber man bringt doch die Kuh, die man melken will, nicht um?!«

»Stimmt … Aber vielleicht hat Killian den Neubert erpresst!«

Alle drei blickten überrascht auf Höfflin.

»Ja, guckt nur! Eine Doppelerpressung! Also hört mal… Neubert geht zu Killian und erzählt ihm, dass er etwas Schlimmes über ihn weiß und es dem Prorektor mitteilen wird. Killian erzählt daraufhin Neubert, dass er noch etwas viel Schlimmeres weiß und ihn auffliegen lassen wird. Was sagt ihr dazu? Neubert greift sich daraufhin das herumliegende Obstmesser und sticht ihn ab.«

Ratloses Schweigen.

»Was kann so schlimm sein, dass man dafür jemanden umbringt?«

»… gar nicht so dumm, Klaus … gar nicht schlecht. Und ihr sagt, er habe zur Tatzeit kein Alibi?«

Beide Beamten schüttelten den Kopf.

»O.K. Dann müssen wir noch einmal die ganze Mitarbeiterbefragungsarie von vorne beginnen. Checkt den Neubert durch. Ich will alles wissen. Ob er verheiratet ist, ob er Kinder hat, ob er im Fußballverein ist, was seine Kollegen über ihn sagen, was genau seine Aufgaben an der PH sind, wie seine Finanzen sind, ob er ein Verhältnis hat, welche Zahnpasta er benutzt und ob er im Stehen pinkelt! Ihr wisst …? Alles! Klaus, du kommst mit mir, wir fahren gleich zu ihm, sag´ den anderen Bescheid, die sollen sich gleichzeitig seine Wohnung mal anschauen.«

»Ja, Chef!« Die zwei salutierten zum Spaß und verließen das Büro.

Als sie in der Karlstraße ankamen, waren René Lindemann und seine Kollegen noch nicht da. Sie klingelten bei Neubert.

»Guten Abend, Herr Dr. Neubert. Kripo Freiburg. Dürfen wir hereinkommen?«

Der Türsummer ging und sie betraten das Haus. Noch ein altes Haus. Jugendstil. Dr. Neubert wohnte im zweiten Obergeschoss in der linken Wohnung. Franke meinte, hinter dem Türspion der rechten Wohnungstür ein Auge zu sehen.

»Guten Abend, Herr Dr. Neubert«

»Ja?« Er wirkte überrascht.

»Dürfen wir hereinkommen?«

Neubert bat sie herein und warf einen hasserfüllten Blick auf die Nachbartür.

»Was kann ich für Sie tun?« Der Mann sah noch schrecklicher aus als heute Vormittag. Eingefallen und ungekämmt. Franke war fast sicher, dass er etwas getrunken hatte.

»Dr. Neubert. Wir haben noch ein paar Fragen an Sie. Und wir möchten gerne Ihre Wohnung durchsuchen. Die Kollegen sind schon unterwegs. Hier ist der gerichtliche Durchsuchungsbeschluss.«

Neubert bat sie ins Wohnzimmer, wo er mit hängenden Armen unschlüssig dastand. Er sah das Dokument in Frankes Hand gar nicht an.

Noch so eine super Wohnung. Parkett, Designermöbel, Kunst an der Wand. »Irgendwas habe ich falsch gemacht in meinem Leben«, dachte Franke, der sich interessiert umsah.

»Kann ich Ihnen etwas zu trinken anbieten?«

»Nein danke, Herr Dr. Neubert. Ein wissenschaftlicher Mitarbeiter Ihres Instituts war heute Nachmittag bei uns und hat ausgesagt, dass Sie berufliche Differenzen mit Professor Killian gehabt haben.«

»Hm …?«

»Er hat gesagt, dass Sie vorgehabt haben, Professor Killian zu melden. Wegen Datenfälschung.«

Täuschte sich Franke oder spürte er eine Art Erleichterung bei seinem Gegenüber?

»Das stimmt …«, antwortete dieser zögerlich.

»Wieso haben Sie mir das nicht schon heute Morgen erzählt?!«

Neubert hob nur hilflos die Schultern.

»Das heißt im Klartext, Sie haben Ihren Chef bei einem Betrug erwischt und wollten ihn anzeigen?«

»Ja.«

»Sie wissen, welche Folgen das für ihn gehabt hätte?«

Neubert zuckte die Achseln.

»Schlimme«, sagte er lakonisch.

Franke zog eine Augenbraue hoch.

»Ist das der Grund, warum Sie ihn noch nicht angezeigt haben?«

»Nein … das heißt … ich hätte es unbedingt tun müssen … der Ruf unseres Institutes … Sie wissen?«

»Hat Professor Killian gewusst, dass Sie vorhatten, ihn zu melden?«

Neubert wurde rot.

»Ja …«

Franke sah ihn scharf an.

»Haben Sie mit ihm gesprochen?«

Neubert schluckte: »Ja. Am letzten Freitag.«

»An dem Tag, als er ermordet wurde?«

»Ja.«

»Wann waren Sie bei ihm?«

Es klingelte an der Wohnungstür. Wahrscheinlich Lindemann. Franke gab Höfflin ein Zeichen, die Tür zu öffnen.

»Herr Dr. Neubert. Können Sie sich erinnern, wann Sie bei Professor Killian gewesen sind?«

»Leider nicht ganz genau. So etwa kurz nach zwölf. Ich war in meinem Büro bis zirka zwölf, anschließend bin ich zu Professor Killian gegangen.«

»Hat Sie jemand gesehen?«

»Nein.«

»Wie ist das Gespräch verlaufen?«

»Nun …« Neubert schluckte trocken. »Ich habe ihn von meinem Vorhaben unterrichtet.«

»Wie hat er reagiert? Immerhin stand seine Karriere auf dem Spiel!«

»… na, ja, erfreut war er natürlich nicht …«

»Nicht erfreut?! Ist das nicht ein bisschen untertrieben?!«

Franke war kurz davor zu explodieren.

Neubert brach der Schweiß aus.

»Na, ja … das stimmt … er hat alles abgestritten und gedroht …«

»Gedroht …? Mit was …?«

»Nun, er hat gedroht, mich zu feuern.«

»Hätte er das können?«

»... nein ... nicht wirklich.«

»Was dann ...?!«

»Wir haben uns angeschrien ... und dann bin ich gegangen.«

»Direkt zum Prorektor für Forschungsangelegenheiten?«

»Wie bitte?«

»Zum Prorektor für Forschungsangelegenheiten ...? Die Fälschung melden?«, soufflierte Franke.

»Äh, nein ... ich bin nach Hause gegangen.«

»Sie sind nach Hause gegangen?! Nachdem sie einen heftigen Streit mit Ihrem Vorgesetzten gehabt haben und der gedroht hat, Sie zu feuern, weil Sie ihn bei Betrügereien erwischt haben?! Entschuldigen Sie, das kann ich nicht glauben!«

Neubert wand sich wie ein Wurm. In dem Moment erschien ein Kollege in der Tür und reichte Franke eine kleine Plastiktüte, in der ein Obstmesser zu sehen war.

»Herr Dr. Neubert! Warum haben sie Professor Killian nicht angezeigt?! Hatte er etwas gegen sie in der Hand?!«

»Nein! ... Was sollte das sein? ... Nein, ich hatte plötzlich das Gefühl, alles noch einmal überdenken zu müssen ...« Neubert wich Frankes Blick aus.

»Herr Dr. Neubert. Ist das Ihr Obstmesser?«

»... ja, warum?«

»Nur so. Wir nehmen es mit zur Untersuchung.«

»Meinetwegen.«

Franke war sich mit einem Mal sicher, dass dieser hypernervöse Mann nicht der Mörder von Professor Killian war. Er hatte mit Sicherheit ein gravierendes Problem. Was auch immer. Aber sicher keinen Mord auf dem Gewissen.

»Darf ich mich setzen?« Neubert sah plötzlich aschfahl aus.

»Sicher! Wollen Sie jemanden anrufen?«

»Sie meinen, ich brauche einen Anwalt?!«, fragte Neubert erschrocken.

»Nein, jetzt bestimmt nicht. Aber Sie sehen etwas mitgenommen aus, wenn ich das so sagen darf. Ich dachte an einen Freund oder Bekannten.«

»Ah ... ja, ich rufe eine Freundin an.«

Franke ging sich in der restlichen Wohnung umsehen, während Neubert telefonierte. »Sylvia? Hallo, ich bin´s…«

»Hallo Udo! Was ist los? Du klingst so komisch?«

»Kannst du vorbeikommen?«

»Jetzt gleich?«

»Ja, bitte!«

»O.K. Ich bin in zwanzig Minuten da!«

Sylvia Henn war eine Freundin aus Schultagen, mit der ihn eine lange und herzliche Freundschaft verband. Sie war Lehrerin, groß, burschikos und äußerst praktisch veranlagt. Sie war seit über zwanzig Jahren mit einem Chemiker verheiratet. Zu ihrem großen Leidwesen hatten die beiden keine Kinder, weshalb Sylvia alle und jeden bemutterte, der ihr in die Quere kam. Nach genau zwanzig Minuten läutete es an der Tür und Neubert ging ihr aufmachen.

»Hallo Sylvia! Lieb von dir, dass du gleich kommen konntest!«

»Mensch Udo! Wie siehst *du* denn aus?« Sie drückte ihn fest an sich.

»Wer sind denn die da?«, fragte sie mit einem Blick hinter ihn.

»Polizei. Mein Chef ist ermordet worden…Und die denken…«

»Was? Die denken, du hast etwas damit zu tun? Das ist ja absurd!« Energisch schob sie Neubert in die Wohnung und nötigte ihn auf dem Sofa Platz zu nehmen: »Ich komme sofort!«

Im Badezimmer zogen die Beamten gerade Wäschestücke aus der Truhe für Schmutzwäsche und packten sie einzeln in mitgebrachte Tüten. In der Küche entdeckte sie Franke und Höfflin, die sie sofort als Leiter der Aktion identifizierte.

»Guten Tag! Mein Name ist Sylvia Henn. Ich bin eine Freundin von Dr. Neubert. Und wer sind Sie?«

»Kriminaloberkommissar Franke und Kriminalkommissar Höfflin«, antwortete Franke mit amüsiert hochgezogener Augenbraue. Da hatte der Neubert aber schweres Geschütz auffahren lassen. Höfflins Blick zeigte ihm, dass er dasselbe dachte.

»Darf ich fragen, was Sie Dr. Neubert vorwerfen?«

»Sind Sie seine Anwältin?«

»Nein … aber …«

»Dann darf ich Ihnen nichts sagen. Es steht Dr. Neubert allerdings frei, Sie über alles zu informieren. Im Übrigen sind wir beinahe fertig.«

»Auf Wiedersehen.«

Er machte Höfflin ein Zeichen.

Als sie die Wohnung verließen, warfen sie noch einen Blick ins Wohnzimmer, wo Neubert wie ein Häufchen Elend auf dem Sofa saß, den Kopf in den Händen begraben.

»Herr Dr. Neubert. Wir verabschieden uns für heute. Die Kollegen werden auch bald fertig sein. Auf Wiedersehen.«

»Hm.« Neubert nickte nur mit dem Kopf ohne aufzusehen.

Als die Polizisten gegangen waren, setzte sich Sylvia Henn vor Neubert auf den Couchtisch und zog ihm energisch die Hände vom Gesicht.

»Udo! Was ist los?!«

Er sah aus, als wolle er gleich weinen.

»Udo! Reiß´ dich zusammen! Jetzt wird nicht geheult! Du sagst mir sofort, was los ist!«

»…«

»Hast du etwas mit dem Tod dieses Mannes zu tun?«

»Nein …«

»Wieso verdächtigen die dich?«

»…«

»Udo!!«

»Ich hatte Streit mit Killian.«

»Streit?! Ist das alles? Weswegen?«

»Er hat Daten gefälscht … bei einem Forschungsprojekt …«

»Und weiter …?«

»Ich wollte ihn anzeigen …«

»Du *wolltest* ihn anzeigen? Habe ich das richtig verstanden?«

»Ja.«

»Ja … aber? Herrgott! Lass dir doch nicht die Würmer aus der Nase ziehen!«

»Ich hab´s nicht getan.«

»Du hast ihn nicht angezeigt?!

Neubert nickte.

»Und wieso nicht?«

»…«

»Ich hab dich was gefragt! Wieso hast du ihn nicht angezeigt?«

»Er hat mich erpresst …«

»Er hat dich *was*?!«

»Erpresst.«

»Mit was um Himmels willen konnte er dich erpressen?«

»…«

»Udo! Mit *was*?!«

»…«

»Sag jetzt nicht, dass es das ist, was ich vermute!«

»…«

»Du verdammter Idiot!«

Sylvia Henn wurde fuchsteufelswild.

»Kannst du nicht *einmal* deine Hose oben lassen?!«

»…«

»Du schwanzgesteuerter Idiot! Das musste ja irgendwann so kommen! Wer ist es diesmal?«

»…«

»Eine verheiratete Kollegin?«

»…«

»Udo!«

»Eine Schülerin«, kam es kleinlaut von Neubert.

Sylvia Henn sprang auf. »Das glaube ich einfach nicht! Du bist so ein Idiot! Wie alt ist sie? Nein … Ich will es gar nicht wissen. Der Killian hat es gewusst?«

»Ja.«

»Hast du es beendet?«

»Ja.«

»Wann?«

»Gestern.«

»Du bist so ein Idiot! Weiß die Polizei davon?«

»Nein.«

»Bist du sicher?«

»Ja.«

»Und wieso waren die dann da?«

»Ein Mitarbeiter hat denen erzählt, dass ich wegen der Datenfälschung mit Killian Streit hatte.«

»Und du hast mit dem Tod dieses Mannes sicher nichts zu tun?«

Sie hielt inne und sah Neubert durchdringend an. Er hielt ihrem Blick stand.

»Nein. Ehrlich nicht … Obwohl mir sein Tod nicht unrecht kommt.«

»Du bist so ein Idiot.«

»Die können mir nichts nachweisen. Sicher.«

Sylvia Henn sah auf ihn hinunter.

»Und wieso siehst du dann so beschissen aus?« Sie neigte, wenn sie wütend war, zu drastischen Ausdrücken.

»Ich vermisse sie so!«

»Spinnst du? Du bist ja nicht bei Trost! Woher kennst du sie überhaupt?«

»… Schule … Praktikum …«

»Ah, daher weht der Wind! Du lässt dich sofort krankschreiben! So gestört wie du bist und so mies wie du aussiehst, wird das kein Problem sein.«

»Warst du heute an der PH?«

»Ja.«

»Morgen früh gehst du zum Arzt. Und schwöre mir, dass du dieses Mädchen nicht mehr sehen wirst!«

»…«

»Schwöre mir, sonst kündige ich dir die Freundschaft. Mir ist es todernst!«

Neubert seufzte: »Ich schwöre es. Ehrlich.«

»O.k. Ich lass dich jetzt allein. Kommst du klar? Harald und ich gehen heute ins Kino. Ich rufe dich morgen nach der Schule an, einverstanden?«

»Ja. Natürlich … Danke!«

Sie fasst ihn kurz an die Schulter und ging. »Dieser verdammte Vollidiot! Der vögelt sich noch um Kopf und Kragen!«

Dienstag, 7:28 Uhr

Nach meiner Schlüsselaktion gestern Nachmittag hatte ich mir eine ganz schöne Verantwortung aufgehalst! Die Katze! Als ich abends im Bett lag, fiel mir siedendheiß ein, dass der oder diejenige, der sie fütterte, ja gar nicht in die Wohnung kam! Also stand ich Dienstag früh um halb acht vor Professor Killians Haus.

Mit dem ergaunerten Schlüssel schloss ich die Haustür auf und war in Gedanken so sehr bei mysteriösen Dokumenten und geheimnisvollen Briefen, dass ich die zwei Leute erst bemerkte, als es zum Davonlaufen bereits zu spät war.

Franke und eine alte Dame, in hitziger Diskussion vor Killians Wohnungstür!

Was zum Teufel machte denn *der* hier so früh?! War der aus dem Bett gefallen?

Ich stand wie vom Donner gerührt, unfähig zu reagieren.

»Guten Morgen, Frau Benning!«

Oho! Hörte ich da einen gefährlichen Unterton?

»Guten Morgen…« Was jetzt?!

Die alte Dame, die mich von oben bis unten gemustert hatte, fragte mit schneidender Stimme:

»Wer sind Sie?!«

Meine Angst gab mir Flügel.

»Gestatten…Caroline Benning…wichtige Hilfskraft im Fall Killian«, und in Gedanken: »Melde mich gehorsamst zur Stelle!«

Ich schnappte ihre Hand und schüttelte sie wie einen Pumpenschwengel.

Mit einem Seitenblick flehte ich Kommissar Franke an, mich nicht zu verraten.

»Ich komme wie verabredet, um Kriminaloberkommissar Franke den neuen Schlüssel zu Professor Killians Wohnung zu übergeben.«

Die beiden sahen sich überrascht an.

Umständlich pfriemelte ich den Wohnungsschlüssel von meinem Schlüsselanhänger, überreichte ihn mit einem honigsüßen Lächeln dem Kommissar und brachte mich schleunigst aus der Gefahrenzone, bevor ihm auffiel, dass ich ja noch den Haustürschlüssel hatte.

Bevor die Haustür zufiel, hörte ich ihn noch mit Nachdruck rufen. »Frau *Benning*…?!«

»Keine Ursache! Gern geschehen …!«

Feixend fuhr ich an die PH. Mann, war ich gut! Das konnte ich mir nicht oft genug sagen!

Dann ging ich eben später in Killians Wohnung! Ich hatte ja noch den zweiten Wohnungsschlüssel. Bis Franke das spitzkriegt, bin ich hundertmal in der Wohnung gewesen! Da musste der noch früher aufstehen, um es mit einer Caroline La Marca aufzunehmen!

Dienstag, 17:15 Uhr

Als Franke mit Höfflin gerade sein Büro betrat, klingelte das Telefon.

»Franke, ja bitte? Ja, das ist richtig ... ja …? Hm … ach, das ist ja interessant … sind Sie sicher …? Würden Sie Ihre Aussage auch zu Protokoll geben ...? Ja … vielen Dank … Auf Wiedersehen.«

Höfflin stand mit fragendem Gesicht dabei, während Franke ihm mit der Hand ein Zeichen machte, dass sie gleich gehen würden.

»Komm mit, es gibt Arbeit! Ich erzähl´s dir im Auto!«

Der Feierabendverkehr hatte schon eingesetzt, als die beiden in die Reichsgrafenstraße fuhren.

»Wer war der Anrufer gerade eben?«

»Tja … Interessante Sache … ein Dr. Link, ein Mitarbeiter der PH vom Fremdspracheninstitut.«

»Und was wollte der?«

»Du wirst es nicht glauben, der hat vor rund zwei Wochen eine seltsame Szene zwischen Killian und einer alten Dame beobachtet.«

»Seltsame Szene?«

»Na, ja, so hat er sich ausgedrückt. Zuerst dachte er, dass Killian Besuch von seiner Mutter bekam, weil der so genervt reagiert hatte …«

»Ach? Seine Mutter lebt noch?«

»Nein, nein, das ist es ja … es war Fräulein Ludwig!«

»Seine Vermieterin?«

»Ja, komisch, nicht? Sie war gekommen, um ihm Kuchen zu bringen und Killian hat sie total unfreundlich abgefertigt und sie sozusagen hinausgeworfen.«

»Wieso das denn? Es ist doch nett, wenn sie ihm Kuchen bringt!«

»Link hat erzählt, dass Killian vorhatte, das Schloss an seiner Wohnungstür austauschen zu lassen…Klingelt da was bei dir?«

»Hm, klingt nach einer sehr fürsorglichen alten Dame!«

»Ein bisschen *zu* fürsorglich, findest du nicht?«

»Na, wenn du meinst…«

»Ja, ich meine schon. Auf jeden Fall werden wir der alten Dame jetzt einen kleinen Besuch abstatten.«

Es war fast dunkel und eine einsame Amsel besang die Dämmerung. Auf ihr Klingeln öffnete sich wieder das Fenster und Fräulein Ludwigs unfreundliche Stimme verlangte zu wissen, wer da sei.

»Kripo Freiburg, Fräulein Ludwig, wir haben noch ein paar Fragen an Sie …«

Sie stiegen die Treppe hoch, wo sie Fräulein Ludwig schon an der offenen Tür erwartete. Sie war, wie das letzte Mal, wieder tadellos frisiert und trug ein adrett gemustertes Kleid mit einer rosafarbenen Strickjacke.

»Guten Abend, Fräulein Ludwig…Entschuldigen Sie bitte die Störung, aber wir haben noch ein paar Fragen an Sie.«

»Bitte, kommen Sie herein.«

Als sie die Tür schloss, fiel Frankes Blick auf die Taschenuhr, die sie an einer Goldkette um den Hals trug.

»Eine wunderschöne Uhr haben Sie da!«

Eine Patek Philipp!

Franke betrachtete interessiert die Uhr.

»Ein Erbstück«, antwortete sie knapp.

Sie führte sie wieder in die Küche, wo auf dem Tisch ein leerer Teller, ein halb volles Glas und eine Flasche Mineralwasser standen. Daneben lag auf der aufgeschlagen Fernsehzeitschrift eine Lesebrille.

Fräulein Ludwig hatte offensichtlich gerade zu Abend gegessen und informierte sich über das Fernsehprogramm des heutigen Abends.

»Gibt es schon Hinweise auf den Mörder von Professor Killian?«, fragte sie und Franke fiel auf, dass sie die Uhr unter ihre Strickjacke geschoben hatte.

»Nun, einige schon, eine heiße Spur ist aber leider nicht dabei.«

»Was wird mit seinen Möbeln geschehen?«

»Äh, das weiß ich nicht. Falls er das nicht in einem Testament geregelt hat, werden vermutlich seine Kinder erben.«

»Ah«, antwortete sie spitz.

»Fräulein Ludwig … Weshalb wir hier sind ...« Franke zögerte.

Sie zeigte nicht die Spur von Interesse.

»Wir haben einen Hinweis darauf, dass Sie sich kürzlich mit Professor Killian gestritten haben.«

Sie wechselte schlagartig die Farbe.

»Wer behauptet so etwas?!«, verlangte sie barsch zu wissen.

»Ein Kollege des Opfers.«

»Das ist ganz und gar unmöglich!«

»Fräulein Ludwig … Der Mann hat ausgesagt, dass er mit Professor Killian im Büro gesessen hat, als Sie in seinem Büro vorbeikamen.«

»Das ist eine ganz infame Verleumdung!« Ihre Stimme wurde hart und schneidend.

»Sie waren im Begriff, ihm Kuchen zu bringen …«

»Professor Killian und ich haben uns sehr gut verstanden! Merken Sie sich das!«

»Fräulein Ludwig …«

»Bitte verlassen Sie sofort meine Wohnung!« Entrüstet war sie aufgestanden und wies ihnen die Tür. Ihre Augen waren wie kalte Murmeln und Franke bekam, leicht schaudernd, eine Ahnung von der Leidenschaft und Stärke, die noch in dieser alten Dame steckte.

»Es tut mir furchtbar leid, aber wir müssen uns in Ihrer Wohnung umschauen.«

»Was fällt Ihnen ein?!«

»Fräulein Ludwig, das ist nur Routine! Glauben Sie mir!«, versuchte er sie zu besänftigen.

»Haben Sie überhaupt einen Durchsuchungsbefehl?!«

»Nein. Noch nicht. Wenn Sie sich einverstanden erklären, ist er nicht nötig. Falls nicht, muss vor Gericht einer beantragt werden …«

»Unterstehen Sie sich!«

Sie war außer sich vor Wut.

»Haben Sie jemanden, den sie anrufen könnten? Eine Freundin …?«

Sie warf ihnen einen hasserfüllten Blick zu.

»Fräulein Ludwig?«

Sie verschränkte die Arme und drehte sich brüsk weg.

Franke deutete das als Zustimmung und bedeutete Höfflin, bei ihr zu bleiben, während er zum Telefonieren in den Hausflur ging.

»Gerd? Ich bin´s, Winfried.«

»Hallo Winfried! Wie steht´s?«

»Na, ja … hör mal … Könnte der Killian auch von einer alten Dame erstochen worden sein?«

»Einer alten Dame? Wie alt?«

»Über siebzig … schätze ich.«

»Oh, je … Du stellst Fragen … was soll ich dazu sagen? Na, ja … generell kann ich eine Frau nicht ausschließen … aber eine alte? Hm … also wenn sie rüstig ist, warum nicht? Sie muss aber sehr rüstig sein und eine enorme Wut gehabt haben.«

»O.k. Danke, Gerd, ich lasse von mir hören.«

Anschließend wählte er René Lindemanns Nummer.

»René? Hier ist Winfried … wie weit seid ihr bei Neubert?«

»Das dauert noch, wieso?«

»Ich brauche noch jemanden hier in der Reichsgrafenstraße …«

»In der Wohnung sind wir doch schon fertig?«

»Ich weiß. Nicht die Wohnung des Opfers, die der Vermieterin.«

»Muss es gleich sein?«

»Wenn möglich schon. Es ist nur eine Ahnung … vielleicht

liege ich völlig falsch, aber mit der alten Dame stimmt irgendetwas nicht…«

»O.k. Lass mir einen Moment Zeit, vielleicht kann ich noch jemanden organisieren.«

»Ist gut, bis gleich.«

Drei Minuten später klingelte sein Telefon.

»Franke, ja bitte?«

»Teubner hier, Lindemann hat mich angerufen, Sie brauchen Verstärkung?«

»Ja.«

»Wir könnten in etwa zehn Minuten da sein. Reichsgrafenstraße, richtig?«

»Ja, richtig. Bei Ludwig. Danke, bis gleich.«

Er nutzte die Zeit, um sich auf der Straße ein bisschen die Füße zu vertreten.

An den Häusern der Nachbarschaft waren die Rollläden noch nicht geschlossen, sodass er in hell erleuchtete Wohnungen blikken konnte.

Hohe Decken, Stuck, Kristalllüster und Menschen, die ihren abendlichen Beschäftigungen nachgingen. Er kam sich fast vor wie ein Spanner.

Als die Kollegen kamen, tauschten sie nach einer kurzen Besprechung die Telefonnummern aus und gingen hoch in die Wohnung.

Eine halbe Stunde später saßen Franke und Höfflin in *Omas Küche* vor je einer Portion Wurstsalat mit Brägele.

»Was hältst du von der alten Dame?«, fragte Franke mit vollem Mund.

»Hm … weiß nicht. Ein bisschen seltsam ist es schon, dass sie den Vorfall abstreitet.«

»Finde ich auch. Hast du ihre Augen gesehen?«

»Ja, fast gruselig, nicht? Wie ein Krokodil!«

»Ja, das habe ich auch gedacht.«

»Ich bin gespannt, was die Jungs finden.«

»Vermutlich nichts.«

»Nein …«, seufzte er, »… vermutlich nichts.«

Später am Abend, mit Kater, einem Bier und Miles Davis, blätterte er in dem Uhrenbuch, das ihm sein Bruder zu Weihnachten geschenkt hatte. Sein Bruder war Uhrmacher und hatte ihm zum Geburtstag eine alte Omega aus den dreißiger Jahren geschenkt, ohne die er nicht mehr das Haus verließ. Er suchte nach der Uhr, die er am Hals der alten Dame gesehen hatte. Patek Philipp. Da war sie.

»Oh!« Sein überraschter Ausruf erschreckte den Kater, der ihn ungnädig anfunkelte.

»Das gibt's doch gar nicht!«

Er griff zum Telefon und rief seinen Bruder an, der sich, den Hintergrundgeräuschen nach, irgendwo in einer Kneipe aufhielt.

»Hallo Bruderherz! Ich bin´s!«

»Hey, wie geht´s?«

»Ganz gut … Hör´ mal, ich muss dich was fragen…«

»Moment mal, ich gehe besser ´raus … So, jetzt...«

»Ich habe vorhin eine Uhr gesehen. Eine Patek Philipp. Die Weltzeituhr aus den sechziger Jahren …«

»Was?! Echt?! Wo?!«

»Am Hals einer alten Dame … Ich habe sie gerade in meinem Buch gefunden und da steht, dass die Uhr bis zu zweihunderttausend Euro wert ist … Stimmt das?!«

»Klar … wenn sie echt ist, auf jeden Fall. Glaubst du, sie ist echt?«

»Ja …«, antwortete er zögerlich, irgendwie glaubte er das schon.

Er wusste nicht warum, aber irgendwie passte die Uhr nicht zu der alten Dame. Zwar glaubte er, dass sie sicherlich nicht unbetucht sei, aber zweihunderttausend Euro ...? Das war entschieden viel Geld. Außerdem hatte er an ihr keine anderen wertvollen Schmuckstücke gesehen. Oder überhaupt etwas, was auf richtig viel Geld hinwies. Eine solche Uhr hätte er eher Professor Killian zugetraut.

»Könnte man anhand irgendeiner Nummer vielleicht den Besitzer ausfindig machen?«

»Ja, eventuell. Anhand der Gehäusenummer. Hast du die?«

»Nein. Noch nicht.«

»Bei einer so wertvollen Uhr ist der Käufer wahrscheinlich

sogar in der Zentrale in der Schweiz registriert, sofern er nicht inkognito bleiben wollte.«

»Das heißt, man könnte herausfinden, wer diese Uhr gekauft hat und wo?«

»Ja. Sicher.«

»O.k. Ich danke dir. Sobald ich die Uhr in Händen halte, rufe ich dich noch einmal an, damit du die Gehäusenummer herausfinden kannst, ja?«

»Ist gut! Ich freue mich schon! So ein wertvolles Stück hatte ich noch nie in der Hand!«

»Bis dann!«

Franke sprang wie elektrisiert auf. Er suchte die Nummer von Teubner heraus und rief ihn an. »Hallo? Franke hier, seid ihr mit der Ludwig-Wohnung schon durch?«

»Hallo! Nein, nicht ganz, aber fast, wieso?«

»Die Dame besitzt eine sehr wertvolle Uhr. Eine Taschenuhr. Roségold. Die müssen Sie unbedingt mitnehmen. Bestehen Sie darauf. Aber Vorsicht damit, sie ist wahrscheinlich sehr wertvoll. Sehr, sehr wertvoll!«

»Gut, machen wir. Was ist, wenn sie sie nicht herausrückt?«

»Dann drohen Sie ihr mit Verhaftung!«

Franke sah buchstäblich Teubners entrüstetes Jungengesicht vor sich und musste schmunzeln.

»Keine Sorge, Teubner, die ist eisenhart … Und hat vielleicht ein Menschleben auf dem Gewissen.«

»O.K. Chef, bis später …«

»Ach, und bitte …, rufen Sie mich an, sobald Sie die Uhr haben und bringen Sie sie in die Heinrich-von-Stephan-Straße. Danke!«

Mit einem tiefen Seufzer ließ er sich wieder aufs Sofa fallen und lauschte dem göttlichen Miles ›Amandla‹.

Dienstag, 17:05 Uhr

Das Semester war ganz schön stressig! Ich hatte unheimlich viel zu tun!

Kaum, dass ich Luft holen konnte. Mein Referat und meinen Stundenentwurf hatte ich so einigermaßen zusammengeschustert.

Nach der peinlichen Nummer mit Commissario Franke wollte ich eigentlich meine Spionageaktivitäten aufgeben. Aber bei der Habermann wollte ich vorher unbedingt noch aufkreuzen.

Gerade als ich um die Ecke bog, begegnete ich Dr. Endres, meiner Dozentin, die sich nach den Kopiervorlagen erkundigte, die morgen in die Druckerei sollten. Huch! Die hatte ich ganz vergessen!

»Alles klar ...«, antwortete ich tapfer. »Morgen früh bringe ich sie vorbei.«

»Vielen Dank. Dann bis morgen.«

Meine Güte! Die Kopiervorlagen für das Antigone-Seminar! Das waren ungefähr hunderttausend Bilder und Textfragmente!

Mit wehendem Schal sauste ich die Waldseestraße hinunter, bog, unten angekommen, links in den Wald ein, radelte den Kiesweg durch die Schrebergärten und fuhr schließlich, durch die von wunderschönen alten Villen gesäumte Zasius-, Konrad- und Goethestraße nach Hause. Ich war sicher, dass niemand in ganz Deutschland einen so schönen Weg an die Hochschule hatte wie ich.

Außer einer Kommilitonin. Tatjana. Die wohnt bei mir um die Ecke.

Vom Winde verweht kam ich zu Hause an.

Mein ewig vernachlässigtes Kind saß an meinem Laptop. Wo sonst.

»Hallo, mein Schatz. Wie geht es dir?«

»Hm.«

Sie verbrachte Stunden im Chat mit ihren Klassenkameraden, als ob sie sie nicht gerade sechs Stunden in der Schule gesehen hätte.

Na, ja. Besser als mit Wildfremden zu chatten. Gruseliger Gedanke, mit Leuten zu kommunizieren, die vielleicht gar nicht die waren, für die sie sich ausgaben.

Mit eine Kanne Tee setzte ich mich zu ihr an den Tisch und begann hunderttausendmal Antigone auszuschnippeln und in eine vernünftige Ordnung zu bringen.

»Hier. Magst du auch einen Tee?«

»Hm.«

»Was heißt ‚Hm'? ‚Hm' ja oder ‚Hm' nein?«

»Hm.«

Ich schenkte eine Tasse ein und stellte sie ihr hin. Ihre Augen begannen bereits quadratisch zu werden.

In dem Moment, als ich die Bilder und Textfragmente auf dem Tisch sortiert hatte, kam unser herzallerliebster Juniorkater von draußen herein und sprang, bevor ich reagieren konnte, nass wie er war, mitten hinein.

»Neeeiin!«

Als ich erst den Kater und dann die Papierschnipsel mit Küchenpapier abgetrocknet hatte, fiel mein Blick auf den Zettel am Kühlschrank.

Apfelkuchen für Mittwoch – Schule!!! stand da.

Morgen war Mittwoch! Das hatte ich ganz vergessen! Immer mittwochs hatten wir dieses Semesterpraktikum. In einer siebten Hauptschulklasse. Letzte Woche hatte ich gegen zwei der Frechdachse eine Wette verloren. Und die Herrschaften hatten sich Apfelkuchen für die ganze Klasse gewünscht.

Ganz klar. Ich brauchte eine Haushaltshilfe. Oder eine Sekretärin. Am besten beides und dazu noch ein Kindermädchen.

Gequält schaute ich in den Kühlschrank und in den Küchenschrank.

»Wenn ich jetzt noch einkaufen muss, dann schreie ich«, dachte ich, aber ich hatte Glück. In so einem verfressenen Haushalt wie dem unseren war die Grundausstattung für einen Kuchen immer vorhanden.

Als ich anfing den Teig zu rühren, wurde mein Kindchen munter. Kuchen, das war besser als der Computer.

»Was backst du?«

»Einen Kuchen.«

»Was für einen?«

»Einen Apfelkuchen.«

»Cool.«

»Nicht für uns ...«

»Waaas?!«

»… für die Siebtklässler. Habe ich dir doch erzählt.«

»Kannst du nicht auch noch einen für uns backen?«

»Was, heute noch?«

»Ja!«

»Nein, mein Schatz, beim besten Willen nicht.«

»Dann kannst du aber etwas von dem da abzwacken. Merkt doch keiner.«

»Nein. Das geht nicht. Es wird eh schon knapp.«

»Oh, Mann! Nie backst du was für uns! Immer nur für die Schule oder den Matthias!«

Ich backe fast jedes Wochenende einen Kuchen. Ich backe leidenschaftlich gerne und esse leider genauso gerne die Ergebnisse meiner Backkünste.

Matthias, ein Freund von uns, bekommt ungefähr zweimal pro Jahr einen Marmorkuchen. Dafür, dass er unseren Computer wartet – oder rettet. Je nachdem. So viel zu den Vorwürfen meines Töchterleins.

»Verfressenes Weibsbild!«

»Rabenmutter!«

Sie baute sich provozierend vor mir auf und ich musste einfach grinsen.

»Geh weg!«, äffte ich sie nach. Morgens, wenn ich sie wecke, schallt immer ihr liebevoller Morgengruß aus dem Decken- und Kissenberg.

»Du! Du!« Wie ein Boxer mit erhobenen Fäusten umtänzelte sie mich.

»Geh weg!«

»So! Jetzt!« Mit einem gespielten Wutschrei stürzte sie sich auf mich. Ich konnte mich vor Lachen kaum wehren. Sophia ist fast so groß wie ich und ganz schön stark. Und sie ist eine begnadete Komödiantin. Immer wenn wir uns kabbeln, muss ich so lachen, dass ich keine Kraft mehr habe, mich zu wehren.

Ich wich rückwärts zurück, stolperte über den Kater, der sich bei solchen Gelegenheiten immer zielsicher in der Gefahrenzone aufhält und rumste zu Boden, dass die Wände wackelten. Sophia hechtete sich auf mich und ich konnte nur noch hilflos lachend »Hilfe! Brillenträger!« schreien, bis sie mich losließ.

Sie kniete triumphierend auf mir und der Kater beschnupperte mich interessiert. Das Frauchen aus einer interessanten Perspektive.

»Du gewalttätiges Kind!«

»Hol´ doch die Super-Nanny!«

Mein herzallerliebstes Herzblättchen wie es leibt und lebt.

Der Kuchen und die Kopiervorlagen wurden noch fertig und erst als ich spät am Abend im Bett lag, fiel mir wieder unser Schnüffelvorhaben bei Killian ein. Ganz klar. Ich konnte meine Spionagetätigkeit unmöglich aufgeben! Es gab einfach noch zu viel zu tun! Außerdem hatte ich Sophia bisher nichts von dem Schlüssel erzählt. Das würde sie umhauen!

Mittwoch, 9:11 Uhr

Die versammelte Sonderkommission saß am Mittwochmorgen im Konferenzraum und Franke war dabei, die Informationen an die große Tafel zu schreiben.

»O.K., Leute. Wir beginnen noch einmal von vorne … Wir haben das Opfer Professor Killian …«

»Der bei Kollegen und Studenten nicht sehr beliebt war …«, ergänzte Höfflin.

»… genau, und dessen Datenfälschung aufgeflogen war...«

»… mithilfe seines Doktoranden...«

»… der den stellvertretenden Institutsleiter Dr. Neubert informiert hat...«

»… genau, wobei wir bei den Verdächtigen wären ...«

»… da hätten wir Dr. Neubert.«

Franke zeichnete Striche und Pfeile auf die Tafel und die Kollegen machten sich Notizen.

»Der ihn anzeigen wollte, es aber aus unerfindlichen Gründen nicht getan hat …«

»Vielleicht, weil er seinerseits vom Opfer erpresst wurde …«

»Ja, möglicherweise … Wir warten noch auf die Laborergebnisse des Erkennungsdienstes.«

»Dann wäre da die Studentin Kristina Heinrich …«

»Die von Killian zum Sex erpresst wurde, wegen eines Scheins, den sie dringend benötigte …«

»Sie verließ nach einem Streit gegen elf Killians Büro, kehrte dann etwa um eins zurück … und verließ wieder das Büro gegen halb zwei, wo sie mit einem unbekannten Mann zusammenstieß.«

»Diesen Mann haben wir noch nicht gefunden. Seine Personenbeschreibung war in der Zeitung.«

»O.K. Weiter … Wir haben dann noch die Vermieterin, die angeblich einen Streit mit dem Opfer hatte, den sie aber nicht zugibt. Sie hatte einen Schlüssel zur Wohnung des Opfers und hat ihn wohl etwas zu sehr betüttelt.«

»Der Zeuge für diesen Streit ist Dr. Karl Link, ein Kollege vom Sprachinstitut.«

»Auch von Fräulein Ludwig warten wir noch auf Ergebnisse des gefundenen Obstmessers.«

»So, wen haben wir da noch … Eva Habermann … die Doktorandin von Killian. Höfflin hat das geprüft. Sie hat ein wasserdichtes Alibi und fällt somit als Verdächtige weg.«

»… Killian hatte außerdem über fünfzehn Jahre lang ein Verhältnis. Eine Frau, die er von seinem Alltagsleben ferngehalten hat. Sie hat aber ebenfalls ein Alibi und meiner Meinung nach überhaupt kein Motiv.«

»Dann zu dem Adressbuch. Wie Sie wissen, haben wir Professor Killians Adressbuch überprüft, leider ohne Ergebnis. Bleiben noch die Fotos und der Brief, die in seinem Keller gefunden wurden. Die Kollegen haben beides untersucht, ebenfalls ohne Ergebnis. Ich möchte das Foto des Babys gerne veröffentlichen. Vielleicht erkennt es jemand wieder.«

»Ist das nicht eine sehr vage Spur?«

»Stimmt. Aber leider haben wir nichts anderes.«

Franke sah auf die Uhr. Um zehn hatte er seinen Bruder bestellt.

»Gut … Heimer und Stellino, Sie haben sich Killians Finanzen angesehen?«

»Ja.« Die beiden richteten sich auf ihren Stühlen auf.

»Also ... Killians Finanzen haben nichts Auffälliges ergeben. Er bezog sein Professorengehalt von der PH. Für seine Frau und seine Kinder zahlte er keinen Unterhalt. Die Wohnungsmiete war vergleichsweise günstig und er hatte Mieteinnahmen von einem kleinen Häuschen im Ruhrgebiet. Alles in allem ziemlich ordentliche Einkünfte.«

»Wieso zahlte er für Frau und Kinder keinen Unterhalt?«

»Die Ex-Frau hat darauf verzichtet. Sie stammt aus einer sehr begüterten Familie und verdient als Ärztin selbst genug. Sie hat seit über zwanzig Jahren keinen Kontakt zu ihrem Ex-Mann.«

»Und die Kinder?«

»Auch nicht. Kein Interesse. Beide nicht.«

Franke war verwundert. Seltsame Sache. Ihn würde brennend interessieren, was damals vorgefallen war. Das hatte höchstwahrscheinlich nichts mit dem Mord zu tun und ging ihn aber auch nichts an.

»Irgendwelche Ungereimtheiten? Finanzieller Art, meine ich?«

»Nein, nichts.«

»O.k. Das war´s dann für heute. Danke für Ihre Arbeit. Bis die Ergebnisse des Erkennungsdienstes vorliegen, habe ich keine konkreten Aufgaben für Sie, Sie können also in Ruhe Ihre Protokolle schreiben. Unter allgemeinem Gemurmel löste sich die Runde auf.

Franke saß mit einer Tasse Kaffee an seinem Schreibtisch und betrachtete hingerissen die Uhr, die, eingebettet in ein Stofftaschentuch, vor ihm auf dem Tisch lag, als es klopfte.

»Ja bitte!«

Sein Bruder steckte grinsend seinen Kopf durch die Tür.

»Hallo Brüderlein, komm´ rein!«

Die beiden begrüßten sich mit Schulterklopfen.

»Ist das das Schätzchen?«

»Ja.«

»Wahnsinn!«

Er zog einen Stuhl heran und setzte sich. Andächtig nahm er die Uhr in die Hand.

»Mann, dass ich das noch erleben darf!«

»Ist sie echt?«

»Ja klar! Und in tadellosem Zustand! So, wie sie hier liegt, ist sie mindestens zweihunderttausend Euro wert.«

Franke ließ sich auf seinen Stuhl fallen. Wie kam die alte Dame zu dieser kostbaren Uhr?«

Sein Bruder hatte mittlerweile seine Lupe vor sein linkes Auge geklemmt und betrachtete die Uhr von allen Seiten. Mit einem kleinen Werkzeug öffnete er vorsichtig den Gehäusedeckel.

»Hier ist die Gehäusenummer. Kannst du mitschreiben?«

»Mann, sieht die toll aus! Schau′ mal. Das ist so ziemlich das Komplizierteste, was Uhrmacher sich je ausgedacht haben.«

Franke beugte sich über die Ansammlung filigraner Zahnräder und sah die Unruh, die wie ein kleines Herz das Werk antrieb.

»Wie schnell kannst du herausfinden, wer die Uhr gekauft hat?«

»Das weiß ich nicht. Es kommt darauf an. Ich werde sofort in Genf in der Zentrale anrufen. Wenn die Nummer registriert ist, kann es sehr schnell gehen. Zumindest den Händler kann man ermitteln. Ob der dann die Daten der Uhr und den Käufer vermerkt hat, kann man nicht wissen.«

»Ist das denn nicht üblich, bei so teuren Uhren?«

Sein Bruder schmunzelte.

»Nicht, wenn die Uhr für eine Person gekauft wurde, von der die Ehefrau nichts wissen durfte …«

»Ah, ich verstehe! Aber das ist eine Herrenuhr!«

»Na und? Nein, Spaß beiseite. Die Chancen stehen gut, den Käufer zu ermitteln. Ich ruf′ dich sofort an, wenn ich den Händler weiß.«

»Ist gut. Danke.«

Marcus Franke warf noch einen sehnsüchtigen Blick auf die Uhr und verschwand mit einem Gruß durch die Tür.

Donnerstag, 18:40 Uhr

Völlig durchnässt, schlecht gelaunt und durchgefroren, schloss ich mein Fahrrad vor unserer Haustür fest. Ich war richtig angezickt. So ein Misttag! Mein Referat über Fabeln und Parabeln war vollkommen in die Hecke gegangen und ich hatte, kurz hinterm *Waldsee,* einen Platten.

Den zweiten innerhalb eines Monats! Verdammt, verdammt, verdammt! Seit einer geschlagenen Dreiviertelstunde schob ich jetzt mein Rad durch das Mistwetter. In unserer Wohnung empfing mich wohlige Wärme, Festbeleuchtung, Hip-Hop in Diskolautstärke und eine gut gelaunte Sophia.

Der Tisch und der Boden waren mit Papierschnipseln übersät, Sophias Wasserfarbkasten, mein kostbarer Aquarellkasten und diverse, mit schmutzigem Wasser gefüllte Wassergläser standen auf dem Tisch und die Pinsel standen natürlich kopfüber in der trüben Brühe. Ich schickte ein Stoßgebet gen Himmel, dass es *nicht* meine unsäglich teuren Marderhaarpinsel waren.

»Hallo, mein Schatz! Ich bin wieder da!« Mein Rucksack fiel zu Boden und ich wollte mich gerade unter die heiße Dusche verziehen, als mein Kindchen angetänzelt kam.

»Hallihallo! Schau mal, was ich gemacht habe!«

Sie hielt mir eine kleine Krone aus Papier unter die Nase, an der ein dünnes Gummiband befestigt war.

»Hübsch. Was ist das?«

»Na ein Krone!«

»Das sehe ich auch. Aber für wen oder für was?«

»Na für die Katzen!«

»Für die Katzen?!«

»Ja klar! Guck mal, ich habe auch noch ein kleines Elchgeweih und Engelsflügel gebastelt... Wir setzen das den Miezen auf und fotografieren sie! Das gibt prima Weihnachtskarten!«

»Hm. Tolle Idee«, antwortete ich matt.

»Ja. Gell? Finde ich auch! Schau mal, ich zeig´s dir!«

Bevor ich reagieren konnte, schnappte sie den ahnungslos auf seinem Katerkissen schlafenden Stanley und setzte ihm die Krone auf.

Wider Willen musste ich lachen. Der arme Kerl. Immerzu machte sie irgendeinen Blödsinn mit ihm. Zum Glück ist er ein so gutmütiges Tierchen. Er saß verschlafen da, mit der Papierkrone auf dem Kopf und schnurrte uns mit halbgeschlossenen Augen an. Sophia war entzückt von ihrem Werk. Ich musste zugeben, dass es wirklich lustig aussah und meine schlechte Laune war nicht mehr ganz so schlecht.

Mein Kind brachte mich immer zum Lachen. Niemand war so gnadenlos schlagfertig und witzig wie sie. Zwar zerrte auch niemand so gnadenlos an meinen Nerven, aber die lustigen Momente überwogen doch deutlich.

»Und wie hast du dir das mit Atreju vorgestellt?«

Unser Juniorkater war ziemlich zappelig.

»Ganz einfach. Du setzt dich aufs Sofa, mit einem weißen Betttuch über dem Kopf, damit man dich nicht sieht, und hältst ihn fest … Mit den Engelsflügeln sieht das dann so aus, als säße er auf einer Wolke.«

Genial.

»Super! Hör mal Schatz…Ich gehe eben unter die Dusche… Könntest du vielleicht…?«

»Ja, ja, ich weiß … Meiner tollen Mutter einen Tee machen?«

»Jaaa. Könntest du?«

»Meinetwegen«, antwortete mein Herzblättchen ungnädig.

Ich warf ihr eine Kusshand zu und verschwand im Bad.

Eine halbe Stunde später kam ich gar gekocht und deutlich besser gelaunt aus dem Bad. Als ich sah, was meine Süße für mich gemacht hatte, schmolz ich dahin.

Auf meinem alten Silbertablett vom Flohmarkt, das sie so abgrundtief hasste, hatte sie meine englische Rosen-Teetasse, ein Teelicht, die kleine gläserne Hühnerzuckerdose, ein Kännchen mit Milch und eine kleine Silberschale mit Nussstängeli hingestellt, die sie ebenfalls abgrundtief hasste.

»Oh! Du bist ein Schatz!«

Ich schnappte mein widerspenstiges Kind und schmatzte ihr einen dicken Kuss ins Gesicht.

»Uäh! … Ich weiß, ich bin toll.«

Sophia hatte sogar die Hip-Hop-CD durch eine CD von Duke Ellington ersetzt.

Mit einem tiefen, zufriedenen Seufzer sank ich aufs Sofa, wickelte mich in die Bassetti-Decke und schenkte mir die erste Tasse Tee ein.

»Magst du keinen?«

»Nein. Jetzt nicht.«

Sie pusselte noch an dem kleinen Elchgeweih und wollte nicht abgelenkt werden. Mir fiel auf, dass die Pinsel verschwunden waren.

Meine Ruhe dauerte nur kurz. Das Elchgeweih und die Flügel waren fertig und sahen wirklich niedlich aus. Zufrieden hüpfte sie neben mich aufs Sofa.

»Sag mal! Wann backst du endlich Plätzchen?«

»Weihnachtsplätzchen?«

»Natürlich, was sonst? Also wann?«

Ich stöhnte. »Schätzelein, es ist gerade mal Ende Oktober!«

»Ja und? Überall gibt es schon Spekulatius und Lebkuchen!«

»Klar, die gibt es nächstes Jahr schon während der Sommerferien…«

»Mann, du bist gemein!«

»Was? Wieso bin ich gemein, wenn ich dem Konsumterror kritisch gegenüberstehe?«

»Halt jetzt bloß keine Grundsatzpredigt! Ich wollte nur wissen, wann du backst!«

»O.k. Welche Sorten sollen wir denn machen?«

»Nougatdoppler, Vanillekipferl, Honigkuchenherzen, Schokostangen, Doppeldecker …« Sie zählte gnadenlos auf. »Und die leckeren, auf denen zur Hälfte Schokolade ist …«

»Ganz schön viele. Wirst du mir dieses Jahr helfen?«

»Helfen, wieso? Nee. Mütter backen, Kinder essen. Ganz einfach.«

Logisch.

»Hör mal … Ich muss dir was erzählen …«

»…?« Misstrauisch äugte sich mich von der Seite an.

»Ich habe mir den Schlüssel zu der Wohnung des ermordeten Professors verschafft.«

»Was?!«

Sie schaute mich erschrocken, aber auch ein bisschen anerkennend an.

Ha, ich bin halt doch eine tolle Mutter.

»Ja. Ziemlich cool, gell?«

»Wie hast du das gemacht?«

»Wissen Sie … das war nicht leicht …« Ich zitiere gerne aus

meinen alten Lieblingsfilmen, was sie immer zur Weißglut reizt. Das war aus ›Der rosarote Panther‹. Peter Sellers.

»Mann! Hör auf damit! Ich hasse das!«

Ich stieß sie scherzhaft in die Seite.

»Jetzt reg´ dich nicht auf … hör mal … ich habe gedacht, ich spioniere mal ein bisschen in seiner Wohnung herum … und du stehst Schmiere!«

»Cool! Wann?«

»Am besten so bald wie möglich. Der Franke weiß noch nicht, dass ich von dem ausgetauschten Schloss noch einen Schlüssel habe …«

»Was?! Du hast das Schloss ausgetauscht?!«

»Nein … Natürlich nicht!« War aber geschmeichelt, dass sie mir das zutraute.

Nach dem Abendessen sahen wir uns noch Doris Day und Rock Hudson in ›Schick mir keine Blumen‹ an, bevor wir zu Bett gingen.

Freitag, 7:45 Uhr

Heute regnete es endlich einmal nicht. Das war toll. Leider war mein Hinterreifen immer noch platt und ich musste mit der Straßenbahn fahren. Das liebte ich ganz und gar nicht! Überheizte Wagen mit beschlagenen Fenstern, müde und erkältete Leute, wohin man blickte. Dann doch lieber nass und kalt durch den Wald! Nutzte aber alles nichts, ich musste pünktlich zum Tutorat.

Als ich dann schließlich ankam, war niemand da. Ich wartete eine Weile, und holte mir dann beim Bäcker einen Kaffee und die Zeitung. Auch nicht schlecht.

Heute war etwas Interessantes drin. Ein altes Babyfoto mit dem Aufruf *Wanted! Wer kennt dieses Baby? Belohnung!* Ganz in der Manier der Zeitung mit den großen Buchstaben. Was das Ganze sollte, wurde mir nicht ganz klar. Irgendeine Spur im Fall Killian. Komisch. Denen fiel wohl gar nichts mehr ein.

Na egal. Ich war´s ja nicht.

Nach einer Stunde Zeitungslektüre beschloss ich, mir die Vorlesung nachher zu schenken. Ich musste noch so viel für meine Unterrichtsstunde nächste Woche vorbereiten, dass ich die Zeit anderweitig nutzen wollte. Außerdem wollte ich mein Rad zum Reparieren bringen.

Ich putzte die Tafel, obwohl die Aufschrift nicht von mir war, löschte das Licht, ging die Treppe hinunter und kramte gerade meinen Fahrradschlüssel aus meinem Rucksack, als jemand an mir vorbeistürmte und mich derart grob anrempelte, dass der Schlüssel quer über die Treppe flog.

»He! Was soll das?!«

Dieser verdammte Flegel! Der lief einfach weiter!

»He! Verdammt! Wie wär´s mit ‚Entschuldigung'?! Abgesägter Agrozwerg!«

Das rutschte mir so raus.

Das hätte ich aber besser nicht gesagt, denn der Kerl drehte sich oben langsam um und kam im Zeitlupentempo die Treppe herunter.

»Wie war das gerade …?«

Oh, Gott! Der Typ sah zum Fürchten aus! So ein Türsteherschlägertyp, der im Fitnessstudio wohnt. Zwar war er deutlich kleiner als ich, aber ganz schön muskulös und so von oben herunter ganz schön bedrohlich. Da nützten mir meine einsachtzig gar nichts.

»Sie haben mich angerempelt …« Schon deutlich kleinlauter.

»Wie hast du mich eben genannt …?!«

Der Typ machte mir Angst. Richtig Angst.

Niemand sonst war zu sehen. Ich hob schnell meinen Schlüssel auf und machte, dass ich davonkam.

Unten fiel mir ein, dass ich ja gar nicht mit dem Fahrrad da war, also lief ich, mich immer wieder umdrehend, so schnell ich konnte zur Straßenbahnhaltestelle. Zum Glück verfolgte er mich nicht.

Gott, hatte der mir Angst eingejagt!

Meine Knie zitterten richtig. Dass ich aber auch nie die Klappe halten konnte! Wer war das überhaupt? Ein Student sicher nicht. Dazu war er zu alt. Ha, der war gut! Zugegeben, alt war ich ja selber, aber so wie der aussah, war der bestimmt kein Student.

Der hatte seine fünfundzwanzig Gehirnzellen ganz offensichtlich mit Anabolika gekillt und die wenigen übrig gebliebenen im Sonnenstudio weggebrezelt.

Wie auch immer. Dem wollte ich nicht noch einmal begegnen. Aber trotzdem. Was suchte der an der PH? Ausnahmsweise hielt sich dieses Mal meine Neugier in Grenzen und ich hatte überhaupt keine Lust, hinterher zu schleichen, um das herauszufinden. Ich fuhr nach Hause, brachte mein Rad in die Werkstatt und setzte mich an die Arbeit. Um halb zwei würde ich Sophia vor der Mensa in der Rempartstraße treffen. Freitags gab es immer Fisch. Mit Remoulade! Lecker!

Freitag, 11:10 Uhr

Franke stand mit seinem Mountainbike auf dem Gipfel und sah in das malerische Tal von St. Ulrich hinunter. Einen Augenblick lang überlegte er, ob er bei Familie Karle im *Paulihof* einkehren sollte, bis ihm einfiel, dass sie erst nachmittags geöffnet hatten. Also trank er einen Schluck aus seiner Wasserflasche und schickte sich an, auf der anderen Seite des Berges nach Horben hinunterzufahren. Es war Freitagmorgen und er hatte frei.

Malerische Schwarzwaldhöfe säumten seinen Weg, als er die kleine geteerte Straße hinunterfuhr. Der Fall Killian machte ihm ziemlich zu schaffen.

Sackgassen, wohin er blickte.

Eine Katze rannte direkt vor ihm über die Straße und er musste scharf bremsen.

Die missbrauchte Studentin war immer noch auf Platz eins der Verdächtigen, aber er glaubte nicht so recht daran, dass sie es gewesen war. Obwohl sie den geheimnisvollen Zeugen, mit dem sie zusammengeprallt war, immer noch nicht gefunden hatten.

Den Studenten hatte er auch ausgeschlossen. Der hatte zwar nach längerem Zögern zugegeben, dass er einen Streit mit Killian gehabt hatte, das war aber gegen zehn gewesen und deckte sich mit den Aussagen der Studentin, die bei ihm im Büro gewesen war. Diese Caroline Benning, das verrückte Huhn!

Eva Habermann hatte ein wasserdichtes Alibi.

An diese Frau Schneider musste er in der letzten Zeit häufiger denken. Es machte ihn immer fertig Menschen zu erleben, die, bedingt durch starke Gefühle oder andere Gründe, gezwungen waren, jahrelang in Verhältnissen zu leben, die sie so nicht wirklich wollten und die sie traurig machten.

Franke ließ es laufen und der Fahrtwind pfiff an seinem Helm vorbei. Eine Amsel schreckte laut keifend auf und er überrollte einen schon platt gefahrenen Frosch. Die Luft roch nach Schnee und wurde, als er kurz vor Horben durch einen Hohlweg fuhr, richtig eisig.

Killian hatte nicht wenig Dreck am Stecken und war offenbar ziemlich unbeliebt gewesen, aber jeder der Befragten hatte ein stichhaltiges Alibi. Außer dieser Studentin. Kristina Heinrich. Und die schloss er aus. Warum, wusste er auch nicht.

Häge hatte den Mann der Sekretärin überprüft. Eine kleine Vorstrafe wegen Einbruchs, vier Jahre alt und eine unbezahlte Rechnung von dreihundert Euro waren keine Mordmotive. Außerdem war er zur Tatzeit zu Hause gewesen.

Die Frau hatte nicht zugegeben, dass sie misshandelt wird. Manche Leute wollen es nicht anders, dachte Franke, außerdem hatte dies nichts mit dem Fall zu tun.

Als er am *Schwarzen Raben* vorbeifuhr, liebäugelte er noch einmal kurz mit einem Bier, aber er blieb standhaft und fuhr kurz hinter der *Luisenhöhe* wieder in den Wald.

Wenn nicht noch irgend etwas Unvorhergesehenes geschah, musste der Fall unverrichteter Dinge zu den Akten gelegt werden. Das nagte an seinem Ego.

Killians Kollege Dr. Neubert war auf Herz und Nieren überprüft worden, aber es wurde nichts gefunden, was eine Erpressung seinerseits gerechtfertigt hätte. Der Mann sah zwar mittlerweile aus wie ein Gespenst, grau, mit tiefen Bartschatten, aber deswegen konnten sie ihn nicht festnageln. Er hatte am Mordtag einen heftigen Streit mit Killian gehabt, beharrte aber hartnäckig darauf, dass es ausschließlich um dessen Datenfälschung ging.

Darauf angesprochen, hatte er ausgesagt, dass auf Killians Schreibtisch ein Teller mit einem Apfel und einer Mandarine gestanden hatte, was der Grund war, dass sie ihn wieder laufen ließen. Der Mörder hatte erst zugestochen, als Killian die Mandarine und den Apfel bereits gegessen hatte.

Heute Morgen war das Foto des Babys in der Zeitung erschienen. Mal sehen, ob sich da etwas ergab. In Wahrheit glaubte er nicht daran, aber sie durften nichts unversucht lassen.

Franke war mittlerweile vor seiner Haustür angekommen und trug sein Fahrrad in den Keller. In dem Moment klingelte sein Telefon. Sein Bruder.

»Hallo Winnie, ich bin´s.«

»Hey, gibt´s was Neues?«

»Ja … gute Neuigkeiten. Die Uhr wurde in Freiburg verkauft. Bei Juwelier *Kühn*, in der Kaiser-Joseph-Straße. Muss Anfang der Sechzigerjahre gewesen sein.«

»Das ist toll! Vielen Dank!«

»Kann ich die Uhr noch einmal sehen, bevor du sie zurückgibst?«

»Natürlich. Ich ruf´ dich an. Und danke noch mal!«

»Keine Ursache! Mach's gut!«

Er trug das Fahrrad wieder hoch und nach einer ausgiebigen Dusche zog er sich an und machte sich auf den Weg in die Innenstadt. Auf dem Weg dorthin fiel ihm ein, dass es besser wäre, die Uhr gleich mitzunehmen, also fuhr er in seinem Büro vorbei, wo er die Uhr vorsichtig einsteckte.

Der Edel-Juwelier *Kühn* befand sich direkt an der Kaiser-Joseph-Straße, kurz hinter dem Martinstor. Über der Tür hing ein Schild *Seit 1874*.

Franke betrachtete die Schaufenster und klopfte. Ein älterer Herr öffnete ihm die Tür. In dem Laden schien die Zeit stehen geblieben zu sein. Ein erfreulicher Kontrast zu den gesichtslosen Filialisten, die sich in der Innenstadt breitgemacht hatten und das Bild der Kaiser-Joseph-Straße prägten.

»Guten Tag. Was kann ich für Sie tun?«

»Guten Tag, mein Name ist Franke. Kripo Freiburg. Ich habe

ein ganz besonderes Anliegen.« Er zeigte seinen Ausweis, nahm dann die Uhr aus der Innentasche seiner Jacke und legte sie ausgewickelt auf einen der Schaukästen.

»Oh! ... Darf ich?«

»Gerne. Diese Uhr muss irgendwann Anfang der sechziger Jahre bei Ihnen verkauft worden sein.«

Der alte Herr wurde ernst.

»Ja, ich erinnere mich. Ich war noch ein Lehrjunge, als mein Vater eine solche Uhr verkauft hat. Wo haben Sie sie her?«

»Das darf ich Ihnen nicht sagen. Tut mir leid.«

»Kann ich mir die Gehäusenummer ansehen?«

»Natürlich. Bitte. Ich habe sie aber auch schon hier notiert...«

Er nahm den Zettel aus der Tasche und der Juwelier setzte seine Brille auf.

Nachdem er die Nummer aufmerksam studiert hatte, setzte er seine Brille wieder ab.

»Darf ich Sie kurz warten lassen? Ich muss etwas nachsehen.«

Er wirkte sehr beunruhigt.

»Aber ja.«

Während Franke wartete, wischte eine Dame, eine Angestellte des Hauses, die Schaukästen mit einem feuchten Ledertuch ab und beobachtete ihn aus den Augenwinkeln.

»So, hier bin ich wieder. Entschuldigen Sie bitte, dass ich Sie so lange habe warten lassen.«

»Das macht nichts.«

Er legte ein altes Buch auf die Vitrine.

»Sehen Sie? Diese Uhr wurde im Juli dreiundsechzig gekauft. Von Dr. Friedhelm Baumgart.«

Er drehte das Buch um, um Franke den Eintrag zu zeigen.

»Friedhelm Baumgart war ein sehr angesehener Bürger dieser Stadt. Er war Jurist mit einer großen, eigenen Kanzlei. Es war damals ein richtiges Drama.« Er seufzte.

»Drama? Was denn?«

»Professor Baumgart hatte einen Sohn. Friedrich. Er hat ihm diese Uhr zum bestandenen zweiten juristischen Staatsexamen geschenkt.«

»...?«

»Friedrich wurde ermordet. Im September desselben Jahres.«
»Wie bitte?!«
»Ja. Es war eine Tragödie. Die Uhr und sein Portemonnaie wurden nie gefunden und die Polizei ging von einem Raubmord aus. Der Täter blieb verschwunden.«
Franke blickte den Mann überrascht an.
»Und diese Uhr ist die Uhr von Friedrich Baumgart?«
»Ja. Ohne Zweifel.«
Der alte Herr sah bekümmert aus.
»Der Vater hat das nicht verwunden. Er ist ein Jahr später gestorben.«
»Was wurde aus der Kanzlei?«
»Die Tochter hat sie verkauft. An wen, kann ich Ihnen nicht sagen.«
»Wissen Sie, ob die Tochter noch lebt?«
»So viel ich weiß, ja. Sie hat einen Mediziner geheiratet. Hier aus Freiburg. Professor Burkhard.«
»Ich bedanke mich vielmals für diese Auskunft.«
Der Juwelier strich über die Uhr.
»Diese Uhr hat viel Unglück gebracht. Ich hoffe, dass Sie den Täter von damals finden.«
»Ich werde mein Bestes tun. Vielen Dank und auf Wiedersehen.«
Franke drückte dem alten Herrn herzlich die Hand und ging hinaus. Seine Gedanken überschlugen sich. Wie kam Fräulein Ludwig in den Besitz dieser Uhr? Was hatte sie mit dem Mordfall Baumgart zu tun?
Er steckte das Bündel sorgfältig in seine Tasche und steuerte die *Markthalle* an. Sein Magen knurrte seit einer Weile unüberhörbar.

Nach einer vorzüglich gebratenen Ente mit Gemüse radelte er auf die Dienststelle, wo er gleich darauf die Tür zu Höfflins Büro aufriss.
»Klaus!«
Höfflin zuckte zusammen. Er war gerade dabei, einen Becher Jogurt zu essen und schusselte etwas daneben.

»Schon gut! Ich bin hier!«

»Klaus … Du wirst es nicht glauben, was ich gerade erfahren habe …!«

»Nein …?«

»Die Uhr …«

»Von Fräulein Ludwig?«

»Ja, genau die … Sie spielt eine Rolle in einem unaufgeklärten Mordfall aus den Sechzigern.«

Höfflin ließ ungläubig den Löffel sinken.

»Wie bitte? Wirklich?«

»Ja. Ich war gerade bei Juwelier *Kühn*, wo sie im Juli dreiundsechzig gekauft wurde. Von Friedhelm Baumgart, als Geschenk zum zweiten juristischen Staatsexamen für seinen Sohn Friedrich.«

»…?«

»Friedrich Baumgart wurde im September dreiundsechzig ermordet und die Uhr und sein Portemonnaie waren seitdem verschwunden. Ein Täter wurde nie gefunden.«

»Das ist ja ein Ding!«

»Allerdings. Gib´ mir mal das Telefon rüber…«

»Hans-Peter? Franke hier … Kannst du etwas für mich tun? …Ich brauche die Akte von einem Fall aus dem Jahr dreiundsechzig. Ungelöst … Fall Friedrich Baumgart … Na, ja, so schnell es geht … Danke … Ach, ich bin in Höfflins Büro.«

Er legte auf und wandte sich an Höfflin.

»Trinkst du auch einen Kaffee? In Ordnung, ich komme gleich wieder.«

Eine Stunde später öffneten die beiden Männer die alte Akte.

»Schau´ mal. Das war er.« Franke überflog den Obduktionsbericht.

»Er wurde erstochen. Vermutlich mit einem Küchenmesser.«

»Hm … Hör´ mal, das ist ja hoch interessant!«

»Baumgart Junior war verheiratet. Mit Amalia Baumgart, geborene Ludwig!«

»*Was*?!«

»Ja. Hier steht´s.«

»Zeig´ mal.« Franke zog das Dokument zu sich herüber.

»Ach! Die beiden haben in der Reichsgrafenstraße gewohnt! Das kann doch nicht wahr sein!«

Franke war aufgesprungen und lief aufgeregt auf und ab.

»Mensch Klaus! Das ist kein Zufall! Die Ludwig ist die Schwägerin vom Baumgart! Jede Wette! Aber warum hat sie seine Uhr? Komisch.«

Höfflin saß an seinem Schreibtisch, die Stirn sorgenvoll gerunzelt.

»Weißt du, was ich glaube?«

»Was?«

»In der Reichsgrafenstraße stimmt etwas nicht! Du hattest recht. Gibt es noch Angehörige von Friedrich Baumgart?«

»Ach, ja. Das habe ich vergessen. Sein Vater ist ein Jahr nach dem Mord gestorben und Friedrichs Schwester hat die Kanzlei verkauft. Von einer Mutter war nicht die Rede. Die Schwester lebt angeblich noch. Sie ist verheiratet mit einem Professor Burkhard.«

»Also gut. Lass´ uns die Schwester finden und alte Nachbarn der Ludwigs, vielleicht werden wir fündig. Dann nehmen wir uns die alte Dame noch einmal vor. Glaubst du, dass dieser Fall mit dem Fall Killian etwas zu tun hat?«

»Hm…das kann ich nicht sagen … Ich weiß nur, dass in beiden Fällen dieselbe Person auftaucht. Komisch ist das schon … Wir werden sehen.«

Leider war niemand ausfindig zu machen, der die Familie Ludwig in den Sechzigern gekannt hatte, sogar der Briefträger, der seit über vierzig Jahren im selben Viertel austrug, konnte sich an nichts erinnern.

Die Schwester von Friedrich Baumgart, Charlotte Burkhard, war zu der Zeit noch ein junges Mädchen gewesen und hatte nur noch undeutliche Erinnerungen an die Ereignisse vor dem Mord.

Für sie war damals eine Tragödie hereingebrochen. Mit sechzehn war sie Vollwaise geworden und ein Vormund hatte ihr Vermögen bis zu ihrer Volljährigkeit verwaltet. Mit zweiundzwanzig hatte sie die Kanzlei des Vaters verkauft und kurze Zeit später den Medizinstudenten Martin Burkhard geheiratet.

An die Uhr ihres Bruders konnte sie sich nicht erinnern. Wenigstens besaß sie noch ein Hochzeitsfoto ihres Bruders, auf dem alle um die Wette strahlten – nur eine nicht – Fräulein Ludwig. Frau Burkhard war damals fünfzehn Jahre alt gewesen und wusste nur noch, dass sie die Schwester der Braut etwas seltsam fand.

Fräulein Ludwig hatte, zu der Uhr und den Ereignissen vor über vierzig Jahren befragt, nicht viel gesagt.

Ja, der Mord an ihrem Schwager sei eine Tragödie gewesen und nein, ihre Schwester lebe nicht mehr, sie sei ein Jahr nach dem Verbrechen vor Kummer verstorben. Das angebliche Verschwinden der Uhr sei damals sicherlich eine Falschmeldung der Zeitung gewesen, denn die Uhr sei im Besitz ihrer Schwester gewesen und nach deren Tod in ihren übergegangen.

Franke und Höfflin waren ratlos. Im Polizeibericht stand, dass die Uhr und das Portemonnaie des Toten verschwunden waren.

Das war sicherlich kein Versehen der Kollegen. Nachfragen konnten sie leider nicht mehr, da der damals ermittelnde Kriminalhauptkommissar Berner schon lange tot war.

Lediglich einen der Beamten hatten sie noch auftreiben können. Theoretisch wenigstens, denn er lebte seit drei Jahren, völlig dement, in einem Freiburger Pflegeheim.

Es blieb lediglich ein ungutes Gefühl, was Fräulein Ludwig betraf.

Franke wurde den Gedanken nicht los, dass sie über beide Mordfälle, dem aktuellen und dem längst vergangenen, mehr wusste als sie sagte.

Samstag, 18:50 Uhr

Sophia und ich verbrachten ein ruhiges Wochenende. Ich las und schrieb wie eine Wilde, nebenher backte ich einen Marmorkuchen.

Samstagabend gingen wir sogar ins Kino, obwohl ich kein Kinogänger bin.

Ich hasse es, so viel Geld auszugeben, um mich dann in klebrige Sessel zu setzen, knoblauchduftende Nachbarn zu ertragen und dann, zu allem Überfluss, noch zwei Stunden lang irgendwelches blödsinniges, klischeebeladenes Amikino über mich ergehen zu lassen. Außerdem bin ich immer versucht, den dauerknuspernden Vollidioten neben oder vor mir die Popcorntüten aus der Hand zu reißen und quer durchs Kino zu werfen. Sophia lacht sich immer halb kaputt über meine Anwandlungen, aber ich finde das gar nicht komisch.

Zum Glück überstanden alle Beteiligten den Abend unversehrt.

Beim Rausgehen sah ich von Weitem Eva Habermann.

»Guck mal, da vorne ist Eva Habermann. Professor Killians Doktorandin.«

»Ah …« Ganz Ohr, mein Töchterchen. Sie hatte gerade ein paar Jungs im Visier und beachtete mich überhaupt nicht.

»Sie hat die Leiche gefunden …«

»Leiche … Welche Leiche?« Beim Wort Leiche drehte sich mein blutrünstiges Kindchen kurz um.

»Na, die von Professor Killian!«

»Ach so …« Alte Kamellen interessierten sie nicht.

Ich sah Eva Habermann hinterher. Meine Güte, sah die fertig aus!

Sie tat mir richtig leid. Hatte sie Killians Tod so sehr mitgenommen? Ob sie vielleicht …? Nein sicherlich nicht … Ich konnte mir beim besten Willen nicht vorstellen, dass jemand in Professor Killian verliebt gewesen sein könnte.

Aber wusste man´s?

Jedenfalls nahm ich mir vor, sie nächste Woche aufzusuchen und ein bisschen auszuhorchen. Wer weiß, was da zu Tage kommt! Auf die Idee war der Commissario sicher noch nicht gekommen. Die stillen Wasser … genau.

Sophia und ich holten uns noch ein Eis bei *Portofino* und bummelten über die Bertoldstraße, die Kaiser-Joseph-Straße und die Johanneskirche nach Hause. Weihnachten war eindeutig nicht mehr weit.

Am Sonntag erledigte ich meine Arbeit so weit, dass ich mir vornahm, gleich am Montagvormittag zu Eva Habermann zu gehen. Außerdem wollte ich mich ja noch unbedingt in Killians Wohnung umsehen!

Montag, 9:45 Uhr

Nach meinem Ethos-Seminar ging ich schnurstracks zu Eva Habermann ins Büro. Zum Glück war sie da.

»Guten Morgen, Frau Habermann! Ich bin Caroline Benning und ich arbeite als Journalistin bei PH Aktuell.« Das hatte ich just in diesem Moment erfunden und hoffte, dass sie über die Medienlandschaft an ihrer Hochschule nicht so gut informiert war.

»Darf ich Ihnen ein paar Fragen zum Tod des geschätzten Professors Killian stellen?«

Sie blickte mich leer an.

»Es geht ganz schnell«, warf ich rasch ein »Meine Kommilitonen wollen doch informiert sein über das, was an ihrer Hochschule so passiert, nicht wahr?«

Seufzend bat sie mich, Platz zu nehmen. Mit einem Blick erfasste ich, dass ihr Schreibtisch ziemlich aufgeräumt und dass der Computer nicht eingeschaltet war. Was machte sie hier? Saß sie einfach nur da und starrte Löcher in die Luft?

Umständlich kramte ich in meiner Tasche nach einem Blatt Papier und etwas zu schreiben.

»Frau Habermann. Die ganze PH ist erschüttert über das Verbrechen an Professor Killian.«

»…«

»Sie haben ihn gefunden, nicht wahr?«

»Ja.«

»Was war das für ein Gefühl?«

»Ein schreckliches … was glauben *Sie* denn?!« Sie war gereizt.

Na toll. Ich war offenbar die geborene Journalistin. Bei der ersten Frage sprang mir mein Gegenüber an die Gurgel.

»Es tut mir leid, das war eine dumme Frage. Wie geht es jetzt für Sie weiter? Sie waren doch seine Doktorandin?«

»Was geht Sie das an?!« Sie fauchte mich regelrecht an. Huch?

»Aber … es ist doch sicher schwer …« Weiter kam ich nicht, denn sie wurde so wütend, dass ich instinktiv von meinem Stuhl aufsprang und rückwärts zur Tür ging.

»Es tut mir furchtbar leid … ich wollte nicht … Ihre Zukunft …«

»Raus!!«

Das war deutlich. Mit einem Satz war ich zur Tür ′raus. Was war *der* denn über die Leber gelaufen? In welches Wespennest hatte ich denn mit meinem unnachahmlichen Feingefühl jetzt wieder gestochen?

Ziemlich ratlos stand ich auf dem Flur, sodass alle um mich herumlaufen mussten.

So kam ich nicht weiter. Ich schloss mich dem Studentinnenstrom an und ging brav in meine Vorlesung. Diese Woche noch würden Sophia und ich einen neuen Vorstoß in Richtung Killians Wohnung starten.

Dienstag, 15:35 Uhr

Am Nachmittag radelte Franke, wie sehr häufig in letzter Zeit, durch die Reichsgrafenstraße, als er auf dem gegenüberliegenden Gehweg eine alte Dame in Not erblickte. Ihr Hund war auf der Suche nach einer geeigneten Stelle zum Pinkeln zweimal um eine Parkuhr herumgelaufen und saß nun fest. Da die Dame sich mit beiden Händen an einem Gehwägelchen festhalten musste, konnte sie den Hund nicht befreien.

Mit einem Satz war Franke zur Stelle.

»Kann ich Ihnen helfen?«

Die alte Dame strahlte ihn an.

»Gerne, junger Mann! Wie Sie sehen, kann ich keine Sprünge mehr machen!«

Sie musste weit über neunzig sein, aber ihr Verstand schien völlig intakt.

Franke befreite den hoch betagten Hund, der von ihm keine Notiz nahm und weiter eifrig herumschnüffelte.

»Ach vielen Dank! Das ist wirklich freundlich von Ihnen! Ohne Sie hätte ich hier noch übernachten müssen!« Sie schäkerte ganz offensichtlich mit ihm.

»Wohnen Sie hier?«

»Nein, leider. Ich fahre hier nur spazieren. Ich bin Polizeibeamter und habe hier in der Straße wegen eines Mordes ermittelt.«

»Ach, Sie meinen Professor Killian?«

»Sie kennen den Fall?«, fragte er verblüfft.

»Aber ja! Ich bin zwar alt, aber nicht blind. Ich habe davon in der Zeitung gelesen. Außerdem habe ich ihn gekannt.« Sie weidete sich an seiner Überraschung und sah verschmitzt zu ihm auf. Sie war so winzig, dass sie ihm nur bis zur Brust reichte.

»Sie haben Professor Killian gekannt?«

»Ja sicher. Wir waren doch fast Nachbarn!« Sie zeigte auf ein Haus, schräg gegenüber.

»Hier habe ich bis vor drei Jahren gewohnt. Dann bin ich ins Heim gezogen. Das Haus war einfach zu groß.«

»Haben Sie lange hier gewohnt?«

»Ja. Sehr lange. Ich habe einundvierzig geheiratet und bin mit meinem Mann hier eingezogen.«

»Dann kennen Sie ja auch Fräulein Ludwig!«

»Aber ja! Ich kannte die ganze Familie. Und die ganze Tragödie.«

Franke war plötzlich wie elektrisiert. Diese alte Dame hatte ihm der Himmel geschickt. Er hatte einen Einfall.

»Gnädige Frau, würden Sie mir eine Freude machen? Würden Sie mit mir einen Kaffee trinken und mir von den Ludwigs erzählen? Ich lade Sie selbstverständlich ein!«

»Aber gerne! Es ist lange her, dass mich ein attraktiver junger Mann ausgeführt hat! Aber sind Sie wirklich Polizist? Man kann ja heutzutage nicht vorsichtig genug sein!« Sie zwinkerte ihm verschwörerisch zu.

»Oh, natürlich! Verzeihen Sie! Mein Name ist Winfried Franke und ich bin Kriminaloberkommissar.« Er zeigte ihr seinen Ausweis, auf den sie nur einen flüchtigen Blick warf.

»Wo bekommt man hier guten Kuchen? Ich kenne mich nicht so gut aus.« Und mit einem Blick auf ihr Gehwägelchen: »Ich kann ein Taxi rufen und wir können fahren, wohin Sie möchten.«

»Oh, wirklich? Dann möchte ich gerne ins *Café Schmidt*!«

Eine halbe Stunde später saßen sie im *Café Schmidt*. Es herrschte schon fast vorweihnachtliche Stimmung. Die Bedienungen mit ihren adretten weißen Schürzchen trugen köstliche Torten, Kuchen, Kaffee, Tee und heiße Schokolade an die Tische.

Franke und Frau Waldmann hatten jeder ein Stück Apfelkuchen mit Sahne und eine Tasse Kaffee vor sich. Der Hund lag unter dem Tisch. Frau Waldmann war bestens gelaunt.

»Wenn mein Arzt mich jetzt sehen würde! Ihn würde glatt der Schlag treffen!«

Franke sah sie fragend an.

»Wissen Sie, der Mann meint es wirklich gut, aber er glaubt, ich müsse hundert werden! Wieso sollte ich das denn werden wollen, ohne die kleinen Freuden des Lebens, frage ich ihn immer? Aber jetzt zu Ihnen, junger Mann! Sie wollen etwas über die Familie Ludwig wissen?«

Er nickte mit vollem Mund und sie erzählte munter drauf los.

»Ich habe Ihnen schon erzählt, dass wir einundvierzig in die Reichsgrafenstraße zogen. Dr. Ludwig, der Vater, war unser Hausarzt. Die Familie war immer sehr für sich.«

»Wie meinen Sie das?«

»Nun, man grüßte sich, aber das war auch schon alles. Die jüngere Tochter, Amalia, war so alt wie unsere Luise und sie spielten häufig miteinander, aber nie war sie bei Ludwigs eingeladen. Die Mädchen waren immer bei uns und immer hatte ich das Gefühl, dass das nicht so gerne gesehen wurde.«

»Wie war Amalia?«

»Ach, sie war ein Schatz! So freundlich, so fröhlich, so hübsch …Ganz anders als ihre ältere Schwester.«

»Johanna …«

Frau Waldmann hielt nachdenklich inne.

»Johanna war seltsam…«

Das hatte Franke schon einmal gehört. »Inwiefern?«

»Na ja, wie soll ich das sagen … Nicht direkt unhöflich… Eher reserviert … Vielleicht verstockt … Aber so, dass man sie instinktiv nicht mochte … Nicht, dass sie etwas Bestimmtes getan hätte … Nein … Sie sah einem nur nie in die Augen … Sie machte immer den Eindruck, als würde sie etwas verheimlichen …«

»Wie verstanden sich die beiden Schwestern?«

»Sie gingen höflich miteinander um, aber es bestand keine richtige herzliche Bindung. Sie waren ja auch so viele Jahre auseinander.«

»Wie war das bei Amalias Hochzeit?«

Frau Waldmann legte die Kuchengabel zur Seite und sah Franke ernst an.

»Ja, wissen Sie … das war merkwürdig …«

»…?«

Sie räusperte sich:

»Ich hätte damals schwören können, dass Friedrich Johannas Bräutigam wäre!«

Franke beugte sich überrascht nach vorne.

»Wie bitte?«

»Ja, wirklich! Sehen Sie, ich habe sie einmal zusammen gesehen…In unmissverständlicher Position.«

Franke hob fragend eine Augenbraue.

»Nun … damals ging es noch gesitteter zu als heute … Sie haben sich vor dem Gartentor geküsst.«

»Johanna und Friedrich?«

»Ja, ganz sicher! Deshalb habe ich mich sehr gewundert, als Amalia und Friedrich geheiratet haben!«

»Glauben Sie, dass sie sich geliebt haben? Amalia und Friedrich, meine ich?«

»Oh ja … Und wie! Das sah ein Blinder! Sie haben sich vergöttert!«

»Hm … seltsame Sache.«

»Ja, das fand ich auch. Obwohl Johanna einiges älter war als Friedrich und ich den Eindruck hatte, dass sie diejenige war, die die Initiative ergriffen hatte.«

Franke kratzte sich gedankenversunken am Kinn, während Frau Waldmann nach der Bedienung Ausschau hielt.

»Fräulein? Ob Sie mir noch bitte ein Glas Wasser bringen könnten?«

»Und für mich noch einen Kaffee, bitte!«

»Was ist dann passiert? Nach der Hochzeit?«

»Ach, nicht viel. Die beiden sind in ein Haus in derselben Straße eingezogen. Die Nummer weiß ich nicht mehr. Amalia ist schwanger geworden und Friedrich ist in die Kanzlei seines Vaters eingestiegen.«

»… Und dann wurde er ermordet!«

»Ja…Dann wurde der liebe Junge ermordet …«

»Was ist dann passiert?«

»Das war eine solche Tragödie … Die ganze Familie … Nein, zwei Familien! Fast zerstört!«

»…«

»Amalia verlor ihr ungeborenes Kind und erlitt kurze Zeit darauf einen Schlaganfall. Die Mutter ist kurz danach verstorben.«

»Wann ist Amalia gestorben?«

»Etwa ein Jahr später. Kurz nach dem Tod des alten Baumgart.«

»Woran ist sie gestorben?«

»Ich nehme an, an den Folgen des Schlaganfalls. Ihre Schwester hat sie gepflegt bis zu ihrem Tod.«

»Johanna …«

»Ja, sie hat sie zu sich geholt und aufopfernd gepflegt.«

»Hat Sie das nicht gewundert?«

»Gewundert? Sie meinen, weil ich glaubte, dass Friedrich Johannas Liebster gewesen war?«

»Ja.«

»Nun, ja, ehrlich gesagt, habe ich mich schon gewundert. Aber es ging mich doch nichts an. Niemand hat je erwähnt, dass Johanna und Friedrich ein Paar gewesen seien und ich habe nur einmal mit meinem Mann darüber gesprochen.«

»Können Sie sich noch an Friedrichs Uhr erinnern?«

»Ah, ja, die Uhr, die nach dem Mord vermisst wurde.«

»Haben Sie oder Ihre Tochter sie je danach bei Amalia gesehen?«

»Ah, wo denken Sie hin? Luise hat Amalia nie besuchen dürfen. Das war damals eine sehr schwere Zeit für sie. Die beiden Mädchen waren sehr befreundet gewesen. Außerdem wurde die Uhr ja vermisst.«

»Hat Ihre Tochter je irgendetwas erzählt, was ihr komisch vorkam?«

»Komisch?«

Frau Waldmann dachte nach.

»Ich kann mich nicht erinnern. Sie sagte nur immer, Johanna hätte so starre, kalte Augen. Und ich muss sagen, sie hatte recht.«

Franke senkte den Kopf, um sein Lächeln zu verbergen. Die alte Dame machte ihm Spaß.

»Sie erinnern sich also, dass die Uhr tatsächlich vermisst wurde …«

»Sicher! Die Uhr und sein Portemonnaie. Sie muss sehr wertvoll gewesen sein und die Polizei ist damals von einem Raubmord ausgegangen.«

»Wenn die Uhr nun doch nicht weg gewesen wäre, sondern sich noch im Besitz von Amalia befunden hätte … denken Sie, das wäre bekannt geworden?«

»Aber sicher! Wo denken Sie hin, junger Mann! Amalia hat eine Woche nach dem Mord ihr Kind verloren und zwei Tage danach den Schlaganfall erlitten. Genug Zeit also, der Polizei zu melden, dass die Uhr gar nicht vermisst wird.«

»Entschuldigen Sie, Sie haben natürlich recht. Das war eine dumme Frage.«

»Wieso fragen Sie immerzu nach der Uhr?«

Franke überlegte einen Augenblick, ob er sie mit der Information beunruhigen sollte, aber er hatte einen solchen Narren an ihr gefressen, dass er ihr nichts verschweigen wollte.

»Wissen Sie …«

Die alte Dame merkte sofort, dass ihr Gegenüber etwas wusste und sich gerade überlegte, ob er ihr das sagen sollte.

»Und …?« Sie sah ihn herausfordernd an.

»Sie werden mir doch keine interessanten Informationen vorenthalten wollen? Nur zu. Ich kann einiges vertragen.«

Das glaubte er ihr aufs Wort.

»Die Uhr ist gar nicht vermisst … Sie ist im Besitz von Johanna Ludwig!«

»Was?! Das ist unmöglich!« Frau Waldmann wurde blass.

»Doch. So ist es. Es gibt keinen Zweifel, dass es sich um dieselbe Uhr handelt.« Franke legte der alten Dame begütigend die Hand auf den Arm.

»Es tut mir leid. Ich hätte Ihnen das nicht sagen sollen.«

»Doch, doch ...« Sie wirkte geistesabwesend, aber gleich darauf kam wieder Leben in sie.

»Aber das könnte doch bedeuten ...!«

»Ja ...?«

»Das könnte bedeuten, dass ich doch recht hatte!«

»Mit was?«

»Damit, dass Johanna Ludwig Friedrich umgebracht hat ... und dann ihre Schwester!«

»Wie kommen Sie darauf?«

»Ach, wissen Sie ... Im Grunde sind das nur Vermutungen! Ich konnte Johanna noch nie leiden. Als ich das strahlende Hochzeitspaar nach ihrer Hochzeit aus der Kirche kommen sah und dann Johannas hasserfüllte Augen bemerkte, überlief mich eine merkwürdige Vorahnung.«

»...?«

»Als Friedrich ermordet wurde, hatte ich einen Augenblick lang den Verdacht, dass Johanna etwas damit zu tun haben könnte.«

»Das ist ja interessant.«

»Ich habe es meinem Mann erzählt und er hat mich nur ausgelacht. Weibergeschwätz hat er das genannt!«

»...?«

»Als Amalia dann ein Pflegefall wurde, hatte ich ein komisches Gefühl, als ihre Schwester sie zu sich nahm ...«

»Was haben denn die Leute geredet? Es gibt doch immer Gerüchte und Getuschel.«

»Nun, Vermutungen gab es sicher viele. Merkwürdigerweise hat es keiner so recht ausgesprochen. Es herrschte eine merkwürdige Diskretion. Dr. Ludwig war immerhin ein angesehener Mann und der Arzt der meisten Nachbarn ... Ich weiß es nicht ...«

»Das ist wirklich seltsam.«

»Ja, nicht? Die Leute redeten sehr respektvoll von Johanna, weil sie ihre Schwester so aufopfernd pflegte und nach deren Tod sich um den Vater, den Haushalt und die Praxis kümmerte ...«

»Hatten die Ludwigs kein Personal?«

»Nach dem Tod der Mutter keines mehr.«

»Wissen Sie, warum nicht?«

»Ich habe mal beim Bäcker gehört, dass die letzten Hausangestellten gekündigt hätten, weil es in diesem Haus so unerträglich sei.«

»Unerträglich?«

»Ja. Unerträglich. Mehr weiß ich auch nicht…«

Der Hund, der nach Hause wollte, hatte sich auffordernd vor seinem Frauchen aufgebaut.

Frau Waldmann blickte auf ihre Armbanduhr und sagte vergnügt:

»Du meine Güte! Was haben wir uns verplaudert! Die Leute im Heim haben bestimmt schon eine Vermisstenanzeige aufgegeben!«

»Oh, Sie haben recht! Das tut mir wirklich leid!«

»Das muss es nicht, junger Mann! Keineswegs! Es hat mir eine große Freude bereitet, mit Ihnen hier zu sitzen und über alte Zeiten zu plaudern!«

»Mir auch! Das können Sie mir glauben! Ich rufe uns rasch ein Taxi.«

Als das Taxi eine Viertelstunde später eintraf, half Franke der alten Dame und dem Hund behutsam in den Wagen und brachte sie zurück in ihr Heim.

Der Abschied war sehr herzlich und Franke ging, nachdem er ihr versprochen hatte, sie auf dem Laufenden zu halten, beschwingt durchs Hauptportal.

Frau Waldmann hatte ihm Spaß gemacht. Er hatte an der reizenden alten Dame einen Narren gefressen und war beeindruckt von ihrer Munterkeit.

Außerdem hatte sie ihm interessante, neue Informationen geliefert und das musste er unbedingt Höfflin erzählen.

Es war schon siebzehn Uhr vorbei.

Während er sein Fahrrad holen ging, das er in der Reichsgrafenstraße abgestellt hatte, rief er Höfflin an.

»Klaus? Ich bin´s. Bist du noch im Büro?«

»Jein. Eigentlich auf dem Heimweg, wieso?«

»Ich habe unglaubliche Neuigkeiten in Bezug auf Fräulein Ludwig!«

»Echt? Woher?«

»Das ist eine lange Geschichte. Erzähl´ ich dir später … Hast du heute Abend schon was vor?«

»Nein, nicht wirklich.«

»Gut, dann treffen wir uns um sieben im *Feierling*. Einverstanden?«

»O.k. Bis später.«

Als Franke zwei Stunden später das *Feierling* betrat, war das Brauhaus schon brechend voll, der Geräuschpegel war enorm. Höfflin war schon da und hatte ein großes Bier vor sich stehen.

Sie bestellten etwas zu Essen und ein weiteres Bier und nach nur wenigen Minuten privaten Geplänkels kamen sie auf die Arbeit zu sprechen.

»Also, was hast du da vorhin erzählt? Du hast Neuigkeiten über die Ludwig?«

»Ja, und zwar äußerst brisante!«

In den nächsten zwanzig Minuten erzählte Franke dem ungläubig lauschenden Höfflin von seinem Nachmittag mit der alten Dame und den Informationen, die sie ihm über die Familie Ludwig geliefert hatte.

»Das ist ja ein Ding!«

»Das finde ich auch.«

»Und jetzt?«

»Weiß nicht genau. Zuerst müssen wir alle Messer untersuchen. Blut könnte eventuell nach all den Jahren noch nachweisbar sein – aber, ob sie so dumm war, die Tatwaffe aufzuheben?«

»Vielleicht können wir die Schwester exhumieren lassen?«

»Ja, vielleicht. Obwohl ich nicht weiß, wie sie sie umgebracht haben könnte. Doch jemand wie sie, die medizinische Vorkenntnisse hatte …«

»Ist denn nach so langer Zeit noch etwas übrig, was noch nachweisbar wäre?«

»Das weiß ich wirklich nicht. Da müsste ich Gerd befragen. Aber der ist auch kein Orakel.«

»Na, ja, Fakt ist, dass die Gnädigste uns an der Nase herumgeführt hat!«

»Ja, und hast du daran gedacht, dass sie, falls das alles stimmt und sie tatsächlich etwas mit dem Tod des jungen Mannes und ihrer Schwester zu tun hat, auch eine prima Verdächtige im Fall Killian abgeben würde?«

»... Du hast recht. Einen Moment lang habe ich tatsächlich an so etwas Ähnliches schon gedacht.«

»Verletzte Eitelkeit, Eifersucht, Rache ... Alles sehr plausible Motive.«

Der Wurstsalat mit Bratkartoffeln kam und die beiden waren einige Minuten mit essen beschäftigt.

»Weißt du, meine Frau hat von Anfang an gesagt, dass es ein persönliches Motiv sein muss«, sagte Höfflin mit vollem Mund.

»Hm.«

»Sie sagt immer ‚cherchez la femme'. Das ist Französisch und heißt ...«

»Schon gut, ich weiß, was das heißt«, unterbrach ihn Franke mit amüsiert hochgezogener Augenbraue.

Höfflins Frau war wirklich unterhaltsam. Sie lieferte bei einer Ermittlung immer die abenteuerlichsten Theorien und Motive. Obwohl sie manchmal eine erstaunliche Intuition bewies.

Bei einem weiteren Bier besprachen sie die Vorgehensweise für den kommenden Tag und gingen nach Hause. Morgen würde einiges los sein.

Als Franke spät abends mit dem Kater auf seiner Decke im Bett lag, fiel ihm Petra Höfflins ‚cherchez la femme' wieder ein. Er kraulte das laut schnurrende Tier und grinste: »Gell, Zorbas, die Frauen. Immer sind's die Frauen.« Mit einem zufriedenen Seufzer schlief er ein.

Mittwoch, 10:26 Uhr

Der Fall erregte unglaubliches Aufsehen.

Johanna Ludwig gestand nach dreiundvierzig Jahren den Mord an ihrem Schwager und den ein Jahr später verübten Mord an ihrer Schwester. Sie hatte sie mit Maiglöckchenblättern vergiftet, die sie in die Bärlauchsuppe getan hatte.

Würdevoll, aufrecht, perfekt gekleidet und wie immer tadellos frisiert, saß sie auf der äußersten Kante des Stuhls im Vernehmungszimmer und teilte den anwesenden Beamten ungerührt die ungeheuerlichen Einzelheiten ihrer Verbrechen mit.

Franke und Höfflin verständigten sich mit einem Blick.

Und als ob sie Gedanken lesen könne, erwiderte sie seelenruhig, dass sie den Mord an Professor Killian *nicht* begangen hätte, obwohl sie durchaus daran gedacht hatte.

Die Zeitung war tagelang voll von diesem Fall, Bilder von Friedrich und Amalia wurden veröffentlicht und ein privater Fernsehsender fragte wegen der Filmrechte an.

Abends saß Franke mit einer strahlenden, gut gelaunten und hübsch angezogenen Frau Waldmann im *Greiffenegg Schlössle* und feierte die Aufklärung des alten Falls mit einem ausgezeichneten Essen.

Donnerstag, 7:30 Uhr

Als ich die Zeitung aufschlug, sprang mich der Leitartikel geradezu an. Kommissar Franke hatte einen über vierzig Jahre alten Fall gelöst! Respekt!

Die Bilder zeigten Kriminaloberkommissar Franke, die Mörderin, die alte Dame, die ich kürzlich schon einmal gesehen hatte und ihre Opfer. Die Schwester und den Schwager. Das war ja wie im Film! Und das in unserem beschaulichen Städtchen! Meine Fantasie schlug sofort wieder Purzelbäume! Wenn ich den Fall Killian lösen würde, würde mein Bild in der Zeitung prangen!

Ja, genau! Heute Nachmittag könnten sich Sophia und ich endlich ungestört in Killians Wohnung umsehen. Wie praktisch, dass die alte Dame hinter Gittern saß!

Den ganzen Vormittag saß ich unkonzentriert meine Seminare ab und traf mich um halb zwei mit Sophia in der Mensa.

Erst nachdem wir gegessen hatten, weihte ich sie in meinen Plan ein. Sie war begeistert.

Punkt drei standen wir in der Reichsgrafenstraße. Jetzt war mir doch ein bisschen mulmig. Vorsichtshalber postierte ich Sophia auf der anderen Straßenseite, falls jemand kommen würde. Sie sollte dann einfach kurz anrufen und mich warnen. Aber wer konnte schon kommen. Die Vermieterin war im Knast. Trotzdem lieber auf Nummer sicher gehen.

»Hast du alles verstanden?«

»Ja, klar. Ich bin doch nicht blöd!« Kaugummi kauend lungerte sie wie zufällig auf dem Gehweg herum.

Vorsichtshalber kontrollierte ich, ob mein Telefon auch an war und ging rüber.

Mit leicht zitternden Händen schloss ich die Tür auf. Im Haus war es vollkommen still. Ich stieg die paar Treppenstufen zu Killians Wohnung hinauf und war kurz darauf in der Wohnung.

Es roch ungelüftet und ganz schwach nach Katzenfutter. War die arme kleine Waisenkatze immer noch da? Wer kümmerte sich denn *jetzt* um sie, da doch auch die alte Dame nicht mehr da war?

Darüber würde ich später nachdenken. Das war doch ein prima Vorwand, den Commissario anzurufen. Dass ich mich damit outen würde, in Killians Wohnung gewesen zu sein, kam mir überhaupt nicht in den Sinn.

Vorsichtig ging ich durch jeden Raum. Tolle Wohnung! Super Möbel! Im Vorbeigehen strich ich über den Egg Chair. Eine wunderschöne Aussicht in den Garten.

Ich ging ins Schlafzimmer und da erst meldete sich mein schlechtes Gewissen. Da stiefelte ich in einer fremden Wohnung herum. Der Wohnung eines Toten. Pietätlos und halb kriminell! Mit einem flauen Knoten im Magen öffnete ich die Schränke. Mann oh Mann! Der Mann hatte echt Stil!

Auf der kleinen Kommode neben dem Bett nur ein Wecker. Mit jedem Schritt wurde ich nervöser.

Das Arbeitszimmer sah auf den ersten Blick am vielversprechendsten aus. Zögernd setzte ich mich auf den Schreibtischstuhl und noch zögernder zog ich die Schubladen auf.

Nichts. Gar nichts. Notizpapier, akkurat gespitzte Stifte, mehr nicht. Ich war erleichtert und gleichzeitig enttäuscht.

Ein Blick auf die Uhr zeigte mir, dass ich schon eine halbe Stunde hier war. Zeit, hier wegzukommen! Nur noch das Bad und dann nichts wie ab!

Mein Puls war deutlich erhöht. Ich brach ja schließlich nicht jeden Tag in fremde Wohnungen ein …

… Sophia stand auf dem Gehweg und langweilte sich. Noch immer Kaugummi kauend, schlenderte sie hin und her, ohne das Haus aus den Augen zu lassen. Ihr wurde die Zeit zu lang und sie überlegte kurz, ob sie ihre Mutter anrufen solle, um sie aus dem Haus zu rufen.

Eine Katze kam die Straße herauf und sie versuchte sie anzulocken.

Ohne Erfolg. Sie steckte sich die Ohrhörerstöpsel in die Ohren und machte das Mobilradio an.

In diesem Moment kam eine SMS von ihrer Freundin herein. Als sie gleich darauf antwortete, vergaß sie für einen Augenblick ihre Mission und übersah den Mann, der auf das Haus zuging.

Er ging zielstrebig an die Haustür, sah sich kurz nach rechts und links um und knackte dann, mit geübtem Griff das Schloss. Im Nu war er im Haus. Sophia bemerkte von all dem nichts. Als sie wieder auf die Tür sah, war der Mann bereits im Haus …

In der Küche sah ich die leeren Katzennäpfchen und füllte sie wieder auf. Die kleine Katze hatte ich noch gar nicht gesehen. Jetzt musste ich aber unbedingt von hier verschwinden. Ich fühlte mich mittlerweile extrem unwohl und war höchst nervös und angespannt. Bei jedem Geräusch zuckte ich zusammen und unter meinen Armen hatten sich große Angstschweißflecken gebildet.

In dem Moment hörte ich etwas, das mir das Blut in den Adern gerinnen ließ!

Da! An der Wohnungstür! Da war jemand!

Ein kurzer trockener Schlag und ich hörte, wie die Wohnungstür langsam aufging!

Jetzt vernahm ich langsame, zögernde Schritte!

Mir wurde eiskalt vor Grauen!

Vorsichtig glitt ich hinter die Küchentür.

Zum Glück war in der Küche Steinboden, der keine Geräusche verursachte! Ich wagte vor Angst kaum zu atmen.

Wer war da in der Wohnung?

Der Kommissar konnte es nicht sein, der hatte einen Schlüssel. Und die Vermieterin war im Gefängnis.

Ich lauschte mit laut klopfendem Herzen auf die Schritte.

Sie bewegten sich langsam in Richtung Wohnzimmer. Ich überlegte gerade wie ich schnell aus der Wohnung hinauskommen konnte, als mein Telefon klingelte …

… Sophia stand noch immer auf der gegenüberliegenden Straßenseite, als sie ein Auto kommen sah.

Es war so ein altes, schwarzes. Es hielt genau vor dem Haus. Entschlossen ging sie einige Schritte vor, versteckte sich hinter einem Baum und lugte vorsichtig hervor.

Ein Mann stieg aus und ging – genau zu Killians Gartentür hinein! Sophia erschrak. Hektisch tippte sie die Telefonnummer ihrer Mutter ein und verschluckte versehentlich ihren Kaugummi, als der Mann einen Schlüssel aus der Tasche zog und die Tür aufschloss.

Verdammt! Ihre Mutter war noch drin!

… Mein Herz blieb stehen. Ich war einen Augenblick unfähig, mich zu bewegen. Dann nestelte ich hastig nach dem Telefon und es fiel mir mit lautem Scheppern aus den zitternden, schweißnassen Händen.

Aber es war zu spät.

Ich hörte schnelle, schwere Schritte auf mich zukommen und überlegte kurz, wo ich mich verstecken konnte.

Vielleicht in der Vorratskammer?

Nein, er würde mich finden.

Am besten war ein Überraschungsangriff.

Das alles lief in Sekundenbruchteilen in meinem Kopf ab.

Die Tür flog in dem Moment auf, als ich automatisch vor den Schritten zurückwich.

Um Gottes willen!
Es war der aggressive, unheimliche Typ von der PH!
In die Enge getrieben, reagierte ich instinktiv und rammte ihm, in dem Moment als er mich wiedererkannte, mein Knie in die Weichteile. Volltreffer! Er ging stöhnend zu Boden und ich schlängelte mich rasch an ihm vorbei – nur schnell weg jetzt!
Hinter mir hörte ich, wie er sich keuchend auf dem Boden wand und in panischer Angst flog ich die Treppen hinunter. Ich riss die Haustür auf und prallte voll mit jemandem zusammen.
Ich schrie auf vor Schreck und ein eiserner Griff packte meinen Arm.

Donnerstag, 14:50 Uhr

»So, Zorbas, nachher bekommen wir Familienzuwachs!«
Der Kater merkte irgendwie, dass etwas im Busch war. Franke hatte sich den ganzen Tag freigenommen. Vormittags hatte er Hausputz gemacht, der einem Staatsbesuch zur Ehre gereicht hätte, dann war er noch einmal im Zoogeschäft gewesen, um sicherheitshalber noch eine Katzentoilette zu kaufen. Zorbas hatte sich natürlich prompt reingesetzt und sozusagen einweihend reingepinkelt. Schon den ganzen Vormittag lag er jetzt in dem neuen Katzenkörbchen.
Franke war bestens gelaunt. Mittags war er mit Höfflin etwas essen gewesen und jetzt wollte er die kleine Katze endlich abholen.
Höfflin hatte einen Heidenspaß und zog ihn tüchtig auf mit »seiner kleinen Katzenkuppelei«.
Franke stöhnte. Seit auf seiner Dienststelle bekannt geworden war, dass er die Katze von Killian mitnehmen wollte, tönte es aus allen Büros, wo immer er ging, »Miau« und »Mio«. Dieses freche Pack!
Er nahm die Transportbox und ging zum Auto. Ein Zweig hatte sich zwischen den Scheibenwischern verklemmt und auf dem Dach war ein riesiger Fleck. Vogeldreck. Uah! Der Lack! Mit einem Taschentuch wischte er den Fleck weg, fuchtelte ein

bisschen mit der Katzenbox drohend in Richtung der imaginären Vögel und setzte sich dann hinter das Steuer. Er drehte den Zündschlüssel herum, aber der Wagen gab keinen Mucks von sich.

»Neeeiin! Nicht schon wieder!«

Stinksauer stieg er aus dem Auto. Er riss die Motorhaube auf, hakte in seiner Wut den Haken falsch ein und die Haube krachte ihm auf den Kopf, als er sich gerade über den Motor beugte.

Unter mörderischen Verwünschungen und Drohungen, sich endlich ein neues, schönes Auto anzuschaffen, befestigte er den Haken diesmal richtig und machte dann die Verteilerkappe ab.

Wehe, wenn es das nicht war! Mit einem Taschentuch trocknete er sie innen ab und steckte sie wieder fest. Mit Schwung schlug er die Haube zu. Oh, verflucht! Er rieb sich den Hinterkopf, auf dem eine ordentliche Beule prangte.

»Wehe …!«

Franke hatte Glück. Sein Auto auch. Mit dem typischen satten Ton sprang es an und Franke, sofort wieder versöhnt, leistete in Gedanken untertänigste Abbitte. Nie würde er ein anderes Auto haben wollen.

Niemals!

Gemütlich fuhr er in die Wiehre, machte einen kleinen Umweg, um die schönen Häuser zu betrachten und hielt schließlich vor Killians Haus. Seltsamer Gedanke, dass nun gar niemand mehr darin wohnte …

Er holte die Katzenbox vom Rücksitz, ging durch das Gartentürchen und als er gerade die Haustür aufschließen wollte, wurde sie von innen aufgerissen und jemand prallte schmerzhaft mit ihm zusammen.

»Wer zum Teufel, SIE?!«

Er packte die Studentin hart am Arm, die sich panisch wehrte.

Diese Frau Benning natürlich. Wer sonst. Bevor er sich´s versah, verpasste sie ihm mit der freien Faust einen Mordsschlag an die Stirn.

»Au! Zum Teufel! Halt … Hoo … Brrrr! Was ist los?«

In dem Moment erkannte sie ihn.

»Hilfe! Da ist jemand! Schnell weg!«

Total verschreckt stand sie da und jetzt hörte er jemand die

Treppe hinunterpoltern. Die Haustür flog zum zweiten Mal auf und ein Mann kam herausgestürmt, das Gesicht puterrot und wutverzerrt.

Donnerstag, 15:20

»Alles in Ordnung?«

Der Kommissar rieb sich ungläubig die Beule an seiner Stirn.

»Sie haben mir echt eine verpasst!«

»Ja, wenn Sie mir so den Arm verdrehen!«

Es tat mir echt leid und ich guckte zerknirscht auf meine Schuhspitzen.

»Wer um Himmels willen war denn das?«, und mit einem schrecklichen Blick auf mich: »Was haben Sie hier gemacht?«

Ich sah zu Boden. Ein reumütiges, ziemlich hart auf dem Boden der Realität aufgeschlagenes Häufchen Elend.

»…«

»Sagen Sie lieber nichts! ... Los … her mit den Schlüsseln.«

Errötend machte ich die Schlüssel von meinem Schlüsselanhänger ab.

»Sind das jetzt alle?!«

Ich nickte nur stumm.

Sophia war inzwischen herübergekommen.

»Was war denn da los?«

Ich fuhr sie an.

»Du wolltest doch Bescheid sagen, wenn jemand kommt!«

»Hab´ ich doch!«

»Ja! Super! Und was war mit dem ersten Mann?«

Sophia sah mich erst erschrocken, dann verlegen an.

»Wer ist das?« Der Kommissar war ungenießbar. Kein Wunder. Das geschah mir recht!

»Meine Tochter«, murmelte ich kleinlaut.

»Ihre Tochter?!!« Seine Augen funkelten gefährlich.

»Sind Sie noch bei Trost?!«

Mir war zum Heulen. Die überstandene Angst und jetzt der gnadenlose Kommissar.

»Kannten Sie den Mann?«

»... Ja ... Das heißt nein ... ich habe ihn vor ein paar Tagen einmal an der PH gesehen.«

»Wissen Sie, wer das ist oder wohin er wollte?«

»Nein. Leider nicht.«

Und zu Sophia gewandt:

»Hast du gesehen, wo er hinlief?«

»Ja. Zu einem blauen Auto.«

»Konntest du die Marke erkennen?«

»Nein. Es war blau. Und klein.«

»Du hast nicht zufällig das Kennzeichen gesehen?«

»Nein. Leider. Dafür war es zu weit weg.«

Er drehte sich wieder zu mir um.

»Wie ist der Kerl überhaupt in die Wohnung gekommen?«

»Ich weiß es nicht ... Ich habe einen kurzen Schlag gehört ...«

Der Kommissar rief die Spurensicherung an.

»Haben Sie etwas angefasst?«

»...«

»Haben Sie?!«

»... Ja ... Die Katzenschüsselchen. Bei allem anderen habe ich meine Pulloverärmel übergezogen ...«

Mir entging sein schwaches Grinsen nicht.

»Oh! Ich könnte Sie ...!!«

»Ich verspreche Ihnen hiermit hoch und heilig, dass ich hier nie wieder herumspionieren werde!«

Hoffentlich entging ihm die örtliche Eingrenzung.

Tat sie leider nicht.

»Hier?!«

»O.K. Meinetwegen. Überhaupt nirgends...«

»Hören Sie zu ...!« Seine Stimme klang jetzt wirklich bedrohlich und an seiner Stirn trat eine dicke Zornader hervor, »Sie hören *sofort* auf, irgendwelche Privatermittlungen zu treiben!!«

»...«

»Haben Sie mich verstanden?!«

»... ja, aber ...«

»Ich buchte Sie ein, wegen Behinderung der Justiz!«

Eigentlich lag mir die Frage, ob er das überhaupt könne, schon auf der Zunge, aber er sah so wütend aus, dass ich klein beigab und ihm hoch und heilig schwor, mich künftig rauszuhalten. Oh, oh, Monsieur war wirklich ungnädig! Mein Blick fiel auf die Katzenbox.

»Sie nehmen das Kätzchen mit?«

»Ja.«

»Ins Tierheim?«

»Nein. Ich werde sie behalten ...«

Ich schmolz dahin.

»Oh, das ist schön!«

Höchste Zeit für mich zu gehen.

»Komm Sophia. Wir gehen nach Hause. Auf Wiedersehen!«

Er ging ins Haus und wir machten uns eiligst auf den Heimweg.

Donnerstag, 15:30 Uhr

Franke stieg die Treppenstufen zu Killians Wohnung hinauf. Er besah sich das Schloss. Nichts zu sehen, aber der ED würde sicherlich etwas finden.

Diese Benning! Die hatte doch mal jemand zu heiß gebadet! Er schüttelte ungläubig den Kopf. Obwohl. Irgendwie hatte sie was. Chuzpe! Außerdem hatte sie vermutlich seinen Kragen gerettet. Wenn er vorhin den Einbrecher überrascht hätte, wer weiß, was dann passiert wäre.Was wollte der bloß? Vielleicht einer, der Todesanzeigen liest und in die leer stehenden Wohnungen einbricht? Das mussten sie prüfen.

Er ging ins Wohnzimmer und öffnete die Terrassentür.

»Miezi ... Mieze ... Minki ... Mimi ... Sissi!!«

Er hätte Fräulein Ludwig fragen sollen, wie die Katze heißt.

Die feuchte, kalte Luft strömte ins Zimmer.

Franke schloss die Tür und setzte sich auf das Barcelona Sofa. Auf so einem Ding hatte er schon immer einmal sitzen wollen.

Er rief Höfflin an, um ihm von dem neuesten Vorfall zu berichten und eine Viertelstunde später öffnete er den Männern von der Spurensicherung.

Sie musterten ihn neugierig und er winkte ungnädig ab.

»Kein Wort! O.k.?«

Während sie mit ihren weißen Overalls die ganze Wohnung nach Spuren absuchten, saß Franke herum und wartete auf die Katze. Als die Küche dran war, rief er:

»Die Katzenschüsselchen und die Katzenfutterdose könnt ihr stehen lassen!«

Obwohl es vielleicht einmal hilfreich sein könnte, die Fingerabdrücke von dieser Verrückten zu haben. Wer weiß, was der als Nächstes einfiel. Er lächelte vor sich hin.

Nach einer Weile legte er eine der vielen CDs auf. Jemand von seinem Team sah fragend um die Ecke.

»Bin nur ich. Ich warte auf die Katze.«

Nach zwei Stunden, die Männer von der Spurensicherung waren immer noch nicht fertig, klapperte endlich das Katzentürchen.

Da war sie ja!

Franke beugte sich erfreut zu ihr hinunter und streichelte sie.

»So, Miezelein. Du kommst jetzt mit mir.«

Er nahm sie auf den Arm und sie schmiegte sich schnurrend an ihn. Das war mal eine nette Abwechslung. Zorbas ließ sich nur höchst ungern auf den Arm nehmen und streicheln ließ er sich allein dann, wenn er gerade Lust dazu hatte. Was häufig genug nicht der Fall war.

»So, du Kleine. Du heißt jetzt Sissi. Das passt zu dir.«

Er öffnete die Katzenbox und schob die verdutzte Katze hinein. Kaum war die Tür zu, fing sie schon an, in den höchsten Tönen zu miauen. In einer bemerkenswerten Lautstärke.

Wieder sah einer der Männer um die Ecke.

Er zeigte nur auf die Box.

»Katze.«

Mit der Box in der Hand verabschiedete er sich von den Männern. »Ihr gebt mir Bescheid, wenn ihr etwas gefunden habt?«

»Natürlich!«

Er verstaute die Kiste mit der mordio brüllenden Katze im Auto. Das konnte ja heiter werden.

Donnerstag, 15:35 Uhr

Sophia und ich gingen die Zasiusstraße entlang nach Hause. Mir war noch fast schlecht von dem Schreck vorhin.

»Mann, wie wütend der Kommissar war ... Hast du die fette Beule an der Stirn gesehen?« Sophia grinste mich amüsiert an.

»Das war ich ...«

»Was?!« Sie schüttete sich aus vor Lachen.

»Das finde ich überhaupt nicht lustig! Mir tun die Knöchel weh!«

»Ich schon...Wie ist die Wohnung? Hast du was gefunden? Wer war überhaupt der Mann, der weggelaufen ist?«

»Das weiß ich auch nicht ... Der war in der Wohnung und hat mein Telefon gehört ...«

Sophia sah in die Luft. »... tut mir leid.«

Ich drückte sie an mich und sie wehrte sich ausnahmsweise einmal nicht.

»Nein, mein Schatz ... mir tut es leid ... ich hätte dich da nicht mit reinziehen sollen ... Der Typ war ziemlich beängstigend ... den habe ich übrigens kürzlich an der PH gesehen ...«

»Echt ...?!«

»Ja ... er hat mich auf der Treppe übel angerempelt und ich habe ihm ‚abgesägter Agrozwerg' hinterhergerufen ...«

Sophia lachte laut auf.

»Ich dachte, der verpasst mir eine ... echt ... das war gar nicht lustig!«

In dem Moment packte mich Sophia hart am Arm.

Aus den Augenwinkeln hatte ich zuvor bemerkt, dass uns seit geraumer Zeit ein Auto folgte, aber ich war in Gedanken noch so bei dem Einbruch vorhin, dass ich gar nicht realisierte, dass das nicht normal war.

Plötzlich rief Sophia:

»Lauf! Schnell! Das ist der Typ von vorhin! Das blaue Auto!«

Mir blieb fast das Herz stehen vor Schreck. Ich packte sie panisch an der Hand und rannte los. Das Auto hinterher. An der nächsten Kreuzung zog ich sie nach links in die Turnseestraße.

»Schnell! Los! Da vorne kann er uns nicht hinterher!«

Wir rannten so schnell wir konnten die Straße hinunter und hinter uns hörte ich das Auto beschleunigen.

Sophia und ich rannten bis zur Kreuzung und bogen rechts ein. Die Erwinstraße ist eine schmale Einbahnstraße und ich dachte, wir wären dann in Sicherheit. Keuchend rannten wir so schnell wir konnten und Sophia drehte sich immer wieder um.

»Er kommt uns hinterher!!«, kreischte sie plötzlich.

»Was?!« Mich packte das blanke Grauen.

Das Auto kam hinter uns her geschossen und ich schickte in meiner Panik tausend Stoßgebete gen Himmel, dass endlich jemand die Straße hochgefahren kommt, als plötzlich gegenüber ein Auto aus einer Ausfahrt kam und unser Verfolger mit lautem Reifenquietschen zum Stehen kam.

Mir zitterten vor Angst so die Knie, dass mir die Tränen kamen. Doch die Erleichterung währte nur kurz.

Dann hörte ich zu meinem Entsetzen, wie mit einem lauten Ratschen ein Gang eingelegt wurde und das Auto aufjaulend rückwärts die Straße hochjagte. Das war unsere einzige Chance!

Wir mussten schnell die Günterstalstraße überqueren und uns verstecken, bevor der Typ den Umweg über die Zasius- oder die Urachstraße machen konnte, um uns vorne abzufangen. Ich sah, dass Sophia dasselbe dachte.

Wir rannten wie auf Kommando wieder los und waren rasch an der Kreuzung. Völlig außer Atem überquerten wir, das schrille Klingeln der Straßenbahn hinter uns, die Günterstalstraße und verschwanden gleich in der ersten Toreinfahrt.

Ängstlich drückten wir uns in den Hauseingang und zuckten bei jedem Motorengeräusch zusammen.

»Wer ist denn das? Was will der von uns?«, flüsterte mir Sophia nach einer Weile ins Ohr.

»Das frage ich mich auch …«

Ich konnte mich kaum beruhigen. Ich hatte Sophia fest im Arm und lauschte auf jedes Auto. Aber er kam nicht. Nach einer Stunde, die uns wie eine Ewigkeit vorkam, trauten wir uns aus unserem Versteck. Mittlerweile war es stockdunkel und wir waren total durchgefroren. Wachsam und ängstlich machten wir uns auf den Heimweg.

Endlich zu Hause angekommen, ließ ich Sophia den Vortritt unter die heiße Dusche und schob zwei Tiefkühlpizzas in den Backofen.

Einen Augenblick lang überlegte ich, ob ich dem Kommissar von unserem Verfolger berichten sollte, beschloss aber, dass eine Standpauke für heute genug war.

Ein Stunde später saßen wir, dick eingemummelt und mit einer Schachtel Kekse, vor dem Fernseher.

»Hör´ mal … mir geht dieser Typ nicht aus dem Kopf. Was denkst du, hat der in Killians Wohnung gesucht?«

»… pst«

Mein Kind würde wegen unseres aufregenden Nachmittags mit Sicherheit keine Langzeitschäden davontragen.

Sie starrte gebannt auf die Mattscheibe, auf der gerade der schnuckelige Nick aus CSI im fast völlig finsteren Labor schöne bunte Versuche an schicken Maschinen durchführte. Wie der im Dunkeln überhaupt etwas erkennen konnte, war mir völlig schleierhaft, aber es sah zugegebenermaßen sehr stylish aus.

Sophia stieß mich in die Seite.

»He … guck mal … dein Waschbärtyp!«

»Ja … ich seh´s. Hör mir doch mal zu … ich möchte das wirklich wissen … dieser Typ …«

Ohne den Blick vom Fernseher zu wenden, antwortete Sophia lakonisch: »Der hat bestimmt die Todesanzeige gelesen und wollte die Wohnung ausräumen…«

»Nein. Sonst hätte ich ihn nicht an der PH getroffen. Er muss irgendwie mit Killian in Verbindung stehen…«

»… vielleicht hat er etwas gesucht … einen Erpresserbrief?«

Das könnte tatsächlich sein. Vielleicht war Killian wegen irgendetwas erpresst worden. Gar keine schlechte Idee.

Aber mit was konnte ein Professor erpresst werden? Das war die Frage. Ich konnte mir diesen Schlägertyp weder privat noch beruflich zusammen mit Killian vorstellen.

Ganz und gar nicht. Wie ein ehemaliger Student sah er auch nicht aus.

So kam ich nicht weiter. Zuerst musste ich herausfinden, wer das war. Dummerweise hatte ich mir das Auto gar nicht näher angesehen, geschweige denn das Nummernschild.

Wenn ich nur wüsste, wer der Mann war, dann würde ich vielleicht auch hinter das Geheimnis von Killians Tod kommen.

Was mich aber noch bei Weitem mehr beunruhigte war die Frage, was er von *mir* wollte. Er hatte mich an der PH gesehen und in Killians Wohnung. Was glaubte er, was ich habe oder weiß, was ihm vielleicht schaden könnte? Wieso hatte er uns verfolgt? Was wollte er mit uns machen? Den Gedanken mochte ich gar nicht weiterverfolgen.

Um zwei Uhr nachts erwachte ich, weil unser dicker Kater auf mich sprang. Sophia und ich waren beide eingeschlafen. Bei voller Festbeleuchtung und laufendem Fernseher. Ächzend schob ich den schnurrenden Kater von mir ´runter und rieb mein schmerzendes Genick.

Ich weckte die ungnädige Sophia, bugsierte sie in ihr Bett, stellte den Wecker für den nächsten Morgen und legte mich, angezogen wie ich war, wieder auf das Sofa. Stanley mimte noch einen Moment die beleidigte Leberwurst, hüpfte aber bald gnädig neben mich und ich schlief kurz darauf wie ein Stein.

Donnerstag, 17:23 Uhr

Die Katze brüllte wie ein brünstiger Hirsch. Zwischendrin baute sie lange jaulende Passagen ein, die sich wie sibirisches Wolfsgeheul anhörten.

Franke war vom Klangvolumen seiner neuen Mitbewohnerin beeindruckt.

Als er von der Basler Landstraße nach St. Georgen abbog, schwante ihm, dass seine »kleine Katzenkuppelei«, wie sein Kollege Höfflin es spöttisch formuliert hatte, sich möglicherweise nicht so reibungslos würde abwickeln lassen, wie er sich das ausgemalt hatte.

Wenn das kleine Tierchen ebenso »schlagfertig« wie stimmgewaltig war, dann tat ihm Zorbas jetzt schon leid.

Nie hätte er es zugegeben, aber als er zu Hause angekommen war, hatte er Schweißperlen auf der Stirn. K.o. durch Psychoterror. Beruhigend redete er auf die Katze ein, was diese aber nicht im Geringsten beeindruckte.

Eher wahrscheinlich war allerdings, dass sie ihn wegen ihres lautstarken Gebrülls gar nicht hören konnte.

Seufzend schloss er die Wohnungstür auf. Zorbas wartete schon.

Franke stellte die Kiste auf den Boden und Zorbas umkreiste sie entzückt. War sie eigentlich sterilisiert? Oh Gott! Daran hatte er gar nicht gedacht!

Zorbas war in heller Aufregung und die Kiste war plötzlich stumm.

So, jetzt! Er öffnete das Türchen und prallte gleich darauf zurück.

Es ging blitzschnell! Eine fast unsichtbare Bewegung, wildes Geprügel und schrilles Geschrei, das ihm das Blut in den Adern gefrieren ließ.

Als seine Augen endlich die Schärfeneinstellung bewältigt hatten, sah er nur noch den bedepperten Zorbas dasitzen und büschelweise schwarze Katzenhaare leise zu Boden schweben. Die Kleine war weg.

Donnerstag, 18:40 Uhr

Sandra Schütz saß vor dem Fernseher und sah eins der Vorabendprogramme, als sie den Schlüssel im Schloss hörte. Ängstlich lauschend stellte sie den Ton leiser. Sie hörte, wie ihr Mann die Wohnungstür zuschlug und kurz darauf ins Wohnzimmer hereinsah.

»Hallo Schatz!«

»Hm …« Er war offensichtlich fürchterlich schlecht gelaunt und seine Augen waren blutunterlaufen.

»Hast du Hunger, Liebling? Soll ich dir etwas richten?«

Eilfertig wollte sie aufspringen, aber er winkte nur knurrend ab. Er war den ganzen Tag nicht zu Hause gewesen. Sie hatte sich schon Sorgen gemacht.

»Warst du bei Peter?«

»Ja.«

»Wie geht es ihm?«

»…«

Er murmelte etwas Unverständliches und ging in die Küche.

Nachdem sie den Fernseher ausgeschaltet hatte, lauschte sie angestrengt.

Während sie noch nachdachte, was sie tun sollte, hörte sie, wie er ohne ein Wort die Wohnung wieder verließ.

Rasch löschte sie das Licht und stellte sich hinter die Gardine. Unten sah sie ihn zum Auto gehen, die Sporttasche geschultert. Ihr stiegen schon wieder die Tränen in die Augen. Was sollte sie nur tun?

Einen kurzen Augenblick erwog sie, ihre Freundin anzurufen, verwarf den Gedanken aber sofort wieder, weil diese ihr das letzte Mal angedroht hatte, sich ihren Mann »einmal vorzunehmen«. Von Frauenhaus hatte sie gesprochen und von Scheidung.

Nein. Das wollte sie auf gar keinen Fall.

Unschlüssig stand sie noch eine Weile im dunklen Wohnzimmer und ging dann ins Bad. Sie wollte die Gelegenheit nutzen und ein schönes, beruhigendes Bad nehmen. Wenn ihr Mann im Fitnessstudio war, würde er frühestens in zwei Stunden zurück sein.

Während das Wasser in die Wanne rauschte, betrachtete sie sich im Spiegel. Stumm musterte sie jede Falte und jede Pore ihres grauen Gesichts. Die Haare hingen strähnig herunter und ihre Augen waren glasig und verweint.

Müde sah sie an sich herunter. Ihre Hände waren auf den Waschbeckenrand gestützt. Ihr Blick fiel auf ihren Ehering. Gedankenverloren drehte sie an ihm herum und zog ihn schließlich ab.

In ewiger Liebe. Marcel. Ihre Augen schwammen schon wieder in Tränen.

Plötzlich rutschte ihr der Ring aus den Fingern und klirrte ins Waschbecken. Hastig griff sie nach ihm, aber er fiel in den Abfluss.

»Nein!«

Erschrocken angelte sie mit den Fingern darin herum, bekam in schließlich zu fassen, doch beim Hochziehen glitt er ihr wieder ab und war dann ganz verschwunden. Tödlich erschrocken starrte sie in den Abfluss.

Oh nein! Wenn das ihr Mann erfuhr, dann Gnade ihr Gott!

Hastig stellte sie das Badewasser ab und überlegte fieberhaft, was sie tun könnte. Ihr fiel die Rohrzange ein, mit der ihr Mann schon einmal eine Verstopfung beseitigt hatte.

Die Werkzeugkiste war im Keller. Schnell zog sie ihre Hausschuhe an und ging in den Keller hinunter.

Sie hasste es, in den Keller zu gehen. Seit sie als Kind einmal versehentlich im Kohlenkeller ihrer Großmutter eingesperrt worden war, vermied sie es, wann immer sie konnte, hinunterzugehen. Sie hatten nichts Wichtiges im Keller gelagert und wenn sie einmal Werkzeug brauchten, holte ihr Mann die Werkzeugkiste.

Aber das hier war ein absoluter Notfall.

Zitternd knipste sie das trübe Kellerlicht an. Die Luft war kühl und muffig. Es waren ein Dutzend Bretterverschläge für alle Parteien im Haus vorhanden. Ihrer war der letzte rechts. Der in der dunkelsten Ecke.

Mit ungeschickten Fingern schloss sie das kleine Vorhängeschloss auf und öffnete die Tür. Da stand sie ja. Erleichtert durchsuchte sie die Werkzeugkiste nach der Rohrzange, als ihr Blick auf etwas dahinter fiel.

Nanu? Was war das?

Hinter der Werkzeugkiste lag ein Stapel Zeitungen. Vorsichtig zog sie sie hervor. Sandra Schütz war irritiert. Es waren die Zeitungen der letzten Woche.

Seit letzter Woche hatten sie keine Zeitung mehr geliefert bekommen und einen Augenblick lang dachte sie, sie hätte vergessen, die Rechnung zu bezahlen. Ihr Mann war ziemlich aufgebracht gewesen. Er hatte einen riesigen Aufstand gemacht. Hatte gedroht, er würde denjenigen zu Brei schlagen, der ihre Zeitung klauen würde.

Sie sah den Stapel durch. Alle da, bis letzten Donnerstag.

Plötzlich zuckte sie zusammen.

Das Bild! Das Babybild!

Mit bebenden Händen entfaltete sie die Zeitung und las den Artikel.

Wie vom Donner gerührt stand sie einige Minuten da.

Schließlich gab sie sich einen Ruck und legte den Zeitungsstapel wieder so hin, wie sie ihn gefunden hatte.

Mit weichen Knien und dröhnendem Kopf stieg sie die Treppe in ihre Wohnung hoch. Wie betäubt ging sie ins Schlafzimmer und nahm das Fotoalbum ihres Mannes aus dem Schrank.

Sie setzte sich aufs Bett und schlug es beklommen auf.

Da war es!

Das Bild!

Genau dasselbe!

Das war ihr Mann!

Was hatte das alles zu bedeuten? Was hatte ihr Mann mit dem ermordeten Professor zu tun? Wie kam die Polizei an sein Bild? War ihr Mann deswegen die letzte Zeit so beunruhigt? Und warum hatte er neulich die Polizei angelogen?

Langsam kroch die Angst in ihr hoch. So hoch, bis sie glaubte zu ersticken.

Schnell klappte sie das Album wieder zu. Ein rascher Blick auf die Uhr sagte ihr, dass ihr Mann bald nach Hause kommen würde.

Oh Himmel, der Ehering! Sie hatte keine Zeit mehr, in den Keller zu gehen und die vergessene Rohrzange zu holen. Sie musste jetzt verhindern, dass ihr Mann den Verlust bemerkte.

Rasch schlug sie das Bett auf und ließ im Bad das Badewasser wieder ab. Hastig zog sie ihr Nachthemd an und legte sich mit klopfendem Herzen ins Bett, die Hände zwischen die Knie geklemmt. Als ihr Mann kurze Zeit später nach Hause kam, stellte sie sich schlafend.

Freitag, 6:05 Uhr

Es kam mir vor, als hätte mich ein Bus überrollt. Mir taten alle Knochen weh. Der Wecker hatte noch gar nicht gepiept, aber unser allerliebstes Stanylein war bei der ersten Straßenbahn erwacht und schnurrte mich nun schon eine halbe Stunde lang penetrant an.

Wenn er nicht so niedlich wäre, würde ich ihn braten! Stöhnend drehte ich mich auf die andere Seite und zog mir das Kopfkissen über den Kopf, aber das liebe Tierchen stiefelte ungerührt über mich hinweg und bohrte seine vorwitzige Nase unter mein Kissen. Keine Chance! Ich kapitulierte.

Als ich aufstand, kam gerade der andere Kater gähnend um die Ecke. Müde setzte ich den beiden pelzigen Herrschaften ihr Frühstück vor und inspizierte den Kühlschrank. Unschöne Aussichten.

Das Einzige, was den heutigen Morgen und damit den heutigen Tag noch retten könnte, wären Waffeln zum Frühstück. Das war die Idee! Das würde auch Sophia gefallen. Deutlich besser gelaunt, stellte ich unser kleines Espressomaschinchen auf den Herd und begann den Teig zu rühren.

Heute war Freitag. Endlich wieder Wochenende! Endlich wieder mehr Zeit, um Versäumtes nachzuholen!

Bevor ich Sophia weckte, duschte ich noch kurz und machte mich fertig.

Erst als der Kaffeegeruch und der Waffelduft durch die Wohnung zogen, traute ich mich, Sophia zu wecken.

»Guten Morgen, mein Schatz!«

»Geh weg!«

»Schatzilein…du musst aufstehen!«

»Du bist blöd!«

»Komm jetzt! Ich kann nichts dafür, dass du so früh aufstehen musst!«

»Scheiß Schulsystem!«

»Jaaa Schatz, ich weiß …«

»In anderen Ländern haben die Kinder erst viel später Schule! Warum nicht in Deutschland! … Verdammt!«

»Schatz …«

»… der gesamte Biorhythmus … und überhaupt! Man kann gar nicht lernen, wenn man so früh aufstehen muss!«

Ich musste grinsen. Normalerweise schlage ich ihr bei solchen Diskussionen am frühen Morgen vor, doch später in die Politik und in der Zwischenzeit einfach noch in die Schule zu gehen, aber heute wäre eine solche Bemerkung lebensgefährlich gewesen.

Außerdem hatte ich ja Waffeln.

»Schatz …«, flötete ich »Es gibt Waffeln zum Frühstück!«

»Waffeln? Echt?«

»Ja. Riechst du´s nicht?«

Sie schnupperte.

»Doch!«

»Also, komm!«

»Jaaa.« Stöhnend schleppte sie sich aus dem Bett.

Eine Stunde später saß ich bestens gelaunt in der Straßenbahn. Ein blaues Auto fiel mir auf und ich erinnerte mich wieder an den gestrigen Nachmittag.

Irgendetwas stimmte mit diesem Typ nicht! Wer war der Kerl und was wollte er von mir? Das musste ich unbedingt herausfinden! Aber wie? In Filmen und Büchern wissen die Leute immer, wo sie genau nach etwas suchen müssen oder sie fangen an, irgendwo zu suchen und stoßen auf etwas ganz Wichtiges!

So ein Blödsinn! Die Realität sah ganz anders aus.

Die Polizei hatte bestimmt jeden Quadratzentimeter in Killians Büro und Wohnung durchsucht. Wenn sie etwas Entscheidendes gefunden hätten, säße der Täter schon längst hinter Gittern.

Völlig in Gedanken marschierte ich in Richtung PH. Wie immer freitagmorgens war wenig los. Beim Bäcker kaufte ich mir noch eine Flasche Wasser, dann stieg ich die Stufen zum Kollegiengebäude V hoch. Als ich in der ätzend langsamen Drehtür steckte, klopfte es hinter mir.

Ich drehte mich um.

Um Gottes willen!

Der aggressive Typ von gestern grinste mich bösartig an!

Direkt hinter mir in der Drehtür!

Hilfe!

Ich brauchte nur den Bruchteil einer Sekunde, um meine einzige Chance zu erkennen. Als sich mein Abteil gerade so aufdrehte, quetschte ich mich raus und steckte blitzschnell die Flasche auf der anderen Seite dazwischen, sodass die Tür blockierte.

Der Kerl hämmerte wütend an die Glaswand und ich rannte so schnell ich konnte davon. Erst einmal die Treppe runter ins Untergeschoss, um aus seinem Blickfeld zu kommen, dann rüber ins Kollegiengebäude III, rauf ins zweite Obergeschoss, rüber ins KG IV und dann rein in die Toiletten.

Dort ließ ich meinen Tränen freien Lauf. Erst als das Licht ausging, merkte ich, wie lange ich dort schon saß. Vorsichtig tastete ich mich im Dunkeln vor, bis der Bewegungsmelder wieder Licht machte. Ich sah schrecklich aus! Ich wusch mir das Gesicht mit kaltem Wasser und beschloss, endlich den Kommissar einzuweihen. Ich hatte ja den Schlüssel zum Büro meiner Dozentin und konnte von dort aus telefonieren. Freitags war sie nie da. Vorsichtig öffnete ich die Toilettentür. Niemand war zu sehen. Rasch ging ich zu dem Raum, in dem ich das Tutorat hielt, entschuldigte mich in wichtigen privaten Angelegenheiten bei den verblüfften Studenten und eilte, mich immer wieder umsehend, ein Stockwerk tiefer ins Büro meiner Dozentin.

Als mich Kommissar Franke durch den Hörer so anbrüllte, dass mir fast die Ohren wegflogen, heulte ich wieder los.

»Sind Sie denn von allen guten Geistern verlassen?!!! Warum haben Sie mich gestern nicht schon angerufen?!!!«

Was sollte ich darauf erwidern, was ihn nicht noch wütender machte?

Zum Glück bemerkte er, in welchem Zustand ich war und versprach, mir einen Wagen zu schicken, der mich nach Hause bringen würde.

Während ich auf den Wagen wartete, verwandelte sich meine Angst in Wut.

Wie konnte der mich so anbrüllen? Was hatte ich denn getan?

Das bisschen Einbruch! Der Killian war doch eh schon tot! Den störte das bestimmt nicht mehr! Sollte der doch sehen, dass der Täter hinter Schloss und Riegel kommt!

Apropos Täter … Wenn nun aber dieser gruselige Bodybuildertyp…?

Mir wurde schon wieder himmelangst. War das möglich?

Wenn er tatsächlich der Täter war, glaubte er möglicherweise, dass ich etwas weiß, was ihm gefährlich werden könnte?

Nein. Quatsch.

Obwohl … wer weiß?

Aber was könnte das sein?

Vielleicht war er der Sadomaso-Lover von Killian gewesen und ihre Liebesspielchen sind ein wenig außer Kontrolle geraten? Ich musste unwillkürlich lachen. Nein. Das war Blödsinn.

Oder Killian hatte ihn für einen Auftragsmord engagiert und nicht bezahlt? Quatsch. Vielleicht Drogen?

Ich sah eindeutig zu häufig CSI und andere US-Krimiserien.

In dem Moment klopfte es wie vereinbart und ich zuckte zusammen.

Ein ganz entzückender junger Polizist, glücklicherweise in Zivil, brachte mich nach Hause.

Freitag, 7:55 Uhr

»Guten Morgen, Rita!«

»Guten Morgen, Sandra!«

Ihre Kollegin musterte sie eindringlich und Sandra Schütz sah weg. »Geht es dir gut?«

»Ja, ja, geht schon…«

Vor lauter Angst, dass ihr Mann den fehlenden Ehering bemerken würde, war sie heute Morgen noch früher als sonst aufgestanden.

Als sie in die Küche kam, sah sie einen Strauß Blumen in einem Saftkrug auf dem Küchentisch stehen. Ihr kamen die Tränen vor Rührung. Das war typisch für ihn. Wo hatte er die her? Sandra Schütz musste trotz ihrer Sorgen lächeln. Es würde sie nicht wundern, wenn er sie aus dem Krankenhaus mitgenommen hätte.

Leise hatte sie sich fertig gemacht und als sie gerade vorsichtig die Wohnungstür öffnen wollte, hatte sie ihr Mann von hinten umschlungen.

»Hm!«

»… Schatz! Bitte lass mich …!«

»Wohin willst du denn so früh?« Er hatte sich an sie gepresst und wollte sie von der Tür wegziehen.

»Zur Arbeit … Das weißt du doch …«

»So früh? Komm schon … Kannst du nicht später gehen? Dann können wir noch ein bisschen…«

Hätte sie bloß diesen unseligen Ring nicht verloren!

Sie unterdrückte ihre Angst und schob ihren begehrlichen Mann zur Seite. Mit zitternder Stimme flötete sie ihm einige Worte ins Ohr und entfloh dann aus der Wohnung. Als sie die Treppe hinunterhastete, hörte sie ihn oben wütend an die Tür schlagen.

Mit einem tiefen Seufzer setzte sich Sandra Schütz hinter ihren Schreibtisch.

Ihre Freundin und Kollegin stellte eine Tasse Kaffee vor sie hin, legte einige Waffelröllchen auf einem kleinen Unterteller daneben und zog sich nach einem letzten misstrauischen Blick in ihr Büro zurück, das durch eine Verbindungstür getrennt war.

Einige Minuten lang starrte Sandra Schütz durch das Fenster in den grauen Novembermorgen, dann machte sie sich an die Arbeit.

Zum Glück war es ein ruhiger Morgen. Nur wenige Anrufe und noch weniger Studenten. Kurz vor zwölf hatte sie ihr Posteingangsfach fast leer, als ihr Blick auf die Unterlagen fiel, die ihr Professor Killian noch vor seinem Tod zur Erledigung übergeben hatte. Das hatte sie bisher vor sich her geschoben. Für ihn war ja nichts mehr dringend.

Langsam sah sie die Papiere durch, als ihr ein handschriftlicher Brief auffiel. Sie begann unwillkürlich einige Zeilen zu lesen, als sie plötzlich leichenblass wurde.

Erstarrt las sie die ungelenken Zeilen.

Sie kannte diese Schrift!

Wie in Trance faltete sie den Brief zusammen und steckte ihn in ihre Handtasche.

Vollkommen abwesend erledigte sie die restliche Arbeit und als ihre Kollegin Punkt zwölf den Kopf hereinsteckte und sie fragte, ob sie mit in die Mensa ginge, sagte sie geistesabwesend zu.

Freitag, 11:35 Uhr

Am späten Vormittag saß ich zu Hause über meiner Unterrichtsvorbereitung. Unlustig schob ich meine Unterlagen von rechts nach links. Mir fehlte noch ein Buch, aber ich konnte nicht weg, da ich mit Sophia in der Uni-Mensa verabredet war.

Gerade als ich zum hundertsten Mal meine E-Mails gecheckt hatte, klingelte das Telefon. Es war Sophia, die mir mitteilte, dass sie früher Schluss hätte und zum Mittagessen gerne zu ihrer Freundin gehen wolle. Ich war einverstanden und nachdem wir für heute Abend eine Uhrzeit vereinbart hatten, machte ich mich zum zweiten Mal auf den Weg zur PH. Ich wollte das Nützliche mit dem Angenehmen verbinden. Erst Mensa, dann Bibliothek.

Der Schreck von heute Morgen saß aber doch tiefer, als ich gedacht hatte. Ständig sah ich mich um und als ich auf den Campus kam, klopfte mein Herz schon ziemlich laut. Aber ich konnte mich nicht von so einem Kerl von hier vertreiben lassen! Die Drehtür hatte die Blockade offensichtlich ohne Schaden überstanden.

Nachdem ich mich vorsichtig umgesehen hatte, stieg ich die Treppen zur Mensa hinauf.

Die Mensa war um diese Zeit noch fast leer und drei Plätze neben mir saßen zwei Frauen am Tisch.

Ich war so mit meinem Rindersteak beschäftigt, dass ich erst aufmerksam wurde, als der Name Killian fiel!

Da! Das konnte doch nicht wahr sein!

Ich spitzte meine Ohren und versuchte gleichzeitig möglichst unbeteiligt zu wirken.

Ich war wie elektrisiert!

Die eine Frau sagte gerade unter Tränen, dass sie sich ganz sicher sei und dass sie nicht wisse, was sie tun solle! Mir blieb fast der Bissen im Halse stecken!

Mit einem schnellen, unauffälligen Blick sah ich kurz zu den Frauen hinüber.

Die eine, die gerade sprach, war klein, verhärmt und hatte schlecht blondierte Haare. Dem Aussehen nach bestimmt keine Studentin.

Den Kopf starr geradeaus, versuchte ich krampfhaft meine Ohren auf maximalen Empfang zu stellen. Es war nicht zu glauben! Das war ein Knüller!

Die Blonde, zog jetzt einen Brief aus ihrer Handtasche und gab ihn der anderen zu lesen. Während diese den Brief mit zunehmend ungläubigem Blick las, wischte sich die Blonde die Tränen weg.

»Bingo!«, dachte ich, und »Fränki, ich komme!« und allerhand anderen Unsinn, vorher aber wollte ich sehen, wo die beiden hingingen.

Plötzlich ließ die Leserin den Brief sinken.

»Das kann doch nicht wahr sein!«

»…«

»Sandra! Du musst zur Polizei gehen!«

Aus den Augenwinkeln sah ich die Blonde mit dem Kopf schütteln.

»Sandra! Bitte!«

Die Blonde schnäuzte sich schluchzend.

Mein Jagdtrieb war wieder voll erwacht! Sämtliche guten Vorsätze von heute Morgen in den Wind schlagend, nahm ich mir vor, den Brief zu beschlagnahmen! Ich musste ihnen nur unauffällig folgen und sehen, wo sie hingehen. Wie ich dann an den Brief herankommen könnte, würde mir hoffentlich unterwegs einfallen.

Als die Frauen aufstanden, sah ich, dass sie keine Jacken dabei hatten.

»Die arbeiten bestimmt hier«, dachte ich und wollte ihnen unauffällig folgen.

Gerade als ich mich umdrehte, fegte ich mein Glas vom Tablett, das laut klirrend auf dem Boden zerschellte.

Super! Bis ich die Scherben zusammengesammelt und mein Tablett zur Ablage gebracht hatte, waren die beiden Frauen verschwunden.

Ich rannte die Treppe hinunter und wäre beinahe gestürzt. Inspektor Clouseau war nichts gegen mich!

Verdammt! Wo sind die hin? In dem Moment sah ich, dass die Frauen eben über den Hof ins Kollegiengebäude III gingen.

Blitzartig war ich unten im Hof, stieß mir die Zehen an der Mülltonne und hinkte dann, so schnell und unauffällig ich konnte, hinterher. Ich musste aufpassen, dass ich sie nicht aus den Augen verlor.

Keuchend sah ich sie gerade noch die Treppe hochgehen. Ich hinterher. Im zweiten Obergeschoss bogen die beiden ins Kollegiengebäude IV ein. Die Blonde verschwand ins Klo und die andere ging weiter. Jetzt musste ich nur abwarten.

Froh über die kurze Verschnaufpause, stellte ich mich in die Warteschlange am Kopierer und wartete auf meine Zielperson.

Von meinem Posten aus konnte ich den ganzen Flur überblikken und als mein »Opfer« herauskam, konnte ich ungehindert beobachten, wo sie hinging.

Volltreffer! Sie ging ins Sekretariat der Empirischen Pädagogik! Da ich die Vertretung früher bereits gesehen hatte, musste das die Sekretärin sein. Killians Sekretärin!

Ich lief sofort hinterher, las das Schildchen an der Tür und klopfte an. Da die Türen so dick sind, dass man ein »Herein« nicht hört, machte ich sie gleich auf.

»Frau Lienhardt?«, fragte ich scheinheilig.

»Nein. Ich bin Frau Schütz. Frau Lienhardt ist nebenan.«

»Oh!« Ich tat irritiert und blickte demonstrativ auf das Namensschild an der Tür.

»Ach! Natürlich! Entschuldigen Sie bitte, ich habe mich geirrt.«

Mit einem scheinheiligen »Auf Wiedersehen!« schloss ich feixend die Tür.

Das war sie! Die Handtasche stand auf dem Tisch.

Irgendwie musste ich sie kurz aus dem Büro locken! Aber wie? Fieberhaft dachte ich nach. Ein Anruf! Genau! Zum Glück hatte ich mein Vorlesungsverzeichnis dabei und suchte nun die Telefonnummer heraus. Was konnte ich ihr nur erzählen?

Ich ging die Namen der Mitarbeiter des Instituts durch.

Genau! Dr. Neubert! Der momentane Chef!

Als ich mir noch überlegte, wie ich meine Stimme möglichst männlich klingen lassen konnte, lief gerade ein Kommilitone vorbei.

»Hey, Johannes!«
»Hey, wie geht´s?«
»Ja, soweit gut … hör´ mal … kannst du mir einen großen Gefallen tun?«
»Was denn?«
»… nun … ich müsste die Sekretärin Frau Schütz mal kurz aus ihrem Büro locken …« Ich warf ihm einen, wie ich meinte, vieldeutigen Blick zu. » … kleine Überraschung.«
»Meinetwegen. Wohin soll sie gehen?«
»In Neuberts Büro …«
»Ach? Neubert und die Sekretärin?«
»…«
Ich reichte ihm mein Telefon und er wählte die Nummer, die ich ihm diktierte. Mit unnachahmlich samtweicher Stimme forderte er Frau Schütz auf, umgehend in »seinem« Büro vorbeizukommen.
Ich war verblüfft. Da schlummerten ungeahnte Talente!
»Das war klasse! Vielen Dank!«
Da die Sekretärin gerade herauskam, verabschiedete ich mich hastig und klopfte, nachdem sie um die Ecke war, pro forma an die Tür. Ich öffnete sofort und trat rasch ein.
»Hallo?«, rief ich scheinheilig und sah sofort die Tasche auf dem Tisch.
»Frau Schütz kommt gleich zurück!«, schallte es durch die Verbindungstür aus dem Nachbarbüro.
»Ist gut! Vielen Dank«, brüllte ich fast zurück, während ich mit fliegenden Fingern den Reißverschluss öffnete und den Brief an mich nahm.
Als ich gerade zur Tür hinauswollte, sah ich die andere Sekretärin im Türrahmen der Verbindungstür stehen.
»Kann ich Ihnen helfen?«, fragte sie mich misstrauisch.
»Nein, nein, vielen Dank! Ich komme später wieder! Ich bin eine Freundin von Sandra«, säuselte ich zuckersüß und verschwand rückwärts durch die Tür.
Draußen prallte ich mit Frau Schütz zusammen und machte mich, flammend rot vor Verlegenheit und tausend Entschuldigungen stammelnd, aus dem Staub.

Jetzt musste ich schnell verschwinden, bevor sie merkte, dass ihr Brief weg war.

Erst Einbruch, jetzt Diebstahl. Ich hatte eine beeindruckend rasche Verbrecherkarriere hingelegt! Noch übertönte das Triumphgefühl das schlechte Gewissen.

Ich hastete durch das Gebäude und eilte in die Bibliothek.

Im zweiten Obergeschoss wähnte ich mich weit genug weg und setzte mich an einen freien Platz hinter den Regalen, um meine Beute zu begutachten.

Der Brief war nur eine Seite lang. Die Handschrift war ungelenk und verriet einen ungeübten Schreiber.

Der Inhalt war ungeheuerlich!

Mir wurde ganz schlecht. Langsam ließ ich den Brief sinken.

Die Erkenntnis traf mich wie ein Keulenschlag!

Ich hielt ein Mordmotiv in den Händen. Und nicht nur eins an Professor Killian! Auch an mir!

Der Mann, der mich seit gestern verfolgte, war sein Mörder!

Ich war mir plötzlich ganz sicher!

In dem Brief versuchte er, Professor Killian um hunderttausend Euro zu erpressen!

Plötzlich fingen meine Hände an zu zittern und mir schossen vor Angst die Tränen in die Augen. Rasch sah ich mich um. Keine Menschenseele. Ich war allein. Augenblicklich packte mich Panik! Wenn der mir immer noch auf den Fersen war?

Vielleicht hatte er sogar beobachtet, wie ich den Brief geklaut hatte? Mir klapperten vor Angst die Zähne. Ich musste sofort den Kommissar informieren. Ungeschickt nestelte ich mein Telefon aus der Tasche und ließ es versehentlich fallen. Der Akku sprang weg und rutschte unter ein Regal.

»Mist … verdammter!«

Als ich, auf allen vieren, unter dem Regal nach dem Akku tastete, hörte ich, wie die Tür geöffnet wurde.

Instinktiv hielt ich die Luft an und bewegte mich nicht. Ich versuchte, unter den Regalen hindurch etwas zu sehen. So lautlos wie möglich tasteten meine Finger nach dem verdammten Ding. Ich hörte Schritte langsam hin und hergehen. Mein Herz zersprang fast.

Da! Der Akku! Erleichtert klammerten sich meine Finger um das Teil und zogen es lautlos hervor.

In dem Moment, als ich mich aufrichtete, um das Telefon zusammenzubauen, sah ich ihn! Er stand vor den Regalreihen und sah sich um.

Freitag, 13:13 Uhr

Franke kniete vor dem Sofa und schrubbte den Teppich. Er kotzte fast!

Nichts stank ärger als Katzenkacke!

Die kleine Katze war unter dem Sofa und es sah nicht so aus, als würde sie so bald wieder hervorkommen.

Er seufzte. Was hatte er sich nur dabei gedacht?

Er erinnerte sich vage an diverse Ratschläge, die er im Internet gelesen hatte, als Zorbas bei ihnen eingezogen war. Von einer sensiblen Katzenpsyche war da die Rede gewesen, von Unsauberkeit aus Kummer oder Rache und so weiter. Er hatte das wieder vergessen, da er mit Zorbas nie irgendwelche Probleme gehabt hatte, aber jetzt sah es so aus, als ob er noch einmal einen Blick in so ein Katzenforum werfen sollte.

Stöhnend richtete er sich auf. Gott, wie das stank! Nicht einmal lüften konnte er!

Er rückte die Katzentoilette näher an das Sofa, nahm Zorbas unter den Arm, schloss die Tür und ging in die Küche.

»So, mein Lieber … Wir gönnen uns erst einmal einen kleinen Kaffee …«

Freitag, 13:15 Uhr

Mich durchzuckte es wie ein Messer! In Todesangst duckte ich mich hinter das Regal.

Mein Rucksack! Oh mein Gott! Der stand da neben dem Stuhl!

Unmöglich, da dranzukommen, ohne bemerkt zu werden. Ich spürte, wie mir der Angstschweiß ausbrach. Hoffentlich kam er nicht auf die Idee, unter den Regalen hindurchzuschauen! Mein Herz schlug so heftig und in meinen Ohren rauschte es so laut, dass ich meinte, er müsste es hören.

In höchster Panik überlegte ich, was ich jetzt tun sollte. Ich konnte kaum atmen. Die Angst schnürte mir den Hals zu.

Ich saß in der Falle! Jetzt lief er leise an den Regalreihen entlang.

Nur noch drei Meter und er würde mich entdecken!

Als ich schon fast aufgegeben hatte, öffnete sich die Tür und eine Gruppe von Studentinnen kam laut schwatzend herein.

Das war meine Chance!

Schnell griff ich nach meinem Rucksack. Geduckt huschte ich hinten um das Regal herum und nutzte den Lärm, um zu der Gruppe zu stoßen. Der Typ lief langsam an den Reihen entlang bis dahin, wo ich bis gerade eben noch gekauert hatte und war ungefähr vier Meter von der Tür entfernt.

Zum Glück gingen die Studentinnen in den hinteren Teil des Raumes. Mit dem Finger vor den Lippen und mit dem anderen Finger warnend in Richtung des Mannes gerichtet, bat ich sie, mich nicht zu verraten.

Sie verdeckten mich jetzt, laut durcheinander redend, bis er die letzte Reihe erreicht hatte und sich dann umdrehte. Ich kam immer noch um vor Angst!

Endlich ging er raus, einen letzten genervten Blick in unsere Richtung werfend.

Flüsternd erklärte ich den Studentinnen kurz, dass der Typ ein Mörder sei, der mich verfolge und dass sie unbedingt sofort die Polizei anrufen müssten.

Ich weiß nicht, was es war oder wie ich aussah, jedenfalls glaubten sie mir nicht. Das durfte doch nicht wahr sein! Sah ich aus wie eine geistesgestörte Megäre? Offensichtlich schon.

Belustigt lachend, machten sie sich an ihre Arbeit und ließen mich stehen.

Mit immer noch weichen Knien und zitternden Händen baute ich mein Telefon wieder zusammen.

Leider war es tot. Nix zu machen! Heulend vor Wut steckte ich es ein.

Jetzt musste ich irgendwie ins Erdgeschoss gelangen, um telefonieren zu können. Hoffentlich war der Kerl weg!

Atemlos öffnete ich vorsichtig die Tür und lauschte. Nichts zu hören. Wie ein Luchs schlich ich die Treppe hinunter. Ich sah das Treppenhaus hinunter. Niemand zu sehen. Die erste Treppe war geschafft!

Jetzt noch die Zweite! So schnell es meine Puddingbeine erlaubten, hastete ich an der Glastür des ersten Obersgeschosses vorbei. Als ich fast unten war, hörte ich über mir die Tür und schnelle Schritte!

Ich wusste sofort – das war er!

Jetzt musste es schnell gehen. Ich flog schier die Treppe hinunter, kam im Erdgeschoss an und rannte zur Drehtür am Eingang. Als ich dort war, hatte ich eine Idee. Wenn ich da durchginge, würde er mich schon von Weitem sehen! Also gab ich der Tür einen Stoß und rannte zurück, durch eine Seitentür, die ins Untergeschoss führt.

Das Untergeschoss war verbunden mit der Aula, die einen separaten Eingang seitlich der Bibliothek hatte. Das konnte er unmöglich wissen. Panisch stürzte ich die Treppen hinunter, durch die Verbindungstür ins Untergeschoss der Aula und von dort die kleine Wendeltreppe hoch zum Ausgang.

Als ich, atemlos vor Angst, vorsichtig zum Eingang der Bibliothek schielte, sah ich ihn, wütend aufstampfend, auf dem Zufahrtsweg stehen. Als er ins Gebäude zurückkehrte, war ich kurz aus seinem Blickfeld.

Jetzt musste ich nur schnell verschwinden, denn die Seitentür ist aus Glas und er hätte mich wenige Sekunden später immer noch entdecken können. Schnell rannte ich linker Hand an der Aula entlang, dann die kleine Treppe hinunter, die zum Parkplatz und zur Höllentalstraße führte.

Unten angekommen, konnte ich erstmals ein kleines bisschen aufatmen. Vorne sah ich den Bäcker, bei dem noch einige Leute herumstanden. Der Parkplatz war fast leer. Trödeln durfte ich trotzdem nicht. An der Straßenecke stand eine Telefonzelle, aber die war mir dann doch noch zu nahe. Außerdem hätte er mich von Weitem sehen können, bis ich der Polizei alles erklärt hätte.

Also rannte ich, immer noch völlig außer Atem, die Lindenmattenstraße zur Haltestelle hinunter.

Als ich endlich in der Straßenbahn saß, hätte ich heulen können vor Erleichterung. Ich setzte mich ganz vorne hin, mit dem Rücken zum Schaffner, damit ich es noch rechtzeitig bemerken konnte, wenn er plötzlich zusteigen würde. Aber dann könnte ich die Notbremse ziehen und den Schaffner um Hilfe bitten.

Total aufgewühlt und nervös um mich schauend, fuhr ich nach Hause. Obwohl ich wusste, dass er mir nicht gefolgt war, konnte ich mich gar nicht beruhigen.

Als ich die Wohnungstür hinter mir geschlossen hatte, bekam ich einen Weinkrampf. Zum Glück war Sophia nicht da. Wenn sie mich so gesehen hätte!

Nach ein paar Minuten beruhigte ich mich wieder. Ich holte den Brief aus meinem Rucksack, der wie Feuer in meinen Händen brannte! Hätte ich dieses verdammte Ding bloß nicht mit nach Hause gebracht! Es war, als würde unser Zuhause beschmutzt. Ich griff zum Telefon, um den Kommissar anzurufen.

Leider war er nicht im Büro und ich schilderte meine Entdeckung seinem Kollegen Höfflin, der einigermaßen überrascht schien. Gerade als er mir versprach, meine Neuigkeiten auszurichten, klingelte es zweimal kurz an der Tür. Bestimmt Miriam oder Frank, unsere Nachbarn.

Heute Morgen hatte unser Juniorkater wieder ein Katzenspielzeug von drüben angeschleppt. Die diebische kleine Elster.

»In Ordnung…Ich muss jetzt auflegen … es klingelt … ja … danke … auf Wiedersehen.«

Es klingelte noch einmal.

»Ja doch … ich komme!«

Ich bückte mich nach der Spielmaus und öffnete mit Schwung die Tür.

Freitag, 14:05 Uhr

Höfflin legte den Hörer auf und kratzte sich ungläubig am Kopf. Heute Morgen hatte ihm Franke über die neuesten Ereignisse mit dieser Studentin berichtet, wobei er genervt aufgestöhnt hatte. Sie würde an seinen Nerven zerren und ihm die vorzeitige Pensionierung bescheren oder so ähnlich hatte er sich ausgedrückt.

Er hatte auf seine Beule gezeigt: »Hier … siehst du das? Daran ist nur diese Verrückte schuld!«

Höfflin hatte nur belustigt in sich hinein gegrinst. Endlich einmal jemand, der dem lieben Kommissar Paroli bot und sich nicht von seiner manchmal etwas bestimmenden Art beeindrucken ließ.

Er griff zum Hörer und wählte Frankes Mobilnummer. Der Teilnehmer war zurzeit nicht erreichbar. Bestimmt war er mit seiner neuen Katze zugange. Höfflin seufzte. Dann wurde er plötzlich ernst.

Vielleicht hatte die Studentin ihren Verfolger gar nicht abgeschüttelt? Wenn der nun wusste, wo sie wohnte? Vielleicht war er ihr gefolgt?

Er überlegte, ob der Kerl vielleicht über die PH herausgefunden hatte, wo sie wohnte. Sicherlich nicht einfach, aber vermutlich nicht unmöglich. Wenn er sich richtig erinnerte, war sie Tutorin, also als Hilfskraft angestellt. Und wenn seine Frau dort Sekretärin war …

Jetzt wurde er unruhig. Er machte noch einen Versuch auf Frankes Festnetznummer und sprach die Neuigkeiten aufs Band. Dann nahm er seine Dienstwaffe an sich, zog seine Jacke von der Stuhllehne und verließ das Büro. Er wollte bei dieser Frau Benning vorbeischauen und bei der Gelegenheit auch gleich den Brief an sich nehmen.

Freitag, 14:07 Uhr

Ich schrie vor Entsetzen auf und versuchte mit aller Kraft die Tür zuzuschlagen!

Aber er hatte den Schuh dazwischen. Ich war so in Panik, dass ich nicht einmal um Hilfe rufen konnte.

Mit aller Kraft lehnte ich mich gegen die Tür, aber ich hatte keine Chance.

Es gab nur eine Möglichkeit zu entkommen.

Wir wohnen im Hochparterre und haben eine kleine Terrasse, die an Sophias Zimmer grenzt. Das war meine Chance.

Abrupt ließ ich von der Tür ab, sodass er in den Flur stolperte. Zum ersten Mal in meinem Leben war ich dankbar über die vielen Paar Schuhe, die dort immer herumliegen, denn die brachten ihn fast zu Fall.

Ich floh in Panik in Sophias Zimmer, schmetterte die Tür zu und schloss sie von innen ab. So leise ich konnte, versuchte ich die Terrassentür zu öffnen, als er sich schon mit aller Kraft gegen die Tür warf, dass der Rahmen zitterte. Hilfe!! Warum hörte das keiner?

Meine Hände zitterten so stark, dass mir der Türgriff der Terrassentür, der schon lange kaputt ist, erst einmal aus der Hand fiel. Oh Gott!

Die Wände bebten unter den ungeheuren Schlägen!

Fieberhaft pfriemelte ich den Griff wieder in die Halterung und öffnete die Tür. Sie quietschte entsetzlich und ich hoffte inständig, dass der Typ das nicht hören würde.

Endlich war ich draußen. In einer Eingebung schob ich unsere Terrassenmöbel unter ziemlichem Getöse direkt vor den Ausgang und rannte dann ums Haus herum in Richtung Straße.

Ich flüchtete in die Toreinfahrt des Hauses gegenüber.

Das Haus hat einen schönen, hohen alten Eisenzaun und üppige Hecken, die zwar schon kahl, aber trotzdem einigermaßen blickgeschützt waren.

Ich versteckte mich hinter dem rechten Torpfosten, um unsere Haustür im Blick zu haben.

Hoffentlich kam Sophia nicht zu früh zurück!

Während ich atemlos und angstschlotternd unsere Haustür anstarrte, hörte ich zu meiner unendlichen Erleichterung das Martinshorn.

Hoffentlich galt das mir! Hoffentlich hatte man Kommissar Franke erreicht.

Mit quietschenden Reifen und Blaulicht kamen zwei Polizeifahrzeuge und Kommissar Frankes Oldtimer um die Ecke und hielten vor unserem Haus.

Aus den Wagen sprangen einige uniformierte Polizeibeamte und einer in Zivil, der sich zu Kommissar Franke gesellte. Die Polizisten postierten sich nach Anweisung des Kommissars rund um das Haus.

Vor Erleichterung sank ich hinter dem Pfosten auf den Boden. Dann fiel mir ein, dass die ja nicht wussten, dass ich draußen war.

Ich kam aus meinem Versteck und näherte mich, als mich ein Beamter zur Seite schob und anwies, zur Seite zu gehen.

»Aber ich …«

»Bitte gehen Sie weiter!«

»Aber …«

Er schob mich einfach weg!

Die dachten bestimmt, ich sei noch im Haus. Irgendwie musste ich mich bemerkbar machen!

Ich steckte die Finger in den Mund und ließ einen markerschütternden Pfiff los. Endlich drehte sich der Kommissar um.

»Wo zum Teufel kommen Sie her?«

»Hinten raus … Terrasse …«

»Ist noch jemand drin?«

»Nein … Nur der Kerl … Und der Brief …«

Mit einem Blick verständigte sich Franke mit seinen Kollegen:

»O.k. Gehen wir rein!«

Bevor ich meinen Hausschlüssel anbieten konnte, hatten die Beamten die Tür eingerammt und stürmten das Haus.

Ich hielt die Luft an. Es war wie im Film. Nur, dass kein Schuss fiel.

In der Zwischenzeit hatten sich einige Passanten eingefunden und als eine Ewigkeit später Marcel Schütz in Handschellen abgeführt wurde, klatschten einige Beifall.

Kommissar Franke wechselte ein paar Worte mit den Beamten und kam dann mit dem bärtigen Kollegen in Zivil zu mir herüber. Ich stand nur da. Mit hängenden Armen.

»Ist Ihnen etwas passiert?«

»Nein.«

»Das ist mein Kollege Höfflin…«

»Hallo…« Und zu Kommissar Franke gewandt:

»Wie haben Sie gewusst…?«

Franke und Höfflin wechselten einen Blick.

»Mein Kollege Höfflin hat mir eine Nachricht auf dem Anrufbeantworter hinterlassen.«

»…?«

»Nun…Bei Ihrer Begabung, sich in Schwierigkeiten zu bringen dachte ich, es könnte nicht schaden, die Kavallerie zu schicken …«

»Äh …«

»Vergessen Sie es einfach … Wo haben Sie den Brief?«

»In der Wohnung … auf dem Tisch … wenn er ihn nicht mit genommen hat …«

»Können wir ihn holen?«

»Ja … Das heißt … Kann ich bitte alleine gehen?«

»Meinetwegen … Wenn Sie keine Dummheiten machen…«

Mit meinem Blick hätte ich ihn am liebsten verdampfen lassen!

Nach wenigen Minuten war ich mit dem Brief in der Hand wieder draußen.

Mit einem bedeutungsvollen Seitenblick nahm ihn der Commissario an sich.

»Ich schätze mal, es wäre zu viel verlangt zu erfahren, wo Sie den her haben …?!«

»Hm … ja …«

Während er den Brief las, betrachtete ich heimlich seine Beule.

Jetzt, wo die Spannung von mir abfiel, merkte ich, dass sich ein veritabler Lachanfall ankündigte. Das passierte mir immer.

Zuletzt bei einer Vernissage, bei der ich eine Einführung vor dem italienischen Konsul und diversen Honoratioren hatte halten müssen.

Schon hatte ich ein absolut dämliches Grinsen im Gesicht, weil ich kaum noch in der Lage war, das Lachen zu unterdrücken.

Plötzlich hörte ich hektisches Rufen und Schreien aus der Richtung der Polizeiwagen.

Zu meinem Entsetzen sah ich den Verhafteten in Richtung Basler Straße rennen. Er hatte sich losgerissen, als er ins Auto steigen sollte, kam aber wegen der Handschellen nur schlecht voran.

Der Kommissar reagierte sofort.

Er drückte seinem Kollegen den Brief in die Hand und setzte zu einem tigergleichen Sprung an. Nach einem kurzen, aber heftigen Kampf, lag Marcel Schütz bäuchlings unter dem Knie von Kommissar Franke und stöhnte laut.

Ein zweiter Polizist zog ihn unsanft hoch.

Der Commissario band sich seinen Pferdeschwanz neu und sah mich an.

»Was?!«

Mir liefen die Tränen übers Gesicht. Ich konnte nicht mehr! Ich lachte so fürchterlich, dass die umstehenden Schaulustigen erst amüsiert gackerten, dann prusteten und schließlich lauthals mitlachten.

Sogar der Commissario konnte sich ein Grinsen nicht verkneifen. Diese Benning hatte wirklich nicht mehr alle Tassen im Schrank!

Freitag, 22:05 Uhr

Am späten Abend saß ich mit einem Glas Milch und ein paar Toggenburger Keksen auf dem Sofa und schaute ein Video. ›Der dritte Mann‹. Wahnsinn! Holly Martin hatte soeben Harry Lime entdeckt und meine Gänsehaut war gerade dabei abzuklingen, als das Telefon klingelte.

»Benning?«

»Ja, guten Abend. Kommissar Franke hier …«

Erst Gänsehaut, jetzt Herzinfarkt.

»Ja?«, krächzte ich, Krümel im Hals.

»Ich wollte Ihnen mitteilen, dass der Fall Killian aufgeklärt ist. Dank Ihrer Hilfe.«

Er räusperte sich. Vorwurfsvoll, wie ich mir einbildete.

»Wirklich?«

»Ja. Marcel Schütz hat gestanden.«

»Echt? Das ist toll! Das freut mich wirklich! Aber warum hat er ihn umgebracht? *Was* wollte er auffliegen lassen?«

»Professor Killian war sein leiblicher Vater. Er hatte die Vaterschaft nie anerkannt und wollte es auch unter Druck nicht tun. Zahlen wollte er erst recht nicht und so gab es wohl einen ziemlich hässlichen Wortwechsel … Dem Täter sind die Sicherungen durchgebrannt.«

»Mein Gott!« Das konnte ich mir lebhaft vorstellen. Ein Schauer überlief mich.

»Also … Vielen Dank noch einmal und einen schönen Abend.«

»Danke. Ebenfalls!« »Und wann treffen wir uns auf einen Kaffee, oder besser auf ein Glas Wein und wann tauschen wir unsere CDs aus, weil Sie sind so toll und überhaupt genau mein Typ …«

Seufzend spulte ich mein Video zurück. Als ob ich den Film nicht schon zwanzigmal gesehen hätte.

Ein herzliches Dankeschön für die freundliche Beratung an:

Polizeiobermeister Michael Kuhlke, Prof. Dr. Rolf Plötzner, Dr. Sabine Salavati, Juwelier Kühn, Marcus Bardelang und an meine Tochter Elena.

Caroline Benning kann auch weiterhin das Ermitteln nicht lassen. Schon bald werden sich am Freiburger Hausberg Schauinsland ihre Spuren mit denen von Kommissar Franke erneut kreuzen ...

... aktuelle Informationen dazu finden sich unter